कस्तूरबा

कस्तूरबा

डॉ. संध्या भराड़े

वाणी प्रकाशन

वाणी प्रकाशन
4695, 21-ए, दरियागंज, नयी दिल्ली 110 002
फ़ोन : +91 11 23273167 फ़ैक्स : +91 11 23275710
शाखाएँ
अशोक राजपथ, पटना 800 004, बिहार
कॉफ़ी हाउस कैम्पस, महात्मा गांधी मार्ग, इलाहाबाद 211 001, उत्तर प्रदेश
महात्मा गांधी अन्तरराष्ट्रीय हिन्दी विश्वविद्यालय, वर्धा 442 001, महाराष्ट्र
www.vaniprakashan.in
marketing@vaniprakashan.in
sales@vaniprakashan.in

KASTOORBA
by Dr. Sandhya Bharare

ISBN : 978-81-7055-900-9
Biography

प्रथम संस्करण 2002
आवृत्ति 2019

मूल्य : ₹ 450

सिटी प्रेस, दिल्ली-110 095 में मुद्रित

वाणी प्रकाशन का लोगो मक़बूल फ़िदा हुसेन की कूची से

जिसकी प्रेरणा से 'बा' का आत्मकथन लिखा गया,
जिसकी इच्छाशक्ति मुझसे लिखवाती गई,
अपनी उसी सखी,
श्रीमती शुभदा को सस्नेह समर्पित।

—डॉ. संध्या भराड़े

प्राक्कथन

गाँधीजी का समस्त जीवन सत्य के प्रयोगों पर आधारित रहा। सत्य और अहिंसा में आस्था के कारण ही वे परिस्थितियों से संघर्ष करते हुए एक बैरिस्टर से महात्मा के पद पर पहुँचे। उनके मानवतावादी दृष्टिकोण ने उन्हें जहाँ आत्मिक बल से परिपूर्ण किया, वहीं उनके स्वाभिमानी व्यवहार ने दक्षिण अफ्रीका में उन्हें अश्वेत संघर्ष का मसीहा बना दिया।

मानवता की सेवा का व्रत लेकर इसके पश्चात जब वे भारत लौटे, तब उनकी सक्रियता ने जन अभियान को नई ऊँचाइयाँ देकर उस समय के परतंत्र भारत को एक नया विश्वास सौंप दिया। अपनी राजनीतिक गतिविधियों की सकारात्मक व व्यावहारिक पक्षधरता के कारण वे अतिशीघ्र ही जनमानस के बीच अभूतपूर्व आयाम स्थापित कर सके। यही कारण बना कि राष्ट्र ने उन्हें राष्ट्रपिता के रूप में अंगीकार किया।

गाँधीजी के आदर्श जीवन और ऋषितुल्य व्यक्तित्व ने धर्म के मर्म को सही अर्थों में जनता की जड़ों तक पहुँचाया। दलित वर्ग और अल्पसंख्यक वर्ग के उत्थान की प्रक्रिया में उन्होंने आपसी सद्भाव को रेखांकित कर व्यावहारिक बना दिया। देश की आम गरीबी के बीच आत्मनिर्भरता के सबक को इतना लोकप्रिय बना दिया कि शोषक भी चकित रह गए। स्वतंत्रता के मार्ग पर वे स्वदेशी, सत्याग्रह और विदेशी शासन से असहयोग के सिद्धान्त पर आगे बढ़े। आवश्यकता पड़ने पर उन्होंने उपवास के सिद्ध-मंत्र को अपनाया। इसी स्नेहिल सम्पर्क की बदौलत प्यार की भाषा में जन-जन ने उन्हें 'बापू' कहकर बुलाया।

बापू गृहस्थ सन्त के रूप में मानवता का प्रतीक बनकर विश्वशान्ति और विश्वबन्धुत्व का अलख जगाने का श्रमसाध्य कर्तव्य निभा पाये। भारत की स्वतंत्रता का सपना उनकी साधना, उनकी संवेदनशीलता और उनके जनसम्पर्क से उपजी अथाह जन-जागृति के माध्यम से साकार हुआ। अँग्रेज साम्राज्यशाही ने लाख ताने-बाने बिछाये परन्तु 'करो या मरो' के मूलमंत्र और 'अँग्रेजो भारत छोड़ो' के आह्वान ने अपना काम किया।

एक निहत्थे कर्मयोगी बापू ने इस तरह अपना प्रभाव उद्घाटित किया, यह इतिहास की आवश्यकतापूर्ति ही कही जा सकती है। इस मुहिम के चलते चर्चिल उन्हें

'नंगा फकीर' कहते रहें। क्या कभी इस बात पर गौर किया गया है कि बापू के कर्मठ स्वभाव और सहज जीवन को बनाने में उनकी सहगामिनी कस्तूरबा किस सीमा तक सहायक सिद्ध हुईं? बापू आदर्श पुरुष हुए। उनका समस्त जीवन खुली किताब की तरह आनेवाली पीढ़ियों के लिए कर्मयोग का सबक बनकर नये मार्गों को खोलने की क्षमता रखता है। उसे सींचने-सँवारने और समर्पण के साथ उसके निर्माण में किसने तिल-तिल आहुति देकर अपनी पुण्यमयी भूमिका अदा की है, उसे भी जानना-समझना और स्मरण करना उतना ही आवश्यक है।

विश्वजनीनता स्वभाव के कारण महात्मा गाँधी को 'बापू' का सम्बोधन मिला। यह सम्बोधन करने में स्वयं उनकी पत्नी कस्तूरी बाई भी शरीक हो गईं। यह अद्भुत था। कस्तूरी बाई दक्षिण अफ्रीका में लोगों के लिए कस्तूरी बैन हो गई थीं। वही बैन छाया की तरह बापू की प्रेरणा बनीं। भारत लौटने पर उनके आश्रमों की जीवन-प्राण बनकर कस्तूरबा के रूप में अवतरित हो गईं। उनके समर्पण और तेजस्विता का यह कमाल था कि वह सर्वसामान्य की 'बा' हो गईं। बापू भी उन्हें 'बा' सम्बोधन से पुकारने लगे। यह भी उतना ही अद्भुत था।

कस्तूरबा भारतीय परम्परा की बेमिसाल महिला साबित हुईं। यह इसी से सिद्ध हो जाता है कि बापू ने भी उन्हें 'बा' का दर्जा पूरे सम्मान के साथ दिया। महात्मा गाँधी पर पूरी दुनिया की काफी नजर गई है और उन पर काफी कुछ लिखा गया है। लेकिन 'कस्तूरबा' पर इस तरह लिखने पर कलमकारों का ध्यान नहीं गया। इस कमी की पूर्ति श्रीमती डॉ. संध्या भराड़े ने अपनी इस पुस्तक से की है। आशा की जाती है कि महात्मा गाँधी के जीवन और कार्यशैली को सही अर्थों में समझने के जिज्ञासुओं को भी इससे काफी सहायता मिलेगी।

मुझे श्रीमती डॉ. संध्या भराड़े की इस पुस्तक की पाण्डुलिपि पढ़ने का सुअवसर प्राप्त हुआ है। पुस्तक में ऐतिहासिक तथ्यों की तोड़-मरोड़ किए बिना लेखिका ने तथ्यों के साथ न्याय करते हुए बड़े रोचक ढंग से इतिहास का निर्वाह किया है।

मेरा विचार है कि लेखिका ने गाँधी-दर्शन और महात्मा गाँधी के जीवन के विशद अध्ययन-मनन के बाद ही कस्तूरबा की संवेदनशीलता को उजागर करने का कठिन निर्णय लिया। इस निर्णय के बाद ही उन्होंने सम्यक् दृष्टि से एक बार फिर से कस्तूरबा के जीवन के बिखरे अंशों को परिश्रम से तह-दर-तह जाकर विषयवस्तु को उजागर करने का प्रयास किया है। यह निश्चित रूप से कहा जा सकता है कि यदि वे ऐसा न करतीं तो सफलता की इस पराकाष्ठा तक पहुँचना कठिन ही होता। सचमुच एक नारी चरित्र की बारीकियों को प्रस्तुत करने में एक संवेदनशील नारी की महती जरूरत है। इसके बिना विषयवस्तु से न्याय करना दूभर ही होता है। जीवन के

विविध पहलुओं में जाकर जो अद्वितीय क्षमता लेखिका श्रीमती डॉ. संध्या भराड़े ने प्रदर्शित की है, यह वही कर सकती थीं, यह कहने में कोई अतिशयोक्ति नहीं।

पाठक इस रचना को पाकर जहाँ कस्तूरबा के जीवन से पूरी तरह परिचित होंगे, वहीं लेखिका की लेखन-शैली और गहराई में जाकर तथ्यों को सही परिप्रेक्ष्य में प्रस्तुत करने की कुशलता की प्रशंसा करेंगे।

—बी.पी. सारस्वत
सम्पादक 'लोकशासन'
साप्ताहिक, जयपुर

1026, रामनगर
शास्त्री नगर
जयपुर-302016

दो शब्द

भारतीय नारी के त्याग और कर्त्तव्यनिष्ठा का प्रतिनिधित्व करनेवाली बा हमेशा मेरे विचारों के केन्द्र में रहीं। जॉन एस. हॉईलैंड से बापू ने एक बार कहा, "मैंने बा से अहिंसा का पहला सबक सीखा। एक ओर तो वह मेरे विवेकहीन आदर्शों का दृढ़ता से विरोध करतीं, दूसरी ओर मेरे अविचार से जो तकलीफ उन्हें होती उसे चुपचाप सह लेतीं। उनके इस आचरण से मुझे अपने आप पर शर्म आने लगी और मैं इस मूर्खतापूर्ण विचार से अपना पीछा छुड़ा सका कि पति होने के नाते मैं उन पर शासन करने के लिए जन्मा हूँ। इस तरह वह अहिंसा का पहला पाठ पढ़ाने वाली मेरी गुरु बनीं।"

इसका आशय बा को बापू से श्रेष्ठ सिद्ध करना कतई नहीं है। लेकिन इससे बा की महत्ता रेखांकित हुए बिना नहीं रहती। जिस बा की श्रेष्ठता ने मुझे मोहा है, वह ऊँचाई सब देखें यह प्रयत्न जरूर है। लेकिन बन्धन नहीं।

आदि से अन्त तक स्वयं को बदल डालना क्या आसान होता है? थोड़ी बहुत मात्रा में आज भी स्त्री को पति के विचारों तथा ससुराल के रीति-रिवाजों के अनुसार स्वयं को ढालना पड़ता है। विवाहित जीवन सुचारु रूप से चले, इसलिए यह आवश्यक भी है और इस आवश्यकतापूर्ति में औरत कहीं समझौता भी करती है।

सौ वर्ष पूर्व की परिस्थिति निश्चित रूप से भिन्न थी। फिर भी बा जैसी मानिनी को स्वयं में मूलभूत बदलाव लाने के लिए कितना समायोजन करना पड़ा होगा! अपने आपसे कितना लड़ना पड़ा होगा? तिनके को प्रतीक रखकर जिस तरह सीता ने रावण की कुप्रवृत्तियों का सामना किया, उसी तरह आत्मबल के किसी तिनके का आधार बा के काम आया होगा! बापू बहुत स्नेहिल, बहुत आदर्श पति कभी नहीं थे।

गाँधीजी का विवाहित जीवन उनके अपने ही शब्दों में, "मैं जैसा प्रेमी पति था, वैसा वहमी पति भी था। मैंने अपनी धर्मपत्नी को कितने ही कष्ट पहुँचाए हैं। ऐसे दुःख केवल हिन्दू स्त्री ही सहन कर सकती है।"

उम्र के तेरह वर्ष से लेकर पूरे बासठ वर्ष तक के साथ में बिखराव की न जाने कितनी स्थितियाँ आई होंगी? कैसे बचाया होगा बा ने अपने आपको! किस आत्मशक्ति का आधार काम आया होगा कि जिसने गाँधीजी को मोहनदास से आगे महात्मा बनने तक दृढ़ता से सहयोग दिया। यह जीवनभर की सच्ची मित्रता थी। यही सब

विचारणीय प्रश्न लिखने के लिए बाध्य कर रहे हैं। बा की यही चारित्रिक ऊँचाई उन्हें 'पंच कन्या स्मरे नित्यम्' अहल्या, तारा, द्रौपदी, सीता, मन्दोदरी के समकक्ष लाकर खड़ा कर देती है। यह भी स्पष्ट हो जाता है कि जिस ऊँचाई को बापू ने छुआ था, उस ऊँचाई पर चढ़ने की सीढ़ी स्वयं बा रहीं। और सबसे कठिन कार्य है सीढ़ियाँ बनना। व्यक्तिगत मान-अपमान जहाँ नारी के जीवन में रोज कलह का एक हिस्सा बन जाता है, वहाँ सामाजिक अपमान सहने के लिए सबसे पहले अपने अहम् को तिलांजलि देनी होती है। बा ने यह किया। केवल भारत के ही नहीं, विदेशी मेहमानों की मेहमानदारी की जिम्मेदारी भी उन्होंने अपने समर्थ हाथों में सँभाल रखी थी।

बापू की विशाल गृहस्थी सँभालते हुए वह कहीं झुकी नहीं। कभी लड़खड़ाई नहीं। इतना ही नहीं, यह विश्व गृहिणी आमरण बापू की पत्नी और सखी बनी रहीं। उनके इस कर्तव्य से उन्हें दुनिया की कोई जिम्मेदारी दूर नहीं कर सकी। बापू का भोजन, मालिश, सफाई सब व्यवस्थित चलता रहे, इसका ध्यान एक सजग प्रहरी-सा बनाये रखा बा ने।

अर्धांगिनी का इससे अच्छा रूप और कहाँ देखने को मिलेगा कि जेल में बापू जाएँ और पीड़ा बा झेलें। उपवास बापू करते थे और क्षीण काया बा की होती थी। इतना एक रूप होने पर भी बा ने अपना अलग व्यक्तित्व हमेशा बनाये रखा। इसीलिए तो दो अलग-अलग रूपों में वह हमारे सामने आती हैं। एक ओर जहाँ बापू के सिद्धान्तों के लिए पुत्र मोह त्याग दिया, वहीं दूसरी ओर बापू ने जो कहा उसका अन्धानुकरण कभी नहीं किया। वहाँ एक जिद्दी, आत्मसम्मानवाला रूप दिखाई देता है। जो भी हो, सात फेरों का मूल्य जो बा ने चुकाया, वह हर स्त्री के लिए असम्भव नहीं तो कठिन अवश्य है।

धर्मवीर भारती ने 'गुनाहों का देवता' में कहीं लिखा है, "मुझसे भूल छोटी-सी हुई लेकिन अपराध बड़ा समझा गया और सजा तो अपराध से भी बड़ी मिली।" बिलकुल यही बा के जीवन में घटित हुआ। आन्दोलन बापू ने किए, परेशान बा हुईं। महात्मा बापू हुए लेकिन महात्मा के बड़प्पन का बोझ ढोया बा ने। और, वह भी उसी सहजता से जिस आसानी से अक्सर औरतें आँसू छिपा लेती हैं। उसके लिए न तो कोई शिकन उभरी न कोई शिकायत।

22 फरवरी, महाशिवरात्रि के दिन महाप्रयाण के समय उन्हें बापू की गोद मिली। बा की इच्छा बापू की गोद में प्राण त्यागने की थी, सो पूरी हुई।

गुरुदेव रवीन्द्रनाथ टैगोर लिखते हैं, "उन दिनों गाँधीजी भारत के तपस्वी गृहस्थ थे, क्योंकि तब घर मूल मार्ग में बाधा नहीं था।" बा के जीवन का भी यही बोध है। बा बापू की साधना में और उनके महाव्रतों के पालन में बाधक नहीं हुईं बल्कि स्वयं ही धीरे-धीरे बापू के व्रतों, आदर्शों और सिद्धान्तों को अपनाती गईं। निःसन्देह उससे उनका अपना विकास हुआ।

बा को महान पतिव्रता कहना ही चाहिए, क्योंकि बा की स्वयं की कोई महत्वाकांक्षा नहीं थी।

इस अनुसरण में बापू जैसे तपस्वी व्यक्ति का निकट सान्निध्य कई बार उन्हें भूकम्प के धक्कों-सा हिला गया। कई बार चटकते लावा पर उन्हें नंगे पैर चलना पड़ा। कैसे किया होगा स्वयं की इच्छा-अनिच्छा का त्याग! और इस तरह के त्याग के लिए लगनेवाला आत्मबल और समर्पण कहाँ से लाई होंगी बा?

बापू के रोज नये प्रयोग, रोज नये परिवर्तन! हर कसौटी पर खरी उतरकर साहसी तैराक-सी जीवन के महासागर को पार कर गईं और जहाँ-जहाँ आवश्यकता हुई, स्नेह से, विनम्रता से बापू के अति आग्रह को रोकती रहीं। यही कारण है कि बापू का जीवन नीरस और स्नेह शून्य होने से बच गया। बा अपनी सरसता से उनकी कठोरता को सींचती रहीं।

बापू के समान उग्र तपस्वी के जीवन पर इस तरह का प्रभाव डालना कोई साधारण बात नहीं थी। ऐसे तपस्वी के पास कुछ देर ही टिके रहना कितना कठिन था—यह तो अनुभवी ही जानते हैं। श्रीमती पोलाक विवाह के तुरन्त बाद उनके एक परिजन के रूप में परिवार में रही थीं। उनके बारे में एण्ड्रूज लिखते हैं, "एक ऐसे सन्त के साथ जो हमेशा किसी-न-किसी शारीरिक कष्ट को भोगने का आग्रह रखता हो, जो जिद्दी और धुन का पक्का हो और इतना होने पर भी जिसे प्यार करने की मन में इच्छा होती हो, उसके एक परिजन की तरह रोज का निकट का जीवन बिताना श्रीमती पोलाक के लिए कठिन सिद्ध हुआ। श्रीमती पोलाक को कुछ ही महीने बापू के घर पर रहना पड़ा। जिसके जीवन की डोर ही ऐसे सन्त के साथ बँधी हो उस बा का क्या हुआ होगा!"

बस, इसी तरह के प्रश्न बा के बारे में मन में उठते रहे। उत्तर पाने और जिज्ञासा शान्त करने की कोशिश में जो सामग्री उपलब्ध हुई, वह बहुत ही अपर्याप्त और छोटी-छोटी पुस्तिकाओं के रूप में ही मिली। जहाँ-जहाँ गई यही सुनती रही कि बा पर एक अच्छी पुस्तक की बहुत आवश्यकता है।

अध्ययन के लिए सेवाग्राम गई। वहाँ रामभाउ म्हसूरकर ने बहुत सहयोग दिया। वहीं एलिसन नॉटर नामक अमेरिकी छात्रा से भेंट हुई। उसी ने बा कुटी, बापू कुटी मुझे दिखाई। फिर हमने बहुत-सी बातें कीं। एलिसन नॉटर बारहवीं कक्षा पास थी और यहाँ घूमने आई थी। बालिका के पास पूरी जानकारी थी। यहाँ उसने खादी के दो जोड़ी कपड़े खरीदे थे जिनका उपयोग सेवाग्राम में वह करती थी। हाथ से भोजन ग्रहण करना, स्वयं की थाली-कटोरी साफ करना—सारा काम बहुत खुशी से करती थी। एक कुशल छात्रा के उसमें सारे गुण थे, जिनसे मैं बहुत प्रभावित हुई।

मुम्बई में मणिभवन में डॉ. उषा मेहता से मिलने का अवसर मिला। आगाखाँ पैलेस के कार्यकर्ताओं ने भी बहुत सहयोग दिया।

कोल्हापुर, जीवन बीमा निगम मण्डल की अधिकारी श्रीमती प्रतिभा मेहता ने गुजराती पद्धति के जीवन की पूरी जानकारी के लिए न केवल शीला मेहता से मिलवाया वरन् स्वयं मेरे लेखन को लेकर बराबर चर्चा करती रहीं।

कस्तूरबा गाँधी राष्ट्रीय स्मारक ट्रस्ट, खण्डवा रोड, इन्दौर, का सहयोग भी मिला। डॉ. सन्तोष गोईंदी (मंत्री) बराबर लेखन के बारे में पूछताछ करती थीं। पुस्तकालय का पूरा सहयोग मुझे प्राप्त हुआ।

अन्त में ऋणी हूँ ईश्वर की जिसने मुझे ऐसा बुद्धिनिष्ठ और समन्वय साधनेवाला परिवार दिया। पति सुरेश, बेटा सन्दीप, बहू वैशाली, बेटी स्मिता और दामाद अजय—इन लोगों का सहयोग नहीं होता तो मैं कभी यह पुस्तक पूर्ण नहीं कर पाती।

आदरणीय भाई बी.पी. सारस्वत जी ने सिर्फ प्रस्तावना ही नहीं लिखी वरन् संशोधन भी किया। सारे ऋणानुबन्ध तब तक पूर्ण नहीं होंगे जब तक भाई अरुण माहेश्वरी का आभार न मानूँ। अतिव्यस्त कार्यक्रम में अरुणजी ने पाण्डुलिपि पढ़ी और उसमें आवश्यक सुधार की सलाह दी। पाठकों के हाथ में पुस्तक देने का श्रेय वाणी प्रकाशन के अरुण भाई को ही है।

सन्दर्भ के लिए, 'बा और बापू' (श्री जोशी एवं कलार्थी), 'हमारी बा' (वनमाला पारीख और डॉ. सुशीला नैयर), 'कारावास की कहानी' (डॉ. सुशीला नैयर) और 'सम्पूर्ण गाँधीजी की आत्मकथा', 'जीवनी' जैसी पुस्तकों ने पर्याप्त सहायता की।

—डॉ. संध्या भराड़े

अध्याय : एक

1

वॉल क्रस्ट—दक्षिण अफ्रीका का एक शहर जिसके एक सिरे पर बने जेलखाने के अँधेरे और सीलनभरे कमरे में कुछ भारतीय महिलाएँ बन्द हैं।

क्या पड़ी है भारतीय महिलाओं को इस तरह जेल जाने की; और तो और वहाँ भूखों मरने की! इन सब बातों के पीछे एक भारतीय वकील मोहनदास गाँधी का हाथ है। उसी ने भड़काया है सबको! इसीलिए तो जेल जानेवाली महिलाओं की अगुआ उसकी पत्नी कस्तूरबा गाँधी है।

जेल की वार्डन कुर्सी पर बैठी ऊँघ रही है। वह यह सोचकर परेशान है कि एक वक्त की चाय समय पर न मिले तो सिर घूमने लगता है और इनको देखो : दो दिन से भूखी-प्यासी पड़ी हैं। यह तो जेल है। कोई घर तो है नहीं कि मनपसन्द चाय, नाश्ता, भोजन मिले!

अजीब जिद्दी और स्वाभिमानी महिला है कस्तूरबा। कहती हैं फल ही खाऊँगी अन्यथा भूखी रहूँगी। कौन देगा इन्हें फल? अव्वल तो इन्हें जेल जाने के लिए किसने कहा था! ऐसे में जो मिले, चुपचाप खा लो। लेकिन नखरे दिखा रही हैं। अब हमारी सरकार का जो कानून है, सो है!

सुना है भारत में शादी बड़ी धूमधाम से होती है। हल्दी लगती है, गाना-बजाना होता है, कई तरह की मिठाइयाँ और पकवान बनते हैं, पण्डित अग्नि को साक्षी रखकर फेरे डलवाते हैं। इस तरह पूरा समाज एक अपरिचित लड़के और लड़की को पति-पत्नी के रूप में जीवन व्यतीत करने की अनुमति दे देता है।

कस्तूरबा और उनके साथ जेल में बन्द इनकी सहेलियाँ हमारी विवाह पद्धति का मजाक उड़ा रही थीं, "देखो, जन्म-जन्मान्तर के ये रिश्ते इनके यहाँ कागज के एक टुकड़े पर तय हो जाते हैं। इसीलिए तो रिश्ता टूटने में भी देर नहीं लगती। कागज पर किए गए हस्ताक्षर एक झटके में एक-दूसरे को अलग कर देते हैं, जबकि हमारे अग्नि के समक्ष लिए गए सात फेरे और दुशाले से बँधी गाँठ—पवित्र मंत्रोच्चार से ऐसी मजबूत हो जाती है कि इस जन्म की 'नाति-चरामि' की शपथ सात जन्म तक एक-दूसरे से बँध जाने का विश्वास दे जाती है।"

वॉल क्रस्ट से सबकी रवानगी मोरित्सबर्ग जेल में हो गई। आज चार दिन हो गए हैं इन लोगों की भूख-हड़ताल को, लेकिन चेहरे पर कहीं शिकन नहीं है। कोई चिड़चिड़ापन नहीं। कैसी अदम्य सहनशक्ति है इनमें! कहाँ से आती है यह? क्या होगा इस दुबली-पतली औरत का जिसे चार दिन की भूख-प्यास झुका नहीं पा रही है? वास्तव में कुछ तो है, लेकिन क्या है वह चीज जो इन्हें शक्ति देती है विरोध करने की!

कहीं कोई तंत्र-मंत्र तो नहीं! सुना है इनके देश में भूत-प्रेत, तंत्र-मंत्र बहुत होता है, जिसके जरिए क्या कुछ नहीं करवाया जा सकता! भारत से लौटा एक मित्र न जाने कैसे-कैसे हैरतअंगेज किस्से सुना रहा था। लेकिन यह तो एकदम साधारण महिला है। इसमें यह असाधारण शक्ति कहाँ से आई?

विचारों की गुत्थी सुलझने के बजाय उलझती गई और पाँचवें दिन वार्डन को आदेश मिला : भारतीय महिला कैदियों को फल दिए जाएँ, यद्यपि मात्रा बहुत कम थी, लेकिन यह तो निश्चित हुआ कि दक्षिण अफ्रीकी सरकार उपवास के ताप से पिघल गई, और यह भी कि विरोध करनेवाली भारतीय स्त्रियाँ सरकार की मेहरबानी की भीख नहीं स्वीकार सकतीं।

2

"कहाँ हूँ मैं," भूख से अधमुँदी आँखों के सामने अतीत के सारे चित्र घूमने लगे हैं। अपना देश, अपने लोग, वह विशाल सागर! वह बापू का दुलार, वड़ दादी की स्नेहभरी गोद! कभी किसी ने कल्पना भी नहीं की थी कि भारत के एक कोने में गुजरात प्रदेश के पोरबन्दर शहर के व्यापारी गोकुलदास मकनजी की लाड़ली बेटी कस्तूरी एक दिन कारावास में होगी और वह भी विदेश में : दक्षिण अफ्रीका में?

कैसे हुआ यह सब? हाँ, याद आया। उस दिन ये अखबार लेकर लौटे तो कह रहे थे, "सुनती हो, कस्तूर बाई! आज से हम पति-पत्नी नहीं हैं।"

मेरा तो सिर घूम गया सुनकर, "क्या बात करते हो! इस तरह का मजाक अच्छा नहीं लगता! कुछ तो शर्म करो। बच्चों के सामने इस तरह की बेसिर-पैर की बातें करते हो!"

मेरे इस तरह झिड़कने पर बापू ने कहा था, "अरे भाई, यह मैं अपनी तरफ से नहीं कह रहा हूँ और न तुम्हें चिढ़ा रहा हूँ। यह तो इस अखबार में लिखा है कि यहाँ सिर्फ वही पति-पत्नी माने जाएँगे जिनके विवाह रजिस्टर में दर्ज हों। इस कानून के अनुसार हिन्दू, मुस्लिम, पारसी के विवाह गैर-कानूनी समझे जाएँगे। इस तरह हम अब पति-पत्नी नहीं रहे।"

"भाड़ में जाए ऐसा कानून," मैंने झल्लाते हुए कहा।

"अब तुम्हारे गाली देने से या चिढ़ने से कानून तो नहीं बदलेगा। लेकिन एक बात जरूर है कि इस कानून के अनुसार हिन्दुस्तानी पत्नी अब पति की धर्मपत्नी न होकर रखैल हुई?" यह बापू की टिप्पणी थी। मैंने बापू की ओर देखकर कहा, "तो आप इसके लिए कुछ नहीं करेंगे?" बापू तुरन्त बोले, "क्यों नहीं? यह अपमानजनक बात है। इस कानून को रद्द करवाने के लिए सरकार से बात चलानी होगी। कानून की खामियाँ और भारतीय जनमानस पर उसके परिणाम की चर्चा करनी होगी।"

"आपने तो अपनी ओर से सरकार को समझाने की पूरी कोशिश की लेकिन सफलता नहीं मिली। अन्त में सुना है सत्याग्रह करने का निश्चय हुआ है। है न?" बापू ने जवाब दिया, "बिलकुल! सत्याग्रह में महिलाएँ भी भाग लेंगी—यह तो निश्चित है। लेकिन बहनों को जेल भेजना खतरे से खाली नहीं है—यह भी मैं जानता हूँ। यहाँ कई हमारी रिश्तेदार बहनें हैं। वे मेरे कहने पर जेल की यातनाएँ सहें और सहनशक्ति चूकने पर माफी माँगने लगें—यह मुझे अच्छा नहीं लगेगा।"

"तो क्या मुझ पर भी विश्वास नहीं है?" मेरा सवाल था।

"बात विश्वास की नहीं कस्तूरी, सोच-विचार की है। मेरे कहने पर तुम जेल भी जा सकती हो, यह मैं जानता हूँ। लेकिन इस सत्याग्रह में ही नहीं, जीवन में कोई भी काम तुम सिर्फ मेरे कहने पर करो, यह मैं नहीं चाहता। फिर जेल जाना राजकोट से दक्षिण अफ्रीका आना तो नहीं ही है," बापू का कहना था। वे आगे बोले, "मेरे कहने पर तुमने और दूसरी बहनों ने आज जेल जाना स्वीकार कर भी लिया तो वहाँ के वातावरण से उकताकर या ज्यादतियों से घबराकर तुम लोगों ने माफी माँग ली तो लड़ाई कमजोर पड़ जाएगी और मुझे सदमा पहुँचेगा।"

मैंने तुरन्त प्रतिक्रिया व्यक्त की, "इसका अर्थ यह है कि आप मुझे कमजोर समझते हैं।"

बापू बोले, "नहीं! तुम्हारे जिद्दी और स्वाभिमानी स्वभाव से मैं परिचित हूँ। लेकिन ऐसे महत्त्वपूर्ण निर्णय किसी पर थोपे नहीं जाने चाहिए। फिर रिश्ता पति-पत्नी का ही क्यों न हो! तुम हाँ कहती हो तो यह मेरे लिए सिर्फ खुशी की ही नहीं, गर्व की भी बात होगी। सोच लो! आज तुम मेरे लिए जेल चली भी गईं तो अदालतों में काँप उठोगी। क्या वह स्थिति मेरे लिए सुखकर होगी? मैं जानता हूँ अनजाने में, अविवेक में मुझसे बहुत-सी ज्यादतियाँ तुम पर हुई हैं। उनपर विचार न करना और वैसी ही गलतियों को दोहराना क्या मानवता है? अब मैं विचार कर सकता हूँ तो मुझे हर निर्णय के पहले सोचना-समझना चाहिए।"

मैंने भी खुले तौर पर घोषणा की, "तो ठीक है! आप इसे मेरा निर्णय समझें। यह मेरा निश्चय है कि इस कारावास के लिए मैं तैयार हूँ। फिर जो भी कठिनाइयाँ आएँगी, मैं उन्हें सहर्ष स्वीकार करूँगी।"

"तुम्हारा निर्णय और निश्चय दोनों मेरे लिए सुखकारक हैं।" बापू ने संतोष के साथ कहा।

3

मोरित्सबर्ग की जेल का अँधेरा कमरा। मैं और तीन बहनें भूखे पेट लेटी हैं। नाममात्र को कुछ फल मिले हैं। तीन केले, चार प्रुंस, दो टमाटर और दो नीबू। भरे पेट की नींद जहाँ सपनों की सुहानी दुनिया में ले जाती है, वहीं आधे पेट भूखी नींद अतीत की ओर खींचती है—वह अतीत रामायण-महाभारत का हो सकता है। देव और दानवों का हो सकता है। राजा-रानी, परियों का देश या गुड्डा-गुड़िया—किसी भी विषय का हो सकता है।

और देखते-देखते मैं पोरबन्दर पहुँच गई : बापूजी के उस बड़े से मकान में जहाँ ओसारे में टँगे झूले पर बैठी दादी नरसिंगजी के भजन गा रही हैं। कितना अच्छा लग रहा है!

दादी की गोद में सिर रखकर लेटी हूँ और बालों में हाथ फेरकर दादी गा रही हैं 'कहे नरस्सयौ मने माफ करो जी'। दस-ग्यारह वर्ष की उम्र का अनुभव यह सिखा गया है कि यह समय दादी से अपनी बात मनवाने के लिए सबसे उपयुक्त है।

"दादी, दादी! कल हमारी गुड़िया की शादी है। आप लहँगे पर गोटा लगा दें। खूब सजाना मेरी गुड़िया। वो प्रफुल्लता अपने आपको जाने क्या समझती है। उसका गुड्डा है तो क्या हुआ?" मैं कहती हूँ।

"चल इतनी बड़ी धींगड़ी हो गई। अगले साल तो तेरी शादी हो जाएगी। और अब भी गुड्डे-गुड़िया का ब्याह रचाती फिरती है।" दादी ने स्नेह से कहा। "तो क्या हुआ! कुसुम, हंसा, सुमन सभी तो खेलती हैं। फिर मैं आपकी बात भी तो सुनती हूँ। आपके साथ सुबह हवेली—कृष्ण-मन्दिर—जाती हूँ। शाम को तुलसी क्यारे में दीया बारती हूँ। और नहाकर तुलसी को जल चढ़ाती हूँ। आपका कहा मानती हूँ," मैंने तर्क किया। दादी बोलीं, "हाँ, रे! तू तो मेरी लाड़ली है, कस्तूरी! लेकिन तेरी बा कहती है कि अब तुझे घर का काम अच्छी तरह सीख लेना चाहिए।"

मेरा कहना था, "वह भी तो धीरे-धीरे कर लेती हूँ। लेकिन दादी कल मेरी गुड़िया की शादी खूब धूमधाम से होनी चाहिए।"

दादी ने कहा, "हाँ, हाँ! बुला ले अपनी सब सहेलियों को। गाठी, पापड़ी, यह सब तो तेरी बा ही बनाएगी। तूने उससे तो पूछा ही नहीं!"

मैं दौड़कर अंदर जाती हूँ। गोकुल भाई जो बाहर आ रहे हैं, उनसे टकराती हूँ।

गोकुल भाई बोले, "कहाँ भाग रही है हमारी बेटी। क्या काम है?"

मेरा जवाब था, "बा के पास जा रही हूँ। कल मेरी गुड़िया की शादी है। बा से पकवान बनाने की बात करनी है। और भी बहुत-सी तैयारी करनी है।"

गोकुल भाई–झूले पर माँ के पास बैठ गए। उन्होंने भारी मन से कहा, "कैसी प्यारी बच्ची है कस्तूरी! आज गुड़िया की शादी में खोई है, कल को इसे विदा करना पड़ेगा।" इस बीच दादी ने गोकुल भाई से पूछा, "तूने बात की गोकुल, क.बा. गाँधी से?"

"हाँ बा, बहुत अच्छा घर मिला है हमारी कस्तूरी को! दीवान परिवार है। पोरबन्दर में बहुत बड़ा मकान है। राजकोट में भी चार चौक का बाड़ा है। लड़का भी पढ़ा-लिखा है।" गोकुल भाई ने जवाब दिया। "हमारी कस्तूर भी तो सर्वगुणसम्पन्न लड़की है। तू दुःखी मत हो गोकुल। बेटी को तो ससुराल भेजना ही पड़ता है। पराया-धन जो ठहरी।" दादी ने सन्तोष व्यक्त करते हुए कहा।

इतने में मैं बोल उठी, "बा, हमारे लिए गाठी-पापड़ी बना देना। कल हमारी गुड़िया की शादी है। गुड्डा प्रफुल्लता का है। हंसा, कुसुम, सुमन सब आएँगी।" यह सब सुनकर मेरी माँ बोल उठीं, "बहुत हुआ अब गुड्डे-गुड़िया का खेल, कस्तूरी! काम सीख ले। तेरे बापू ने तेरे लिए ऐसा भरापूरा घर ढूँढ़ा है कि सास-ससुर, देवर-जेठ, जेठानी-ननद सभी हैं। घर में सबकी सेवा करते-करते कमर टेढ़ी हो जाएगी।"

मैं भिन्ना उठी, "यह क्या बा! जब-तब शादी का राग अलापने बैठ जाती हो। जब होगी शादी तब देखा जाएगा। कल तो मैं गुड़िया को ऐसे सजाऊँगी कि सब देखते रह जाएँगे। छोटा माधो भाई पण्डित बनेगा। वैसे वो है बहुत चालाक। सबकी नजर बचाकर छोटे-छोटे बर्तनों में सहेजी चीजें खा जाता है। अभी तो कल के लिए पूरे मुहल्ले में निमंत्रण देना है। कितने काम पड़े हैं? गुड़िया की माँ हूँ न! बारात का इन्तजाम भी तो करना है।"

4

यह दादी ओसरी से फाटक तक क्यों घूम रही है! मेरी प्रतीक्षा में! डाँट पड़ेगी। फिर एक लम्बा भाषण, "अब तू बड़ी हो गई है। गाँधी परिवार की बहू बनेगी आदि-आदि।" जैसे मोहनदास का परिवार न हुआ कोई हौव्वा हो गया जिससे यह लोग मुझे डराते रहते हैं। फिर भी समुद्र किनारे के उस आनन्द से घर भर की डाँट छोटी ही होगी।

कितने अच्छे हैं मेहता काकाजी! मेरी सहेली कुसुम के पिताजी को हम सब काकाजी कहते हैं। महीने में एकाध बार जरूर सागर किनारे ले जाते हैं। वे भी हमारे साथ घरौंदे बनवाते हैं। उसे सुन्दर सीपियों से सजाते हैं। सबसे अच्छा घरौंदा बनता है हंसा बेन का। हंसा बेन हम सब में उम्र में बड़ी है–पता नहीं शादी क्यों टूट गई?

पूरे पोरबन्दर में चर्चे हैं। शायद पटेल काकाजी दहेज नहीं दे पा रहे हैं। घर में दादी और बा को खुसुर-पुसुर करते सुना था। मुझे क्या मतलब!

मेरा घरौंदा कभी पूरा नहीं बना। कभी एक कमरा बनता और दूसरा ढह जाता तो कभी छत की गीली बालू सरक जाती। इसीलिए तो कुसुम कहती है, "कस्तूरी, तेरी सगाई इतने बड़े परिवार में हुई है लेकिन तू ओसारे में रहेगी।" पता नहीं अदृश्य नक्षत्रों की कुण्डली से मेरी जन्मपत्री कब मिला ली उसने! लेकिन यह भविष्यवाणी ऐसी थी कि बड़े-से-बड़ा ज्योतिषी मात खा जाए। क्या करूँ—हाथ बालू और रेत इकट्ठा करने में लग जाते और आँखें समुद्र की लहरों में खो जातीं। कुछ याद नहीं रहता। बस, यही सोचती—इतना पानी कहाँ से आता है, कहाँ खत्म होता है और नीले आकाश की शुरुआत कहाँ से होती है? कभी समझ में नहीं आया! आँखों से सारी गहराई मन में उतर जाती। घर लौटने का भी जी नहीं करता। जब भी घर लौटती—समुद्र का नीलापन अपनी भव्य-दिव्यता सहित मेरे साथ होता। उस रात सपने भी ऊँची-ऊँची फेनिल लहरों के आते। उन लहरों पर नाचते हवेली के घनश्याम दिखते तो कभी एकाध चेहरा मोहन-सा होता। लेकिन सुबह तक सब गड़बड़ा जाता।

वह सपनों के अर्थ लगाने की उम्र तो थी नहीं। वह उम्र थी—जो बड़े कहें, वह करने की। न करने पर डाँट खानी पड़ेगी, क्योंकि बड़े लोग जो भी कहते हैं, वह हमारे हित में होता है—यह सीख घुट्टी में पिलाई गई थी। इसीलिए सुबह जल्दी उठकर नहाना, फिर दादी की हवेली (कृष्ण-मन्दिर) जाना होता और फिर घर के काम में बा की सहायता करनी पड़ती।

बा का हर काम खूब साफ-सुथरा होता। इतने बड़े घर में चकरघिन्नी-सी घूमतीं। बा सबकी सेवा में तत्पर रहतीं। क्या मजाल जो बा की रसोई में कहीं जरा-सी गन्दगी नजर आ जाए या चमचमाते डिब्बों की कतार पर धूल का कोई कण दिखाई दे जाए। भोजन तो बा ऐसा स्वादिष्ट बनातीं कि खानेवाला उँगलियाँ चाटता रह जाए।

मेरे घेरदार लहँगे में जब ज़री के बेलबूटे काढ़तीं तो बस उनकी कलाकारी देखते ही बनती थी। कुसुम तो हर गरबे में मेरा लहँगा माँग कर ले जाती। कितना अच्छा नाचती है कुसुम! पोरबन्दर के किसी गली-मुहल्ले में किसी कारण से गरबा हो और कुसुम को न बुलाया जाए—यह तो हो ही नहीं सकता!

आजकल बाड़े की ओसरी दिनभर औरतों से भरी रहती है। पापड़-बड़ी बन रही हैं। नये-नये गहने बन रहे हैं। रोज मेहमान आ रहे हैं। मामा, मामी, मौसी, बुआ, खास सलाहकार के रूप में बा को आदेश दे रहे हैं।

ब्रजकुँवर बहन, यह करो। वह न करो। और दादी! उन्हें तो सारे रस्मो-रिवाज जबानी याद हैं। गाँव की कई कन्याओं के विवाह दादी की नेक सलाह से निपटे हैं। और तो और, समधियाने के मसलों को दादी ऐसी कुशलता से निपटाती हैं कि लड़केवालों की बात भी रह जाए और लड़कीवालों का मन भी न दुखे। फिर यह तो

उनकी एकमात्र पोती का विवाह है। कहीं किसी बात की कमी रह जाए इस बात की गुंजाइश ही नहीं।

यही सब कारण हैं कि दादी इन दिनों बहुत व्यस्त रहती हैं। जनवासा कहाँ दिया जाएगा, बारात का स्वागत कैसे होगा, मिठाइयाँ कितनी तरह की बनेंगी, रोज नई-नई सूचनाएँ दादी के कार्यालय से निकलतीं। रात को बापूजी झूले पर दादी के साथ बैठकर चर्चा में मशगूल रहते। इससे पहले बा को किसी ने इन माँ-बेटे की चर्चा में हिस्सा लेते नहीं देता था। आजकल बैठक की दहलीज पर छोटा-सा घूँघट काढ़े बा भी विराजमान रहती हैं।

कल क्या-क्या काम पूरे करने हैं और कैसे करने हैं—ये सब बातें इसी समय तय होती हैं। जब से बुआ आई हैं, इस रात्रिकालीन बैठक का एक सदस्य और बढ़ गया है।

मामी, मौसी का इस मीटिंग में कोई काम नहीं होता पर बा के काम में हाथ बँटाने में सबसे अधिक हिस्सा इन्हीं लोगों का होता है। वैसे सभी रिश्तेदार अपनी तरह से काम में लगे हैं। क्योंकि ब्याह, सिर्फ गोकुलदास मकनजी की बेटी कस्तूरी का ही नहीं है। यह ब्याह तो पोरबन्दर की बेटी का है और दूल्हा भी इसी शहर के दीवान क.बा. गाँधी का पुत्र है।

मोहन को कौन नहीं जानता? हाँ-हाँ, वही दुबला-पतला झेंपू-सा लड़का। लेकिन मेधावी है। यह जन्मकुण्डली में मंगल क्या होता है? गहनों से लदी नये कपड़ों में गठरी बनी मैं सोच रही हूँ। इस घर के बड़े लोग भी अजीब हैं। शादी तो कब से तय कर दी। अब विवाह का मुहूर्त निकल आया तो चिन्ता करने बैठ गए। सुना यह गया है कि मोहन की इससे पहले दो जगह सगाई हुई थी और वे दोनों लड़कियाँ नहीं रहीं। शायद सच होगी यह बात, इस कल्पनामात्र से मैं सिहर उठी।

अभी तक विवाह को लेकर दुखी या चिन्तित नहीं थी। मुझे तो अच्छा लग रहा है। नये-नये, एक-से-एक बढ़िया, ज़री के कामदार भारी लहँगे, ओढ़ने। फिर मिठाइयाँ, गहने। और मोहन? उसे भी तो जानती हूँ। वह कहाँ पराया है? खूब मजा आएगा। साथ रहेंगे। बातें करने के लिए एक अच्छा दोस्त मिल जाएगा।

लेकिन दादी तो शादी को लेकर क्या-क्या गम्भीर बातें करती हैं। रोज सीख देती हैं। बचपना छोड़ दे। कस्तूरी, ससुराल में बहुत काम करना पड़ता है। बड़ों की सेवा करनी पड़ती है। घूँघट निकालकर रहना। किसी को पलटकर जवाब मत देना। इसी तरह और भी क्या-क्या?

सोच में डूबी, कोने में दुबककर दुल्हन बनी बैठी थी कि मेरे कानों में बुआजी की आवाज आई। बुजाजी दादी से कह रही थीं, “आप चिन्ता न करें, बा! यदि मोहनदास की जन्मपत्री में मंगल है तो मेरी कस्तूरी की जन्मपत्री में ‘अष्टपुत्रा सौभाग्यवती भव’ का योग है। उसका मंगल कोई अनिष्ट नहीं कर पाएगा।”

पता नहीं मंगल क्या होता है और वह है भी या नहीं। हाँ, एक बात सच है कि मेरी सहेलियों के विवाह में ऐसा कोई झंझट नहीं हुआ था। अब क्या कहें, किससे कहें! जो भी हो, चुपचाप सहना है! घर में बारात की ही चर्चा होती है।

लगन-मण्डप के आसपास से गुजरनेवाला हर व्यक्ति यही कहता है—बड़ा विचित्र योग है, भई, इस विवाह का। गुड़िया का विवाह रचानेवाली मैं यह सोचकर परेशान हूँ कि वास्तविक शादी में कितना झंझट होता है। घर मेहमानों से भरा है। चुनी विटी पहनकर बैठी हूँ मैं। फिर लगन नरदारना भी तो हो गया है जिसका अर्थ है—एक बार शादी तय हो जाए तो उसी तिथि को लगन करते हैं, फिर चाहे दूल्हा या दुल्हन के घर किसी रिश्तेदार की मृत्यु ही क्यों न हुई हो।

यहाँ तो ऐसा कुछ भी नहीं है। रोज सुबह-शाम हल्दी लग रही है। पन्यकुल हो रहा है। साँझी हो रही है। इतना ही नहीं बा सब रिश्तेदारों के साथ कुम्हार के यहाँ जाकर चाक भी पूज आई हैं।

घूँघट की आड़ में कौन गा रहा है—न समझ में आए लेकिन समवेत स्वर में गाये मंगलगीत मन को लुभाते हैं। कुम्हार के यहाँ से माटली, झवेरी सिर पर उठाकर लाई बा। फिर गणेशपूजा के समय तो सबने चिढ़ाकर हैरान कर दिया। मुझे गुड़ के साथ सूखी धनिया के दाने खिलाए गए। एक माटली में गेहूँ रखे, एक में चावल और पाँच सुहागनों ने माटली में दीपक रखा।

बड़ी मामी तो ऐसी ठिठोली करती हैं कि हँसते-हँसते आँखों में पानी आ जाता है। कितनी तो विधियाँ होती हैं इन दिनों! माणिक स्तम्भ लगते हैं मण्डप में। बुआजी और फूफाजी ने मिलकर नाड़ाचडी बाँधी तो कितना अच्छा कवाड़ा कहा था—

सब गाँव में मथुरा न्यारी
ने देवकी लागे म्हने सारी

ऐसा कवाड़ा मुझे भी कहना पड़ेगा। मैं कह सकूँगी? जो नाम हमेशा मन में रहता है, उसे सबके सामने कहना कैसा लगता है! कितनी शर्म आएगी सबके सामने वह नाम लेते हुए?

इधर चिरप्रतीक्षित बारात विवाह के डेढ़ दिन पूर्व आ पहुँची। समधी तो ऐसे लग रहे थे जैसे सीधे युद्ध के मैदान से बारात में चले आए हों। सारा शरीर पट्टियों से बँधा था।

हुआ यूँ कि ठाकुर साहब की ओर से इजाजत न मिलने के कारण बारात के निकलने में विलम्ब हुआ। फिर बारात के लिए विशेष रूप से तैयार किए गए ताँगे दौड़ाये गए। अब वह मूक जानवर घोड़ा भला क्या जाने किसे ढोकर ले जा रहा है? बस अड़ गया। ताँगेवाले ने भी आव देखा न ताव, उसे पीट दिया। अब बताओ—एक तो घोड़ा सवार को ढोये, ऊपर से पिटाई हो! तो घोड़ा बेकाबू होकर भाग निकला।

परिणाम यह हुआ कि ताँगा उलट गया। समधीजी को सिर से पैर तक पट्टियों में बारात में आना पड़ा।

इधर गोकुल भाई के यहाँ रिश्तेदारों में हड़बड़ाहट फैली थी कि क्या हुआ! कैसे हुआ! लेकिन समधीजी बिलकुल शान्त और प्रसन्न थे।

यहाँ तो दोनों परिवार—क.बा. गाँधी और गोकुल भाई के—न केवल अच्छे मित्र थे वरन् समान विचारोंवाले थे। इसलिए किसी तरह के झगड़े-झाँसे की गुंजाइश ही नहीं थी। विवाह जैसे समारोह में कुछ रिश्तेदार ऐसे भी होते हैं जो छोटी-सी बात का बतंगड़ बना समधियों के बीच आग लगाकर खुद तमाशा देखते हैं। लेकिन यहाँ तो ऐसे रिश्तेदार भी देखते ही रह गए जब दुल्हन बनी मुझ पर पल्लू डाला गया।

दीवान परिवार की शान में चार चाँद लगानेवाले भारी-भरकम काठियावाड़ी जेवर और एक-से-एक महँगी साड़ियों के रंग-रूप की चर्चा सुनकर दुहरी होती मैं भावी वर के रूप में ऐसी खोई कि नथ डालते समय होनेवाला नाक का दर्द याद ही नहीं रहा।

बा तो कबसे कह रही थी—नाक के छेद में कड़वे नीम की पतली सींक डाल ले। कुछ दिन डाली थी लेकिन नाक पकौड़े-सी सूज गई। बड़ी मुश्किल से दादी ने तेल-हल्दी की सेंक से ठीक किया। इसीलिए आज नथ नाक में डालते ही आँखों में पानी आ गया। छोटी मामी कह रही थीं, “यह नथ नहीं, गृहस्थी की नकेल है, कस्तूरी! उम्रभर का बन्धन!”

दादी और घर की बड़ी-बूढ़ियाँ कब से जल्दी मचा रही हैं पर हँसी-मजाक का दौर खत्म ही नहीं होता। पाँच क्या यहाँ तो दस-पन्द्रह सुहागिनें कस्तूरी को घेरे खड़ी हैं। कोई हल्दी लगा रही है, कोई कुंकुम लगा रही है, तो कोई तेल मल रही है। जल्दी-जल्दी मामी ने हरी चूड़ियाँ पहनाईं। अभी तो घाटड़ी पहनानी है, माँडिया बाँधना है। अचानक शोर हुआ—कस्तूरी तैयार हुई या नहीं? बारात मुख्यद्वार तक पहुँच गई है।

बा पहले से ही तैयार थीं—वर को कुंकुम तिलक कर नजर उतारने के लिए। तभी लगा—बड़े मामाजी मुझे बाँहों में गठरी-सा समेटे ले जा रहे हैं। पसीने से तर काँपते हाथों से जैसे-तैसे वर के गले में माला डाल पाई। इन हँसनेवालों को क्या लगता है! पहले चिन्ता से और अब थकान के मारे चूर हो रही हूँ। अभी तो पण्डित जी गोगज (कुल देवता) की पूजा करवाएँगे, वहीं छेड़ा बन्धन भी होगा। फिर पण्डित जी का सूत्र उच्चारण।

घूँघट में जी घबरा रहा है। कैसी-कैसी प्रथाएँ चला रखी हैं। यहाँ तो भूख के मारे जान निकल रही है। नींद भी आ रही है और पण्डितजी हैं कि एक के बाद एक आदेश दिये जा रहे हैं।

अब माधव भाई के नाम से पुकार हो रही है। जल्दी बुलाओ! फेरे पड़ रहे हैं।

सात फेरों के मंत्र कहाँ समझ में आते हैं! बस जिसके हाथ से हाथ बाँध दिया, उसके पीछे घूमना है। सिर्फ शादी के समय ही क्यों, उम्रभर यही तो औरत को करना पड़ता है।

एक-दूसरे को कंसार खिलाया। लो हो गई शादी! कहाँ हुई? अभी तो कुछ संस्कार हुए हैं। अभी कन्यादान बाकी है। 'प्रदास्यामि' का उच्चारण पण्डितजी तीन बार करवा रहे हैं। क्या होगा इसका अर्थ? बापूजी की आँखें बार-बार भर आती हैं और गला भर्रा गया है।

सुयोग्य वर की तलाश हर पिता को होती है। गोकुल भाई, क.बा. गाँधी के परिवार से पूर्ण सन्तुष्ट हैं और मोहन जैसा सुशील और संस्कारी लड़का उन्हें दामाद के रूप में मिला है। फिर भला दुखी क्यों होंगे? फिर भी 'प्रदास्यामि' कहना कठिन हो रहा है। आँखों की झिलमिलाहट में खड़ी है कस्तूरी की साँवली सलोनी तेरह वर्षीय छवि : बापूजी-बापूजी कहकर आगे-पीछे घूमनेवाली, गुड़िया की शादी रचानेवाली, बा की उँगली पकड़ हवेली जानेवाली और शाम को तुलसी क्यारे में दीपक रख हाथ जोड़कर 'मेरे तो गिरधर गोपाल, दूसरो न कोई' गानेवाली मीराबाई की याद दिलानेवाली! कितने ही रूप एक-दूसरे में गड्डमड्ड हो रहे हैं आँसुओं में! सूना हो जाएगा कल से यह आँगन। छोटे माधव को गोद में उठाकर भागने के चक्कर में गिर गई थी तो लगा मेरे ही घुटने छिल गए हैं। ऐसी प्यारी बच्ची के लिए 'प्रदास्यामि' कहना कितना भारी पड़ रहा है।

पण्डितजी ने गोकुल भाई को सचेत किया, "कहाँ खो गए! अभी तो पंगत की व्यवस्था देखनी है। फिर आपका समधियाना तो दीवान परिवार से हुआ है। खाना भी लज़ीज़ ही होगा कि बारातियों को कोई शिकायत न रहे। फिर 'सूरत नूं जमण ने काशी नूं मरण' वाली कहावत तो प्रसिद्ध है ही।"

ऐसी धूमधाम से हुई शादी कि सिर्फ दो परिवार ही नहीं राजकोट और पोरबन्दर जैसे दो शहर उसके उल्लास में पूरा एक हफ्ता डूबे रहे।

5

विवाह में मेरे वियोग से विकल होनेवाले मेरे बाबू जी सुनेंगे कि उनकी लाड़ली कस्तूरी जेल में है तो कैसा लगेगा! बहुत दुखी हो जाएँगे, लेकिन जँवाई पर उन्हें पूरा विश्वास है। मैं भी किसी गलत काम के लिए तो कारावास में हूँ नहीं? मैं तो अधिकार के लिए लड़ाई लड़ रही हूँ। यह लड़कियों को न पढ़ाने की बड़ी बुरी प्रथा है।

"क्या सोच रही हो, कस्तूरी बेन!" पास ही फर्श पर लेटी पारिख बेन ने पूछा।

मेरा जवाब था, "यही कि हम लोग पढ़ी-लिखी होतीं तो और बात होती।"

मेहता बेन उलाहना देते हुए बोलीं, "हाँ, बात तो तुम्हारी ठीक है। मोहनदास जी लन्दन से बैरिस्ट्री पास कर आए हैं। इसलिए आपको ज्यादा बुरा लगता होगा। लेकिन पुरुष भी कैसे स्वार्थी होते हैं। खुद तो इतना पढ़ गए और आपको नहीं पढ़ाया।"

मैंने तुरन्त प्रतिवाद किया, "नहीं, नहीं! यह बात नहीं! यह तो चाहते थे कि मैं पढ़ना-लिखना सीख लूँ। स्लेट, पेन्सिल भी लाये थे लेकिन मेरा ही मन नहीं लगता था। लगता भी कैसे! इतना बड़ा घर—फिर सास-ससुर, जेठ-जेठानी सबके लिए दिनभर दौड़ते-दौड़ते टाँगें टूट जाती थीं। एक को पानी दो तो दूसरे के हाथ में दूध का गिलास थमाओ। दिनभर फिरकनी-सी घूमती मैं रात को इतना थक जाती थी कि पति की कामना भी पूरी नहीं कर पाती थी। ऐसे में स्लेट और पेन्सिल की ओर देखने का भी मन नहीं होता था।"

बीच में पारिख बेन बोलीं, "ठीक कह रही हो बेन तुम। वह आज का युग थोड़े ही था कि बाँहों में बाँहें डाले घूम रहे हैं। दिनभर आदमी बाहर और औरत दिनभर कोल्हू के बैल-सी घूँघट काढ़े काम में लगी रहे।"

मेहता बेन का कहना था, "यह पति वास्तव में ऐसे ही होते हैं। चाहते तो हैं कि पत्नी पढ़ी-लिखी हो, रहन-सहन तौर-तरीके का हो। लेकिन खुद के घर का ढर्रा नहीं बदल सकते। वहाँ बड़ों के सामने मुँह नहीं खुलता। फिर पत्नी बेचारी क्या करे! दिनभर चक्की-सी पिसती रहती है, घर की बहू जो ठहरी।"

मैं भी खुलकर बोली, "हाँ, और परेशानी उसी एक बात को लेकर नहीं थी! इन्होंने बचपन में रामायण पढ़ी थी। बस, वही बात दिमाग में बैठ गई कि जैसे राम एक पत्नीव्रतधारी थे वैसे ही मैं बनूँगा और पत्नी भी उन्हीं आदर्शों पर चले। परिणाम यह हुआ कि किसी भी रिश्तेदार के यहाँ जाती, किसी अपने से बात करती तो शक करते। मुझे खरी-खोटी सुनाते। लेकिन मैं भी जिद्दी थी, बेन! इस तरह की बेसिर-पैर की बातें मैंने कभी नहीं सुनीं। क्यों सुनतीं! रामायण-महाभारत की कथा मैंने भी सुनी थी। दादी के साथ 'हवेली' जाती थी तो भजन, कीर्तन, पुराण सभी सुनती थी। इसका मतलब यह तो नहीं कि हम साथी पर शक करने लगें। किसी अपने से भी बातें करूँ तो समझें कि गलत रिश्ता होगा! बस इसी बात को लेकर खूब लड़ाई होती हमारी।"

श्रीमती पटेल ने बात में हस्तेक्षप किया, "इसका सही कारण यह है कस्तूरी बेन, कि अधकचरे अनुभवों पर खड़ा है हमारे यहाँ बाल-विवाह का गृहस्थाश्रम। और यही बात झगड़े का कारण बनती है। दोनों में स्नेह-समझदारी, एक-दूसरे के स्वभाव का परिचय तो होता नहीं। बस, माँ-बाप पसन्द कर गले बाँध देते हैं और सहनशीलता का सारा ठेका पत्नी के मत्थे। मैं तो कहती हूँ कि जिस तरह शेषनाग के सिर पर हमारी धरती टिकी है, बिलकुल उसी तरह दुनिया के तमाम घर औरतों की सहनशीलता के कन्धे पर टिके हैं। जिस दिन हम कन्धे झटक देंगी, उस दिन ये सारे घर भरभराकर गिर पड़ेंगे।"

मुझे यह बात बहुत ठीक लगी, "एकदम सही बात कही बेन तुमने। इस बात को मेरे पति ने भी स्वीकारा लेकिन कितनी देर से! नई-नई शादी हुई थी तो एक क्षण ऐसा आया था कि लगा क्या करूँ! कहीं डूब मरूँ या भाग जाऊँ! जिद और बचपना ऐसा कि मन की बात पूरी करके ही दम लेती थी। परिणाम यह होता था कि ये और चिढ़ जाते। समझदारी तो अनुभवों से ही आती है।"

इसी बात को कालान्तर में बापू ने अपनी जीवनी में लिखा, "यद्यपि बा निरक्षर थीं फिर भी स्वयं की स्वतंत्रता को समझती थीं। वह लम्बी बहस या वाद-विवाद तो नहीं करती थीं लेकिन किसी के दबाव में भी नहीं आती थीं।

"इन दिनों निबन्ध की छोटी-छोटी पुस्तिकाएँ निकला करती थीं जिनमें दाम्पत्य प्रेम, बाल-विवाह जैसे विषयों पर निबन्ध होते थे। उनमें जो बात अच्छी लगी, वह आचरण में आनी ही चाहिए—यह मेरा आग्रह होता। जैसे, पुरुष को एक पत्नीव्रतधारी होना चाहिए—यह तो ठीक है, लेकिन पत्नी को भी एक प्रतिव्रतधारी होना चाहिए और इस तरह का व्रत करने से अधिक करवानेवाली बात पर मैं जोर देने लगा। उस पर निगरानी रखने लगा। पत्नी पर शक करने का और कोई कारण नहीं था। बस स्वयं का स्वामित्व सिद्ध करना था।

"ऐसे समय में स्त्री की समझदारी गृहस्थी को बचा लेती है—यह सब आज कहने की बातें रह गई हैं। उस वक्त तेरह वर्षीय बालिका से हम क्या अपेक्षा रखते! वह भी स्वयं के अस्तित्व को समझनेवाली स्वाभिमानी बालिका से! परिणाम यह हुआ कि रोज की चख-चख से तंग आकर कस्तूरी मायके चली गई।"

6

झपकी लगती है : आधे पेट नींद क्या आएगी! और चिन्ता भी अपने आधे पेट की नहीं। चिन्ता तो इनकी है। बच्चों की है। मेरा प्यारा-सा, भोला-सा मणि कैसे रहता होगा? कैसे सँभालते होंगे? हरि बहुत जिद्दी और उग्र स्वभाव का है। बाप-बेटे मिलकर क्या करते होंगे क्या पता!

समय के साथ क्या-क्या घटता चला गया : इनसे शादी होना, इनका वकालत पास करना, फिर बच्चों सहित यहाँ आना। और मेरा इस जेल में आना!

दिन तो कट जाता होगा लेकिन रात! रात किस मुश्किल से कटती होगी। रात की बात याद आई तो मेरे मायके चले जाने की बात भी याद आ गई। कैसे परेशान हो गए थे सब! तब तो नई-नई शादी हुई थी। पहले तो सोचा : चलो, झंझट मिटा। लेकिन बहुत जल्दी इनकी समझ में आ गया कि ये बिना पत्नी के नहीं रह पायेंगे।

सास, जेठानी सभी ने इनको डाँट लगाई, क्योंकि मैं मन लगाकर घर के बड़ों की सेवा करती थी।

बूढ़े बापूजी तो मेरी तारीफ करते नहीं अघाते थे। पड़े-पड़े मुझे ढेरों आशीर्वाद देते रहते। फिर कितनी दूर आ गई! कहाँ रह गया घर-परिवार! वो स्नेह! वो अपनत्व! साथ में ताने उलाहने!

परिवार के पुरुष भोजन करने बैठते तो परोसने की जिम्मेदारी मेरी ही होती। एक दिन सुना, जेठजी इनसे पूछ रहे थे, "मोहन, यहाँ तो तुम्हारी वकालत नहीं चल रही है। अफ्रीका में अब्दुल करीम जौहरी की फर्म का काम करने जा सकते हो?"

यह बोले, "क्या काम है?"

जेठजी ने कहा, "उसके मुकदमे का काम है। वहाँ उसके कुछ मुकदमे चल रहे हैं। उसने बड़े-बड़े बैरिस्टर रखे हैं। मोहन, यदि तुम उनकी मदद करोगे तो तुम्हें वे प्रतिमास एक सौ पाँच पौण्ड देंगे। आने-जाने और रहने की व्यवस्था भी वही करेंगे!"

मोहन, "लेकिन..."

"लेकिन क्या!" जेठजी ने टोका। "तुम्हें वहाँ जाकर पैरवी थोड़े ही करनी है। अनुभव बढ़ेगा और कुछ सीखने को भी मिलेगा।"

भोजन और वार्तालाप दोनों एक साथ समाप्त हुए। लेकिन मुझसे खाया नहीं गया। दिन-रात एक ही चिन्ता मुझे खाये जा रही थी : क्या होगा! कैसे होगा! बम्बई का अनुभव सामने था। फिर बम्बई तो हमारे देश का एक शहर था। असफलता मिली तो वापस राजकोट आ गए। यह तो विदेश की बात है। कहीं दूसरा मन कहता कि "कस्तूरी, सब ठीक होगा। रोज सुबह-शाम तुलसी को जल चढ़ाना सार्थक हो गया। तुलसी तुम्हारी मित्र है न! तुम्हारी व्यथा जानती है।"

"इतनी दूर जाओगी तो रोज की किटकिट से मुक्ति मिल जाएगी। संयुक्त परिवार में जिसका पति कमाऊ नहीं होता, उसकी पत्नी की इज्जत दासी से अधिक नहीं होती। इनकी आय तो एक पैसे की नहीं है। हाँ, आए दिन कुछ-न-कुछ बखेड़ा जरूर खड़ा कर देते हैं जिससे जेठजी परेशान हो जाते हैं।"

बात उनकी भी सच है कि पढ़ा-लिखा विलायत से बैरिस्टरी पास कर आया भाई फालतू बैठे तो कब तक उसे और उसके परिवार को सँभाला जाए। बीमार सास और जेठानी का रुतबा सहना पड़ता। सबका काम निपटाते हाथ-पैर फूल जाते। ऊपर से ताने सुनो, 'महारानी बनी बैठी रहोगी क्या! कितने तो काम पड़े हैं।' कई बार मेरा हीरा रोता रहता और मैं सासूजी की चद्दर बदलती रहती।

हाथ काम कर रहे हैं लेकिन दिमाग कुछ और सोच रहा है।...बम्बई का अनुभव सामने था। वकालत चली नहीं। चलती भी कैसे; अनुभव नहीं था। और विलायत से लौटने

के बाद, ये अपने आपको कानून के प्रकाण्ड पण्डित समझने लगे थे लेकिन अनुभव के अभाव में सारी पण्डिताई व्यर्थ थी।

एक तरफ जहाँ वकालत नहीं चली, वहीं दूसरी ओर बड़े घर की रईसी आदतें : उदार हाथों से खर्च करने की! ऐसी स्थिति में इतने बड़े शहर में गुजारा करना क्या हँसी-खेल था क्या! फिर गृहस्थी ढाई व्यक्तियों की ही क्यों न हो! लेकिन रोज की दाल रोटी, बच्चों का दूध जैसी ज़रूरतें पूरी करते-करते मेरे नाक में दम आ जाता!

कोई और तो वहाँ था नहीं। मेरे ठाकुरजी साथ थे। उन्हीं से विनती करती रही, हे भगवान मेरी कैसी परीक्षा ले रहे हो? गृहस्थी की डोरी भी तुमने ऐसे इन्सान के हाथों में दी है जिसे सिर्फ अपनी ही जिद चलानी आती है। दूसरों की बात सुनना-समझना तो उनके लिए अपमान वाली बात है। कैसे खींचूँ गृहस्थी की यह गाड़ी! सिर्फ पैसे की बात होती तो हँसकर झेल लेती। लेकिन दिनभर की खिटखिट नहीं सही जाती।

कोर्ट से आए नहीं कि भाषण चालू, "कस्तूरबाई, तुझे घर सँभालना नहीं आता। तुझे बच्चों की देखभाल नहीं आती। तुझे तो खाना बनाना भी नहीं आता।"

पापड़ी खानी हो तो भाभी के हाथों की बनी। वाह, क्या स्वाद होता है कि मुँह में रखते ही घुल जाए। और खाखरे खाने हों तो माँ के हाथों के। एक-एक मसाले का अलग-अलग स्वाद चख लो। ऐसा गुस्सा आता यह सब सुनकर कि इच्छा होती कह दूँ क्यों की शादी! और क्यों लाये मुझे! खाते उम्रभर भाभी के हाथों बनी पापड़ी और माँ के हाथों बने खाखरे।

सारा गुस्सा मन में रखना पड़ता था। इनकी तीसरी आँख खुल गई तो निकाल बाहर करेंगे। कहाँ जाऊँगी! राजकोट से तो पोरबन्दर चली गई थी बापूजी के पास लेकिन यहाँ कौन है मेरा जहाँ बच्चों को लेकर चली जाऊँ! बस, यही सोचकर सब सह लेती थी।

ससुरजी की जगह आजकल जेठजी राजकोट में रियासत के दीवान बन गए हैं और रियासत के कामों में ऊँचे-नीचे सब तरह के काम होते हैं। बैरिस्टरी पास करके कानून का ज्ञान प्राप्त कर लेना बात एक है और अच्छा वकील होना बिलकुल अलग। अच्छे वकील की पहचान यह होती है कि झूठ को सच सिद्ध करने की कला में वह कितना माहिर है! इसके ठीक विपरीत हमारे ये सत्यवादी हरिश्चन्द्र ऐसे कि रियासत के ठाकुर साहब को जेठजी कहाँ, कैसे गुमराह कर रहे हैं, इस बात की चर्चा छेड़ देते। जेठजी के लिए यह बात परेशानीवाली हो जाती क्योंकि उनकी दीवानगीरी का मूलमंत्र था कि ठाकुर साहब को कुछ बातों से अनभिज्ञ ही रखा जाए।

इनकी वजह से रोज नया झंझट खड़ा हो जाता। इसीलिए जेठजी इस सोच में रहते कि इन्हें बाहर कहाँ और कैसे भेजा जाए? घर का वातावरण देखकर मुझे लगा—चलो, अच्छा ही होगा। अगर ये विदेश गए तो वहाँ कुछ कामकाज भी करेंगे

और वहाँ की गृहस्थी मेरी अपनी होगी। छोटा-सा घर, छोटा-सा आँगन जहाँ मेरे बच्चे खेलेंगे। मैं उस घर की सर्वेसर्वा होऊँगी।

7

तैयारी पूरी हो गई। वियोग का क्षण भी आ गया। मन को यही कहकर समझा लेती हूँ कि एक साल की तो बात है। देखते-देखते निकल जाएगा।

हमारी तैयारी होने लगी। हरिलाल और मणिलाल के लिए जूते, मोजे आ गए। सबके लिए पारसी ढंग के कपड़े सिले गए जिसे देखकर जेठानी और ननद ने मेरा बिदेसन कहकर खूब मजाक उड़ाया। आज पता नहीं क्यों बीती बातों ने मन में ऐसा डेरा डाल दिया है कि बस! अतीत हमेशा दुख ही देता है। यादें परेशान करनेवाली होती हैं चाहे वे सुखद ही क्यों न हों!

हम चाहे कितना ही दूर क्यों न भागें—भूत बिल्ली-सा दबे पाँव आकर मन में बैठ जाता है। बिल्ली की बात पर एक घटना याद आ गई। एक बिल्ली भण्डारघर में हमेशा दूध-दही की तलाश में आती और मैं माधव भाई के साथ उसे ढेला मारती। एक दिन निशाना सही लग गया और म्याँउ-म्याँउ चिल्लाते बिल्ली ने जिस करुण दृष्टि से देखा था, वह आज भी नहीं भूल पाई हूँ। अतीत भी बिल्ली की घायल नजरों जैसा है—जो भुलाये नहीं भूलता।

अपनी जगह सब खुश थे। जेठ-जेठानी इसलिए खुश थे कि चलो मोहनदास अब स्वयं का परिवार खुद सँभालेगा और विदेश से आर्थिक मदद भी भेजेगा।

ये खुश थे कि अब परिवार के साथ रहेंगे। चिन्तित थी तो मैं! जहाज में बैठी सोच रही थी कि कैसे निभेगी विदेश में? नया घर। नये लोग। नया वातावरण। क्या कोई परिचित मिलेगा? नहीं मिला तो उस अनजान देश में बच्चों को लेकर कैसे रहूँगी। भाषा अलग। इससे तो यहीं अच्छे थे। भगवान करे—कुछ ऐसा हो कि जहाज वापस बम्बई लौट जाए।

अचानक लगा कि मन का मंथन समुद्र की गहराई तक पहुँच गया है। धीरे-धीरे उसने तूफान का रूप धारण कर लिया। हमारा जहाज छोटी-मोटी नौका तो था नहीं कि डगमगाता। लेकिन समुद्र की लहरों का रूप इतना विकराल था कि विशाल और ऊँचा जहाज भी लहरों के थपेड़ों में डाँवाडोल होने लगा। बच्चे डरकर मुझसे लिपट गए। सभी यात्रियों में भगदड़ मच गई। सभी ईश्वर से प्रार्थना करने लगे। बच्चों के बापू सामने कुर्सी पर गम्भीर और शान्त मुद्रा में बैठे थे।

धीरे-धीरे तूफान कम हुआ और जहाज नियत गति से आगे बढ़ने लगा। एक क्षण लगा कि सब कुछ समाप्त हो गया। भगवान को जहाँ अभी जीवन में बड़े-बड़े

तूफान दिखाने थे, वह हमें छोटे-से तूफान में समाप्त कैसे करता। शायद इसीलिए तो जहाज तूफान में भी रास्ता भूलकर बम्बई नहीं पहुँचा। वह पहुँचा तो—दक्षिण अफ्रीका ही।

8

डरबन बन्दरगाह पर जहाज ने लंगर डाल दिया पर यात्रियों को उतरने की अनुमति नहीं मिली। बम्बई छोड़ने के बाद तेईस दिन तक स्टीमर को दूर रखने का आदेश मिला। शंका-कुशंका से मन बोझिल हो गया। ऊपर विस्तृत नीला आकाश और नीचे अथाह नीला जल! बीच में त्रिशंकु से झूलते हम! क्या होगा?

जहाज पर यात्रियों के बीच कानाफूसी चल रही है। कोई संक्रामक रोग तो नहीं है जिसके कारण जहाज को रोक दिया गया है। अचानक यह बात कान में आई कि यह जो गाँधी है न? यही हमारा जहाज रुकवाने का कारण है। डरबन के गोरे नागरिक चाहते थे कि हम उल्टे पैर हिन्दुस्तान लौट जाएँ। इतने दिन सिर्फ एजेण्टों को धमकियाँ मिलती थीं। अब हमारे नाम भी धमकियाँ आने लगीं कि अगर तुम वापस नहीं गए तो तुम्हें समुद्र में डुबो दिया जाएगा। लेकिन इन्होंने नेटाल के बन्दरगाह पर उतरने के अपने अधिकार के विषय में लिखा और यह निश्चय भी घोषित किया कि जो भी संकट आए, हम झेलेंगे, लेकिन इस अधिकार को लेकर रहेंगे।

9

तीसरे दिन दादा अब्दुल्ला के गोरे वकील लेटन साहब जहाज पर आए तो दूसरे यात्रियों को उतरने की इजाज़त मिल गई। हमारे लिए डरबन के सरकारी अधिकारियों का आदेश था—

गाँधी की जान को खतरा है—उसे न जाने दिया जाए। यह क्या रहस्य है—मेरी तो कुछ समझ में नहीं आ रहा है। यह बात अलग है कि समझ थी ही कितनी? जितनी छोटी मेरी दुनिया थी, उतनी छोटी समझ। पोरबन्दर में बापूजी का बाड़ा, राजकोट में ससुराल का बाड़ा। कुछ दिन बम्बई में और अब पहली बार विदेश यात्रा। इसमें भी अनगिनत संकट आ रहे हैं।

सिवाय भगवान के नाम के कुछ याद नहीं आ रहा है। मैं तो बापूजी की सीख भी भूल गई कि 'बेटी घर में कितनी ही परेशानी क्यों न हो, दरवाजे की चौखट पर ऐसा सुन्दर बन्दनवार लगाना कि नये संकट को भी घर में प्रवेश करने के पहले वहाँ

कुछ क्षण रुकने का मोह हो।' कितने याद आ रहे हैं आज बा, बापूजी और नन्हा लाड़ला माधो भाई!

जहाज के कप्तान से चर्चा करने के बाद तय हुआ कि रुस्तमजी की गाड़ी में मुझे और बच्चों को घर भेज दिया जाए और ये वहीं रुकें। बाद में आएँगे। मकान ठीक-ठाक था। ठीक-ठाक से अर्थ इतना ही कि विदेश में सिर छुपाने के लिए छत थी। राजकोट और पोरबन्दर के बाड़े से तुलना करना व्यर्थ था।

सामान थोड़ा व्यवस्थित तरीके से जमाया। बच्चों को नहला-धुलाकर साफ किया। फिर इनकी प्रतीक्षा कर रही थी कि रास्ते में शोरगुल सुनाई दिया। हजारों की संख्या में लोगों की भीड़ घर के आसपास जमा हो गई और अजीब-अजीब आवाजें आने लगीं। बार-बार गाँधी शब्द कानों में पड़ रहा था। भाषा तो मैं नहीं समझ पा रही थी लेकिन लग रहा था कोई नई मुसीबत खड़ी हो गई है। क्या हो रहा है यह सब? इन्होंने क्या किया है कि यहाँ के निवासी बखेड़ा खड़ा कर रहे हैं और हमें यहाँ रहने देना नहीं चाहते!

जब मैंने इनको देखा तो मेरे होश ही उड़ गए। बच्चे घबराकर रोने लगे। बापूजी को उन्होंने इस तरह कभी नहीं देखा था। सिर पर पगड़ी नहीं थी। सारे शरीर पर गन्दगी लगी हुई थी। पिटाई के कारण पूरा शरीर नीला पड़ गया था। क्यों इतना मारा लोगों ने इनको? क्या बिगाड़ा है इन्होंने किसी का? इन सवालों के जवाब बाहर के शोरगुल में खो गए।

बाहर शोर था, "गाँधी को बाहर लाओ नहीं तो हम मकान में आग लगा देंगे। गाँधी को पासवाले मकान में फाँसी लगाओ।" ऐसा क्यों कर रहे हैं ये लोग? मैं मानती हूँ कि इनका स्वभाव थोड़ा जिद्दी है और जो बात सही है उसको मनवाने का आग्रह करते हैं लेकिन किसी का बुरा तो सपने में भी नहीं कर सकते। इतना ही नहीं—बुरा होते देख नहीं सकते। किसी की बुराई सुन नहीं सकते। फिर इन्हें क्यों परेशान किया जा रहा है?

जहाज पर एक पारसी डॉक्टर से पहचान हुई थी। वह इस समय खूब काम आए। उन्होंने ही मरहम-पट्टी की। गन्दगी साफ की। तभी पुलिस सुपरिंटेंडेंट—जो बाहर भीड़ को समझा रहे थे—अन्दर आए। उनके साथ काम करनेवाले कुछ लोग और भी आए।

सुपरिंटेंडेंट ने जल्दी से अपने साथी को इनके कपड़े उतारने के लिए कहा और दूसरे कपड़े पहनाकर वह अपने साथ पुलिस स्टेशन ले गया।

न अपना देश, न अपनी भाषा, न यहाँ कोई अपना। जिसके भरोसे आई थी, वही अपना लुटापिटा पुलिस स्टेशन में पहुँच गया। इतना निराधार, इतना असहाय तो कभी महसूस नहीं किया था। बचपन में सिखाई गई ईश्वर के प्रति आस्था ऐसे वक्त बहुत काम आई।

"कस्तूरी, धीरज रख। जिसका कोई नहीं होता–उसका भगवान होता है। इसमें से जरूर कुछ अच्छा निकलेगा।"

क्या खाक अच्छा होगा? यहाँ तो जान के लाले पड़े हैं और पता नहीं मन के किस कोने में पड़ा विश्वास कहता है कि अच्छा होगा।

प्रश्न यह नहीं है कि कल क्या होगा, प्रश्न है आज क्या हो रहा है? क्या करूँ? कहाँ जाऊँ–इन छोटे बच्चों को लेकर! कैसी विकलता का अनुभव कर रही हूँ? क्या और कोई विदेश नहीं जाता? फिर मेरे ही हिस्से यह अनुभव क्यों?

10

क्या करूँगी मैं? बस सहती जाऊँगी और पति का साथ दूँगी। मुझे उनपर पूरा विश्वास है। वह कभी गलत काम नहीं करेंगे जिससे उनका साथ देने के लिए मुझे भविष्य में पश्चात्ताप हो। हाँ, उनकी जिद से दूसरों को परेशानी जरूर होती है। अब यही परेशानी क्या कम है कि घर का कोना-कोना छाना जा रहा है कि गाँधी कहाँ गया!

हमारे देश में एक ही औरंगजेब हुआ जिसने आगरा के किले में शिवाजी को कैद किया था और शिवाजी मिठाई की टोकरी में छुपकर भाग निकले थे। पर यहाँ तो हर गोरा मुझे औरंगजेब लग रहा है। मेरे पति भी तो वेषान्तर कर घर से बाहर निकले हैं। भगवान मेरे पति की रक्षा करना।

अगले चार दिन आँसू बहाने में बीते। मकान मालिक की पत्नी रोम रुस्तमजी स्वभाव से बहुत अच्छी थीं। मुझे खूब समझातीं, धैर्य बँधातीं और घर की साज-सँभाल में मदद करतीं।

यह मकान शहर से बाहर अच्छे मध्यवर्गीय लोगों के मोहल्ले में था। दोमंजिला घर और सामने छोटा-सा बगीचा। मकान में कुल आठ कमरे और सामने छोटी-छोटी टेकरियों वाला मैदान।

चार दिन बाद ये घर आ गए। इनको सही-सलामत देखकर आँखों में खुशी के आँसू आ गए। थोड़ी देर स्वस्थ होने के बाद पूछा, "आप तो किसी का बुरा नहीं करते फिर आपके साथ इन लोगों ने ऐसा व्यवहार क्यों किया?"

इनका जवाब था, "देख कस्तूरी, इन लोगों का एक कानून है कि काला आदमी कितना ही पढ़ा-लिखा, योग्य और धनी-मानी क्यों न हो, उसे यहाँ कुली की तरह ही रहना होगा और इसी अलिखित कानून का मैंने विरोध किया है। हम कुली जैसे क्यों रहें? या कोई भी भारतीय कुली जैसा क्यों रहे! वह इन्सान है–फिर इन्सान जैसा क्यों न रहे! अब यहाँ के सभी भारतीय हमसे प्रेम करने लगे हैं। गोरे लोगों ने विरोध किया

वह भी स्वाभाविक था क्योंकि अभी तक किसी ने उनके विरुद्ध ऐसा कदम उठाया ही नहीं था।"

अध्याय : दो

11

भगवान ने मेरी विनती सुन ली। वकालत अच्छी चलने लगी। मुझे लगा मेरे सारे कष्ट और परेशानियाँ अब दूर हो गये हैं।

वकालत शुरू हुई तो इनका कारकुन हमारे साथ ही रहता था। वह छोटी जाति का था और अच्छा हट्टा-कट्टा आदमी था। जात-पात के बन्धन से धीरे-धीरे ये मुझे मुक्त कर रहे थे। रोज समझाते थे : मनुष्य सिर्फ मनुष्य है। इसमें कोई छोटा-बड़ा नहीं होता। मनुष्य कर्म से बड़ा होता है। कई उदाहरण देकर समझाते थे तो बात समझ में आ जाती थी। वैसे इनका आग्रह नहीं था कि मैं बदलूँ। और इनकी हर बात स्वीकार करना मेरे लिए आसान नहीं होता था। मैं सोच-समझकर ही बात मानती थी। अब यह क्या बात हुई कि वह कारकुन रात को जिस कमोड का उपयोग करे उसे साफ न करे। इस बात को लेकर हममें एक दिन विवाद हुआ। ये बोले, "तू उसका 'कमोड' साफ कर दे।"

मेरा कहना था, "क्यों, वह खुद नहीं कर सकता?"

मेरे पति महोदय का तर्क था, "कर तो सकता है, परन्तु उसने नहीं किया। इसलिए तू कर दे।"

मैं भी अड़ गई, "तुम्हें कुछ लगता नहीं मुझे इस तरह के काम को कहते हुए—यह जानते हुए भी कि मैं किसकी बेटी हूँ! किस परिवार की पुत्रवधू हूँ! एक बैरिस्टर की पत्नी होते हुए भी मुझे ऐसा नीच काम करना पड़ेगा?"

लेकिन इनका हठ था, "कोई काम ऊँचा-नीचा नहीं होता।"

"कैसी बातें करते हैं आप! कहाँ तो बचपन से घर में वैष्णव परम्परा का पूजा-पाठ करती आ रही हूँ और कहाँ अब ऐरे-गैरे का कमोड साफ करने के लिए मुझसे कह रहे हैं।" यह कहते हुए मेरा गला रुँध गया। आँखें छलछला आईं।

इन्होंने शान्त होकर कहा, "ठीक है मैं ही कर देता हूँ।"

मैंने हारकर कहा, "रहने दीजिए—मैं ही कर देती हूँ। जब भाग्य में यही लिखा है तो करना ही पड़ेगा।"

ये फिर बोले, "देख, इस तरह रो-झींककर करने की आवश्यकता नहीं।"

मेरा तर्क था, “एक तो इतना गन्दा काम करने को कहते हो, ऊपर से मैं कुछ कहूँ भी नहीं?”

इनको तैश आ गया। बोले, “मुँह उठाकर बोलने की जरूरत नहीं। निकल जा मेरे घर से।”

मैं भी तैयार बैठी थी, “कुछ तो शर्म करो। इस तरह हाथ खींचकर बाहर निकालते हुए तुम्हें कुछ नहीं लगता। यहाँ माँ-बाप तो हैं नहीं–कहाँ जाऊँगी! और इस तरह मुझे घर से बाहर कर दोगे तो तुम्हारी बदनामी नहीं होगी?”

आँसुओं का बाँध रोककर पता नहीं कैसे इतना बोल गई। लेकिन असर भी हुआ। ये चुपचाप अन्दर चले गए और दरवाजा बन्द कर लिया। इस घटना का प्रभाव इन पर बहुत हुआ। पर स्वभाव एकदम क्या बदलता। स्वभाव के बारे में दादी ने बचपन में एक कहानी सुनाई थी वह आज भी मनुष्य स्वभाव पर खरी उतरती है।

एक राजा था जो भेष बदलकर, राज्य में घूमता था। एक दिन उसकी दृष्टि एक भिखारन पर पड़ी। वह अत्यन्त रूपवान थी। राजा ने उसे महल में बुलाया और रानी बनने का प्रस्ताव सामने रखा। वह तैयार हो गई। उसके लिए यह परम सौभाग्य की बात थी। अब भिखारन रानी बनकर महल में रहने लगी।

कुछ माह बाद रानी का रंग फीका पड़ने लगा और वह बीमार रहने लगी। राजा की चिन्ता बढ़ गई। गाँव में डुग्गी पिटवाई गई : जो भी रानी को ठीक कर देगा, उसे बड़ा इनाम दिया जाएगा।

गाँव का एक गरीब वृद्ध दरबार में आया और बोला, “मुझे इजाजत दी जाए। मैं रानी को ठीक कर दूँगा?”

इलाज शुरू हुआ, कोई दवाई नहीं। सिर्फ दासियों को आज्ञा हुई कि वे भोजन की थाली रखकर फौरन वापस लौट जाएँ। वहाँ कोई न रुके। आज्ञा का तुरन्त पालन होने लगा।

आठ दिन में रानी पूर्ववत् हो गई। राजा को बहुत आश्चर्य हुआ। वृद्ध से पूछा, “यह कैसा इलाज कि बिना दवाई के रानी ठीक हो गई।” वृद्ध ने कहा, “महाराज, रानी पहले भिखारिन थी। इसलिए उसका स्वभाव चार घर भीख माँग कर खाने का हो गया है। यहाँ छप्पन भोग लेकर सामने दासियाँ खड़ी रहती थीं तो रानी भोजन नहीं कर पाती थी। अब दासियाँ सामने नहीं खड़ी होतीं, वह कमरे के आले में एक-दो पकवान रख देती हैं और घूम-घूमकर खाती है पेटभर। इसलिए ठीक हो गई।”

12

पूरे तीन महीने बाद मोरित्सबर्ग के कारावास का दरवाजा खुला। सामने इनको, बच्चों को खड़ा पाया। भावविह्वलता में आँसू बह निकले। आँसू तो इनकी आँखों में भी

चमक रहे थे। वह मेरे लौटने की खुशी के थे या दक्षिण अफ्रीकी सरकार ने कानून वापस ले लिया—इस बात के थे, पता नहीं चला।

मुझसे मिलकर बोले, "तू तो बूढ़ी हो गई।"

मैंने धीमी आवाज में कहा, "कहाँ? ठीक तो हूँ।"

इनकी जिद थी, "ठीक कहाँ है? कैसी हड्डियाँ उभर आई हैं। कल डॉक्टर के पास जाएँगे।"

मैंने भी साफ कहा, "डॉक्टर की गोलियाँ खाते-खाते ऊब गई हूँ। तबीयत तो आज भी वैसी ही है। उल्टियाँ हो रही हैं। हाथ-पैर की सूजन बराबर बनी हुई है।"

यह बोले, "तो तुम क्या कहना चाहती हो, डॉक्टर ने ठीक से इलाज नहीं किया?"

"नहीं, डॉक्टर ने तो बहुत कोशिश की, पर कोई फर्क नहीं पड़ता। अब क्या करें!"

"ठीक है। तुम्हारा मुझ पर विश्वास है?"

"ऐसा क्यों पूछ रहे हो?"

"इसलिए कि अब तुम्हारा इलाज मैं करूँगा। अपनी पद्धति से एक प्रयोग करूँगा। उसमें उपवास करने होंगे और नीम का रस लेना होगा।"

"हाँ करूँगी, जो भी तुम कहोगे।"

बस दूसरे ही दिन से शुरू हो गई इनकी दवाई और इलाज। मुझसे चौदह दिन उपवास करवाये और नीम का रस दवाई के रूप में पिलाया।

सच कहूँ तो बापू उन दिनों मेरी माँ बन गए थे। वे सुबह मुझे दातौन करवाते। फिर कॉफी बनाकर पिलाते। 'एनिमा' देते। फिर पॉट भी साफ करते, क्योंकि मुझमें तो दो कदम चलने की शक्ति भी नहीं थी। यह तो हुआ सेवा का एक हिस्सा। दूसरे हिस्से में मुझे उठाकर खटिया पर रखते, फिर खटिया पेड़ के नीचे डाल देते और धूप की दिशा में खटिया को बदलते रहते।

मेरे हाथ-पैरों में जहाँ सूजन आ गई थी नीम के तेल की मालिश करते। बस, एक काम इन्हें नहीं आता था : वह था मेरी चोटी गूँथना। काशीबा के जिम्मे था मेरी चोटी गूँथना। उनकी दवाई और सेवा ने धीरे-धीरे रंग दिखाया और मेरा स्वास्थ्य पूर्ववत् होने लगा। अब मैं घर की देखभाल कर लेती थी या यूँ कहूँ कि मैंने अपनी गृहस्थी का चार्ज इनसे ले लिया। वास्तव में उन दिनों इन्होंने जिस तरह मेरी सेवा की वह अवर्णनीय है।

13

हमारे परिवार में उन दिनों, हम पति-पत्नी के अलावा तीन बालक थे। मणिलाल की उम्र ग्यारह वर्ष की थी, रामदास की उम्र नौ वर्ष और देवदास छः वर्ष का था। हम

और हमारे बच्चों तक ही परिवार सीमित नहीं था। हमारे साथ हमारी ननद का लड़का, तारघर में काम करनेवाला एक अँग्रेज नौजवान, मि. पोलाक और उसकी पत्नी मिसेज पोलाक। इस तरह 'वसुधैव कुटुम्बकम्' का प्रारम्भ हो गया था।

अब जीवन में और भी परिवर्तन आ रहे थे। एक-दूसरे को समझकर हमारे बीच मित्रत्व की भावना का जन्म हुआ था। अब दुनिया को मैं बापू की नजर से देखने लगी थी। बच्चे बड़े हो गए इसलिए हम भी एक-दूसरे को बा और बापू कहने लगे।

बापू रामायण, गीता से लेकर बड़ी-बड़ी विदेशी लेखकों की पुस्तकें पढ़ते थे। एक दिन कहने लगे, दुनिया की सबसे मूल्यवान वस्तु है मित्रत्व! ऐसा सच्चा मित्र बहुत मुश्किल से मिलता है जो बिना किसी संकोच के हमारी गलतियाँ हमें बताए और सुख-दुख दोनों में एक-सा व्यवहार करे। ऐसी आत्मीयता में सारे भेदभाव दूर हो जाते हैं—कृष्ण-सुदामा की मित्रता ऐसी ही थी।

अब हमारी दिनचर्या सुबह छः बजे से शुरू हो जाती। पहले रोटी बाजार से आती थी लेकिन खमीरेवाली रोटी से बच्चों की तबीयत खराब रहने लगी। इसलिए सात पौण्ड देकर एक चक्की खरीदी गई। चक्की का पाट भारी था। फिर भी दो आदमी मिलकर उसे आसानी से चला सकते थे। यह काम पुरुषों का था। बच्चे तो चक्की चलाने में मदद करने का काम शौक से करते थे और हँसी-मजाक में पता ही नहीं चलता था कि चक्की चलाने की मेहनत कर रहे हैं। आधे घण्टे तक रोज सुबह चक्की चलाने का काम चलता।

इससे दो लाभ हुए। एक तो घर पर ताजे आटे की रोटी बनने लगी और दूसरे सबकी अच्छी कसरत हो जाती थी। कहते हैं चक्की पीसने से पेट की बीमारियाँ दूर भागती हैं। मेरा काम सुबह से रसोई में शुरू हो जाता, क्योंकि बापू को मेहमानदारी का ऐसा शौक था कि रोज शाम को दो-चार अपरिचित मेहमान भोजन के लिए साथ में होते। ऐसी स्थिति में सुबह से काम में लगना पड़ता था।

मेहमान कोई भी हो शाम के भोजन का वातावरण इतना आनन्दमय होता था कि बहुत थोड़े समय में आयोजन करना अखरता नहीं था। भोजन में बहुत सादी चीजें होती थीं। जैसे—दो या तीन सब्जियाँ, दाल, कढ़ी, सिंकी हुई रोटी, मूँगफली, रायता, सलाद आदि। दूसरे दौर में दूध और फल।

भोजन के अन्त में मौसम के अनुसार, कॉफी या ठण्डा लेमिनेड—जो भी आवश्यक हो। यहाँ परोसनेवाली भारतीय पद्धति को हमने छोड़ दिया था। मेज पर भोजन सजा दिया जाता और सब अपने हाथ से लेकर आराम से खाते थे। भोजन के समय खूब हँसी-मजाक, गपशप, चर्चा होती थीं। भोजन का यह रंगारंग कार्यक्रम कोई एक घण्टे तक चलता था।

यहाँ रहनेवाले भारतीय परिवार और कुछ अँग्रेज परिवारों से अच्छी दोस्ती हो गई थी। बापू अपना कुछ समय दवाखाने में रोगियों की सेवा करने में बिताते थे।

सब कुछ सकुशल चलता रहे यह मेरी नियति कभी नहीं रही। इन दिनों बवासीर की पीड़ा से छटपटाती रही। बहुत दिनों से परेशान थी। जब तक सहनीय स्थिति रही घरेलू इलाज करती रही। लेकिन बार-बार रक्तस्राव और जानलेवा दर्द से जिस दिन सहनशक्ति चुक गई, उस दिन बापू से कहना पड़ा।

बापू की राय थी, "मेरे डरबन में एक डॉक्टर मित्र हैं।"

मैंने दर्द पर काबू पाते हुए कहा, "कुछ भी करो पर यह परेशानी कुछ कम होनी चाहिए।"

"डॉक्टर मित्र की राय है कि ऑपरेशन करवाना होगा। तुम्हारा हृदय कमजोर है इसलिए तुम्हें क्लोरोफार्म बिना सुँघाये ही ऑपरेशन करना होगा।"

"ऑपरेशन के बिना कोई इलाज नहीं है?"

"देखो भाई, डॉक्टर की सलाह है और मेरा मित्र गलत सलाह नहीं देगा।"

"ठीक है इस रोज-रोज की परेशानी से तो बच जाऊँगी!"

"ऑपरेशन साधारण नहीं है। सह पाओगी?"

"कोशिश करूँगी। मेरा भगवान मेरे साथ है।"

भगवान के भरोसे ही तो सह गई। कैसा जानलेवा दर्द था वह! लगता रहा अब जान निकली, तब निकली। जैसे-तैसे ऑपरेशन समाप्त हुआ तो लगा अब सारे दुख से मुक्ति मिल जाएगी।

ऑपरेशन सफल हुआ। अतः बापू को वहाँ रुकने की आवश्यकता नहीं थी। दो दिन बाद डॉक्टर ने उन्हें जोहनसबर्ग लौटने की अनुमति दे दी और डॉक्टर बापू के मित्र थे इसलिए चिन्ता की बात नहीं थी।

बाद में एक दिन बापू महादेव भाई से कह रहे थे, "महादेव, ऑपरेशन के समय तेरी बा ने जो अनोखी सहनशक्ति दिखाई, उसकी मैं प्रशंसा किये बिना नहीं रह सकता। थोड़ी दूर खड़ा मैं सब देख रहा था। मेरे पैर काँप रहे थे। गर्भाशय में औजार डालकर उसे चौड़ा किया तो तड़तड़ की आवाज आ रही थी। बा के चेहरे पर दुख तो दिखाई दिया पर उसे व्यक्त करने के लिए उसने उफ तक नहीं किया।"

मैं सान्त्वना के लिए कह रहा था, "देखो हिम्मत नहीं हारना।"

बापू की बात सुनकर महादेव भाई से रहा नहीं गया। बोल पड़े, "इसे तो सहनशक्ति का चमत्कार ही कहा जाएगा।"

बापू बोले, "बेशक महादेव! क्योंकि ऑपरेशन में काफी समय लगा। दूसरा कोई होता तो चीखे-चिल्लाये बिना नहीं रहता। वह तो बा ही थीं कि सारा दर्द नीलकण्ठ-सा चुपचाप पी गईं।"

कुछ ही दिनों में मेरा स्वास्थ्य इतना गिर गया कि मैं उठ नहीं पा रही थी। चक्कर आने लगे। एक दिन तो बेहोश हो गई। मेरी बिगड़ती स्थिति देखकर डॉक्टर ने जो

जोहनसबर्ग में बापू को फोन लगाया और बोला, "मिसेज गाँधी बहुत कमजोर हो गई हैं। ऐसी स्थिति में उन्हें दवाई के रूप में मैं शराब और मांस का शोरबा देना चाहता हूँ। मैं जानता हूँ आप लोग शाकाहारी हैं। लेकिन मिसेज गाँधी का ठीक होना आवश्यक है। इसलिए मुझे अनुमति जरूर देंगे।"

बापू का उत्तर था, "मैं इस तरह की अनुमति नहीं दे सकता। हाँ, कस्तूरी स्वतंत्र है। यदि वह बोलने की स्थिति में है और दवाई के रूप में ये चीजें स्वीकार करती है तो अवश्य दें।"

डॉक्टर का कहना था, "रोगी से मैं इस तरह की बातें नहीं पूछ सकता। लेकिन डॉक्टर होने के नाते यदि मैं जो चाहूँ इलाज नहीं कर सकता तो मिसेज गाँधी की जिम्मेदारी भी नहीं ले सकता।"

बापू उसी दिन ट्रेन से डरबन पहुँच गए। डॉक्टर से मिले तो उसने कहा, "मैंने तो रोगी को शोरबा पिलाकर ही आपको फोन किया था।"

बापू की प्रतिक्रिया तीव्र थी, "यह आपने अच्छा नहीं किया, डॉक्टर। मैं इसे धोखा समझता हूँ।"

डॉक्टर बोला, "इलाज में धोखा कैसा! डॉक्टर का सबसे बड़ा काम है रोगी को बचाना। फिर उसके लिए यह सब करना भी पड़े तो इसे हमारे पेशे में धोखा नहीं, पुण्य का काम समझा जाता है। रोगी को बचाने में हम यह नहीं देखते कि वह शाकाहारी है या मांसाहारी।"

बापू समझ रहे थे कि डॉक्टर अपनी जगह ठीक है फिर भी उनकी बातों से दुखी हो गए। परिस्थिति देखकर शान्त रहे। एक तो डॉक्टर पति-पत्नी उनके मित्र थे। दूसरे दोनों ने मिलकर मेरी बहुत सेवा की थी। फिर भी वे डॉक्टर के इस व्यवहार को सहन नहीं कर पा रहे थे। इसलिए स्पष्ट बात की।

बापू बोले, "डॉक्टर, अब साफ-साफ बात हो जाए तो अधिक अच्छा है। अपनी पत्नी को उसकी स्वयं की अनुमति के बिना मांस या शराब नहीं देने दूँगा। फिर इस इलाज के अभाव में उसकी चाहे मृत्यु हो जाए, तो भी मैं तैयार हूँ।"

डॉक्टर की प्रतिक्रिया थी, "आपके यह सिद्धान्त मेरे घर पर नहीं चलेंगे। मैं जो उचित समझूँगा, इलाज के लिए दवाई के रूप में दूँगा और आपको यह मंजूर न हो तो उन्हें ले जाइए। मैं अपने रोगी को इस तरह किसी दवा के अभाव में मरते नहीं देख सकता।"

"इसका अर्थ यह हुआ कि मैं अपनी पत्नी को यहाँ से ले जाऊँ!"

"ऐसा मैंने कब कहा! मैं तो यह कह रहा हूँ कि आप मेरे इलाज में अड़ंगे न लगायें। मुझे अपने तरीके से उनका इलाज करने दें। तभी हम दोनों पति-पत्नी उनकी ठीक से शुश्रूषा कर सकेंगे। और यह सरल सीधी बात आपकी समझ में न आती हो तो ले जाइए, और क्या कह सकता हूँ!"

बापू के साथ मणिलाल भी था। उससे बापू ने पूछा, "इलाज के तौर पर ही क्यों न हो, तुम्हारी बा को मांस का शोरबा देने की इजाजत तो नहीं देनी चाहिए न?"

मणिलाल बोला, "नहीं! हमारी बा को ये चीजें हरगिज नहीं देनी चाहिए।"

बापू और मणिलाल मेरे पास आए। मेरी कमजोर हालत देखकर बापू बहुत दुखी हुए। मणि की तो आँखें भर आईं। फिर भी कर्तव्य समझकर बापू ने मुझसे पूछा, "दवा के रूप में तुम ये चीजें लेना चाहोगी?"

कैसा लगा उस क्षण! इतनी कमजोरी में भी हँसी आ गई और कहा, "यह बात आप मुझसे पूछ रहे हैं? आपने ही तो जीवन की परिभाषा समझाई है। आपके साथ रहकर जीवन और मृत्यु को पास से देखा है और बचपन से होते आए संस्कारों ने मृत्यु का भय कब का दूर कर दिया है।"

"मनुष्य देह क्या बार-बार मिलती है। यदि मृत्यु आती है तो सहर्ष आए और मुझे ले जाए। मृत्यु आपकी गोद में हो बस इतनी इच्छा है।"

बापू ने मुझे स्थिर करते हुए कहा, "यह भावुकता में बहने का समय नहीं है, कस्तूरी! यह तुम्हारे जीवन-मरण का प्रश्न है। तुम मेरे अनुकरण से बँधी नहीं हो। तुम्हारा अपना जीवन है। यहाँ मैं कई हिन्दू परिवारों को जानता हूँ जो इन चीजों का उपयोग करते हैं।"

मैंने शान्त होकर उत्तर दिया, "करते होंगे। मुझे दूसरों से क्या लेना-देना! मुझे तो यहाँ से ले चलो। मुझे नहीं रहना है।"

बापू को खुशी और घबराहट दोनों एक साथ महसूस हुई। खुशी इसलिए कि कस्तूरी अनपढ़ होने के बावजूद विचारवान है। उसके स्वयं के सिद्धान्त हैं। इन विचारों को मृत्यु का डर भी नहीं बदल सका। वह ईश्वर की सच्ची भक्त है।

मणिलाल पास ही खड़ा सब देख-सुन रहा था। इसमें ईश्वर की सच्ची भक्त होने की बात कहाँ से आई उसकी कुछ समझ में नहीं आया। इसलिए पूछ बैठा, "बापू यहाँ भगवान की भक्ति से क्या सम्बन्ध है?"

बापू बोले, "मणि, सच्चे भक्त की पहचान यही होती है कि वह निडर होता है। मनुष्य जीवन में सबसे अधिक डरता है तो मृत्यु से और मौत न आए इसलिए अच्छे-बुरे सब तरह के काम करने को तैयार हो जाता है। लेकिन तेरी बा को समझ है कि मृत्यु जीवन का चरम सत्य है और वह ईश्वर की परम भक्त है। इसलिए उसका विश्वास है कि भगवान उसे जीवित रखेगा तो अच्छा ही करेगा और मृत्यु देगा तो भी अच्छा ही करेगा। बहुत दृढ़ निश्चयवाली है तेरी बा।"

बापू ने मेरे व्यक्तित्व का अच्छा विवेचन किया। अच्छा लगा। लेकिन मेरे लिए अहम है मेरा मन। मेरा मन तैयार नहीं था कि ज्यादा जीने के लालच में मैं मांस खा लूँ, शराब पी लूँ। फिर उसका स्वरूप दवाईवाला ही क्यों न हो।

बापू ने ऐसी स्थिति में मुझे घर ले जाने की बात डॉक्टर से कही तो डॉक्टर बहुत नाराज हुए। कहने लगे, "कैसे पति हैं आप? बीमारी की इस स्थिति में पत्नी से

ऐसी बातें करने में आपको शर्म नहीं आई! जो भी हो एक डॉक्टर की हैसियत से आपको यह बताना मेरा फर्ज है कि आपकी पत्नी का स्वास्थ्य यहाँ से जोहनसबर्ग तक की यात्रा के क़ाबिल नहीं है। वह जरा भी धक्का नहीं सह सकतीं। रास्ते में उनके प्राण भी निकल जाएँ तो मुझे आश्चर्य नहीं होगा। काफी बुरी स्थिति है। फिर भी आपकी जिद है तो जरूर ले जाइए। मैं दवाई के रूप में शोरबा नहीं दे सकता तो रखने से भी क्या लाभ!"

बापू की यह परीक्षा की घड़ी थी। डरबन से फिनिक्स तक का रास्ता रेल से तय करना था और फिनिक्स से आश्रम तक का ढाई मील का रास्ता पैदल। ऊपर से बारिश। लेकिन ईश्वर की श्रद्धा में बापू मुझसे अधिक बढ़े-चढ़े थे। उन्हें विश्वास था कि इस कठिन परिस्थिति में वही उनको सहारा देगा।

बापू ने एक आदमी को पहले ही फिनिक्स भेज दिया। उसके साथ मि. वेस्ट, जो बापू के अच्छे मित्र थे, को सन्देश पहुँचाया कि वे एक बोतल गरम दूध, एक बोतल गरम पानी और छः आदमियों के साथ हैमक (जालीदार कपड़े की झोली जिसके चारों ओर बाँस बँधे रहते हैं और जिसमें बीमार व्यक्ति आराम से झूलता रह सकता है) लेकर स्टेशन पर आ जाएँ।

दूसरी ट्रेन रवाना होने का समय आया तो बापू ने रिक्शा मँगवाया। ट्रेन के डिब्बे तक पहुँचने में स्टेशन के बड़े प्लेटफॉर्म पर लम्बा चलकर पहुँचना पड़ता था। लेकिन शरीर तो केवल हड्डियों का ढाँचा रह गया था। चल पाने का प्रश्न ही नहीं था।

बापू ने मुझे दोनों हाथों में उठा लिया और गाड़ी की सीट पर रख दिया। फिनिक्स स्टेशन पर 'हैमक' आ गया था। उसमें मुझे आराम से ले जाया गया।

फिनिक्स आश्रम में बापू ने पानी से मेरा इलाज किया। धीरे-धीरे मेरे शरीर में परिवर्तन आने लगा। बापू पूरी लगन से मेरी सेवा करते। वह मुझे मौत के मुँह से निकाल लाये।

14

बापू के साथ बहुत दुनिया देखी और जो देखा उस पर सोचना-समझना भी सीखा। चार बेटों की माँ, प्रौढ़ता की ओर बढ़ती उम्र के अनुभव—कुल मिलाकर वह बचपना, वह लड़ाइयाँ, वह रूठना-मनाना बहुत दूर छोड़ आई थी। साथ ही छोड़ दिये वे ऊपरी दिखावे जो यहाँ आने के लिए अपनाये थे जैसे—बूट-मोजे, छुरी-काँटे से खाने की आदतें आदि।

अब रहन-सहन आचार-विचार सभी में परिवर्तन हुआ। नये लोगों का परिवार में प्रवेश जारी ही था। कैलनबेक जैसे अँग्रेज साहब और उनकी पत्नी ने प्यार और

अपनत्व से हमें ऐसे जीता कि हमने उन्हें जेठ और जेठानी का दर्जा दे दिया। रुस्तमजी दादा अब्दुल्ला भी हमारे परिवार के एक सदस्य बन गए थे। मेरे साथ मोरित्सबर्ग जेल में तीन महीने जो बहनें रही थीं उन सबसे भी बड़ा स्नेह हो गया था। पर था तो वह विदेश ही। आखिर अपना देश अपने लोग तो याद आते ही हैं।

बोअर युद्ध के काम के बाद बापू सोचने लगे, अब हमारा यहाँ का काम समाप्त हो गया है। अब हमें अपने देश जाना चाहिए। बापू की बात ठीक ही थी। मैंने इसे स्वयं के नजरिये से भी सोचकर देखा। बच्चे बड़े हो रहे हैं। यहाँ हमेशा तो रहना नहीं है। फिर अभी चले जाना उचित ही है।

वह दिन भी आ गया जब दक्षिण अफ्रीका छोड़ने का मुहूर्त निकाला गया। नेटाल के हिन्दुस्तानियों ने हमें प्रेमामृत में नहला दिया।

जगह-जगह मानपत्र देने के लिए सभाएँ हुईं और मूल्यवान उपहारों से हमें लाद दिया गया। उपहारों में सोने-चाँदी की चीजें तो थीं ही, कुछ हीरे के आभूषण भी थे। एक हार तो पूरे पचास गिन्नियों का था, जो मुझे पहनाया गया।

जितने मूल्यवान उपहार मिलते, बापू पता नहीं क्यों अधिक व्यग्र और परेशान दिखाई देते। कारण पूछने पर उन्होंने बताया, "देखो, कस्तूरी इन मूल्यवान उपहारों को हमें वापस लौटाना होगा।" सुनकर मैं चौंक गई। भला किसी का प्यार भी ऐसे लौटाया जाता है! क्या सोचेंगे वे लोग!

बापू की दृष्टि से बात कुछ बनी नहीं। सोचा बच्चों को समझाएँ, और बच्चे जब बा को समझाएँगे तब जाकर बात बनेगी। बापू के विचारों में ये उपहार रखना सिद्धान्तों के विरुद्ध है। एक ओर हम बच्चों को निःस्वार्थ सेवा का पाठ पढ़ा रहे हैं, और दूसरी ओर हमने यहाँ जो सेवा की उसके बदले में उपहार ले रहे हैं।

बहुत सोच-समझकर बापू ने रुस्तमजी को इसका ट्रस्टी नियुक्त किया। इस तरह का एक पत्र भी तैयार किया और बच्चों को बुलाकर उन्हें समझाया। बच्चे तुरन्त समझ गए और बोले, "आप इन्हें लौटा दें। हमें इनकी जरूरत नहीं है और जब जरूरत होगी हम खरीद लेंगे।"

"शाब्बाश!" उत्साहित होकर बापू ने कहा, "तुम यह बात बा को समझा सकोगे।"

बच्चे खुश होकर बोले, "अब यह काम हमारा है। बा को कहाँ गहने पहनने हैं! वह तो हमारे लिए ही इन्हें रखना चाहेंगी। जब हमें ही इसकी जरूरत नहीं तो बा इन्हें अपने पास रखने की जिद क्यों करेंगी!"

मुझसे जब यह बात बापू ने कही तो मेरी आँख में आँसू आ गए और मैंने साफ इनकार कर दिया। "बच्चों का क्या! उन्हें आप जैसा समझाएँगे वह समझ जाएँगे। फिर उन्हें अभी कहाँ दुनियादारी का ज्ञान है! यह गहने मुझे अपनी बहुओं के लिए चाहिए।"

बापू का कहना था, "बच्चे शादी तो करें! अभी तो छोटे हैं। अब अपनी वाली

उम्र में तो हम उनकी शादी करने से रहे और गहनों की शौकीन बहुएँ हम क्यों लाएँगे अपने घर!"

मेरा कहना था, "तुम क्या भविष्यवक्ता हो? जो इतने विश्वास से कह रहे हो! किसने देखा है कल?"

"तुम्हारी बहुएँ यदि गहने पहनने की शौकीन आईं तो, मैं बैठा हूँ। बनवा दूँगा।"

"क्या बात कही! मुझे ही अपने गहने आपने कहाँ पहनने दिये जो अब बहुओं के लिए बनवा देंगे? और फिर इस हार पर तो आपका कोई अधिकार नहीं है। यह मुझे मिला है।"

"लेकिन यह हार तो तुम्हें मेरी सेवा के बदले मिला है।"

"क्यों? रात-दिन चाय-नाश्ता, भोजन यहाँ तक कि कमोड साफ करवाया। वह सेवा नहीं थी मेरी?"

"सेवा तो तुमने की और मुझसे अधिक की लेकिन यदि बदले में ऐसे उपहार रख लो तो यह निःस्वार्थ सेवा कैसे कहलाएगी।"

बापू को नहीं मानना था, वह नहीं माने। किसी तरह उन्होंने मुझे हीरे-जवाहरात लौटाने पर राजी कर लिया। उस समय तो किसी तरह मान गई पर बाद में विचार किया तो लगा बापू ठीक ही कह रहे थे। क्या करती मैं उन उपहारों का! उससे भी मूल्यवान जो पाया है, उसकी तुलना हीरे-जवाहरात से तो नहीं हो सकती। तब सोने-चाँदी में भटक जाती तो उस चकाचौंध में आगे का रास्ता धुँधला हो जाता।

सोना-चाँदी छोड़ना आसान होता है। सोने से खरे मन के लोगों को छोड़ने का यह पहला अनुभव था। रिश्ते-नाते सबसे परे केवल स्नेह से बँधे परिजनों से बिछुड़ते समय आँसू रुकने का नाम नहीं ले रहे थे। कैसा बावला मन होता है! कभी तो उम्रभर साथ रहनेवाले भी एक-दूसरे को नहीं समझ पाते और कभी जहाज में मिले यात्री ही अपने बन जाते हैं।

अध्याय : तीन

15

मैं पहले ही कह चुकी हूँ कि मेरी कहानी में राजा-रानी के किस्से नहीं हैं। राजा-रानी न सही, एक बैरिस्टर पति-पत्नी, उनके बच्चे—इस तरह साधारण उतार-चढ़ाव की कहानी तो बन ही सकती थी। पर कहाँ बन पाई! इस कहानी ने एक अलग ही मोड़ लिया।

कहानी बनी पारिवारिक सन्त की। संन्यासी की। आश्रम की। और मेरे अपने ही नहीं समूचे देश के दुख की। अब ऐसी कहानी में राजमहल के रंगमहल होने से तो रहे! ऐसी कहानी में होते हैं गरीबों के दुख, झोंपड़ियों के दर्द। पता नहीं आप पसन्द करेंगे या नहीं! लेकिन मैं तो वही बता सकती हूँ जो मैंने देखा है। उन लोगों के आँसू पोंछते-पोंछते मेरी महीन साड़ियों के आँचल गल गए तो बापू की बात सही लगी—मेरे देश के आँसू का खारा पानी सोखने के लिए मलमल काम नहीं देगी। मोटी खुरदरी खादी ही सबसे उपयुक्त है।

दक्षिण अफ्रीका से ही जीवन में करवट लेना शुरू कर दिया था। फिनिक्स आश्रम में शिक्षा और सेवा की झलक देखने के बाद, हिन्दुस्तान वापस आकर उस पुराने पारिवारिक जीवन की कल्पना भी नहीं कर सकती।

दुनिया का कोई भी ज्योतिष मेरी जन्मपत्री पढ़कर यह भविष्य बताता कि कस्तूरी, न तुम्हारा घर-बार रहेगा, न ठौर-ठिकाना। और कहीं तुम्हें जगह मिलेगी भी तो वह जगह होगी कारागृह। कहाँ सोचा था यह!

हिन्दुस्तान की भूमि पर पैर रखते ही दोनों हाथ नमस्कार की मुद्रा में उठ गए। बहुत दिनों बाद मातृभूमि पर पाँव रखा था। मन में सबसे मिलने की आतुरता थी। वास्तव में इस बीच काफी कुछ घट गया था। इसलिए परिवार में अब वह बात तो नहीं रह गई थी जो मैं छोड़कर गई थी। परिवार की क्या कहूँ, मेरे विचारों में भी कितना परिवर्तन आ गया है।

यहाँ लौटकर बापू का विचार कुछ काम शुरू करने का नहीं दिखा। वकालत तो दूर, ऐसा लग रहा था जैसे पैरों में पहिये लग गए हों।

—आज यहाँ, तो कल वहाँ। पूरा हिन्दुस्तान घूम आए।

घूमते-घूमते चम्पारन के किसानों की दुर्दशा ने बापू का ध्यान आकर्षित किया। मैंने भी जब आँखों से उनकी स्थिति देखी तो लगा इनकी सेवा करना आवश्यक है।

अब जो बापू कहें, वही करना है—ऐसी भावना मन में नहीं थी। लेकिन एक विश्वास आ गया था कि हम दूसरों के लिए जो भी कर सकते हैं, हमें करना चाहिए।

बापू चाहते थे किसान भाई अपनी व्यथा स्पष्ट शब्दों में बताएँ, जिससे उनके लिए कुछ किया जा सके। उनकी समस्या की जड़ क्या है—समझा जा सके। टूटी-फूटी झोंपड़ियाँ, नंगे-भूखे बच्चे, पशुओं से बदतर इन्सानों की स्थिति देखकर मेरा मन काँप उठा। क्योंकि आजतक मैंने ऐसी गरीबी और दीन-हीन दशा कहाँ देखी थी!

निर्दयी और निठल्ले गोरों से किसान डरते थे। इसलिए मुझसे, बापू से, साफ-साफ नहीं कह पा रहे थे। ऐसी स्थिति देखकर मैंने और अवन्तिबाई ने यह काम स्वयं की जिम्मेदारी पर लिया कि हम घर-घर जाएँगी और महिलाओं से उनकी सही स्थिति का पता लगाएँगी।

साधारण गाँव के भोले-भाले नागरिक सहयोग दे रहे थे। लेकिन कई घर ऐसे मिले जहाँ हम गए तो घर की एकाध स्त्री झोंपड़ी का थोड़ा-सा दरवाजा खोल बाहर झाँकती और हमसे कहती, "कृपया बाहर ही रहिए।"

इस बात ने आश्चर्यचकित कर दिया, क्योंकि व्यवहार तो असभ्य नहीं था : आँखें भरी हुईं। चेहरा देखकर लगता था कि बहुत कुछ कहना चाह रही हैं लेकिन कोई ऐसी विवशता अवश्य है जिसके कारण वे लोग सामने नहीं आ पा रही हैं। इसका कारण जानने के लिए मैं बेचैन हो गई। बार-बार एक ही प्रश्न उठता कि ये स्त्रियाँ हमसे मिलने-जुलने और बातचीत करने से कतराती क्यों हैं?

आखिर एक वृद्धा ने कारण स्पष्ट किया। सुनकर आँखों में आँसू आ गए। वृद्धा ने कहा, "बा, आप जैसी लक्ष्मी दरवाजे पर आए और हम दरवाजा न खोलें, यह कैसे सम्भव है! लेकिन एक-एक झोंपड़ी में महिलाएँ तो तीन-चार हैं और साड़ी एक ही होती है। मुश्किल से आधा शरीर ढँक पाता है।"

दरिद्रता से यह मेरी पहली भेंट थी। रोंगटे खड़े हो गए। बापू को मैंने इन लोगों की करुण कहानी सुनाई तो उनकी चिन्ता बढ़ गई और वे इस बात पर विचार करने लगे कि सस्ता कपड़ा इनको कैसे मुहैया हो। बापू का ध्यान चरखों पर गया। पहले तो चरखा पूरे भारत में चलता था। फिर अँग्रेजों ने कपड़ा मिल चलाकर इस धन्धे को चौपट कर दिया।

बापू स्वयं चरखा चलाते और ग्रामवासियों को भी चरखा चलाना सिखाते ताकि वे अपना कपड़ा स्वयं तैयार कर सकें। मैं भी नियमित चरखा चलाने लगी। सूत कातना मेरी दिनचर्या का एक हिस्सा हो गया। यहाँ तक तो ठीक था लेकिन बापू खादी की साड़ी पहनने का आग्रह सब बहनों से करते थे। इसमें मुश्किल बात यह थी कि खादी का अर्ज छोटा होता था और साड़ी पहनना हो तो जोड़ लगाना पड़ेगा और जोड़ लगाने से साड़ी का वजन कम-से-कम तीन पौण्ड हो जाता। मेरे साथ कठिनाई यह भी थी कि परिस्थिति मुझसे पोशाक में तीसरी बार बदलाव करवा रही थी।

पहले गुजराती वैष्णव घर में लहँगा-चोली, घाघरा पहना करती थी। बड़ी हुई तो केवल साड़ी पहनने से ही काम नहीं चलता था। दिन भर घूँघट काढ़े रहना पड़ता था। मजाल है जो घर के बड़ों के सामने मुँह उठाये घूम लूँ। मैं तो दीवान परिवार की बहू थी। सारे कानून कायदे कड़ाई से पालन करना पड़ते थे।

दूसरी बार, दक्षिण अफ्रीका गए। तब पोशाक में बदलाव आया। तब बापू मेरे और बच्चों के शिक्षक थे। उनका मानना था कि यदि हमें स्वयं को सुधारवादी दिखाना है तो हमारा बाहरी आचरण यूरोपियन लोगों से मिलता-जुलता होना चाहिए। ऐसा करने से रोब पड़ता है, और बिना रोब डाले देशभक्ति नहीं हो सकती। तब हमारे शिक्षक ने हमें छुरी-काँटे से खाने की, जूते-मोजे पहनने की आदत डाल दी। इस तरह का परिवर्तन शुरू में जितना कष्टदायक होता है, बाद में आदत हो जाने के बाद

छोड़ना भी तकलीफदायक हो जाता है। यही मेरे साथ भी हो रहा था।

रॉलट एक्ट के खिलाफ की गई सत्याग्रह की लड़ाई को मजबूत बनाने के लिए बापू ने स्वदेशी चीजों का उपयोग करने पर बहुत जोर दिया। स्वदेशी वृत्त में कुछ महीने तक तो मिल के बने कपड़े चलते रहे। लेकिन फिर बापू ने महसूस किया कि मिल के कपड़ों का प्रचार करने की हमें क्या जरूरत है! 'हमारी' आवश्यकता तो है बाहर से आनेवाले कपड़े को रोकने की, और उसके लिए आवश्यक है कि हमारे देश में कपड़ा अधिक हो। चरखे से यह काम सम्भव है। इसलिए चरखा चलाने और खादी पहनने का आग्रह बापू सबसे करने लगे।

मिल की साड़ी छोड़कर खादी अपनानेवाली पहली बहन थी सरला चौधरी और दूसरी मैं। हमारी शिकायत सही थी कि साड़ी का वजन बहुत बढ़ गया था। लेकिन बापू की बात भी सही थी। बापू का उत्तर था : नौ महीने बच्चे को पेट में रखनेवाली बहनें देश की खातिर, गरीब बहनों की खातिर खादी का भार नहीं उठा सकतीं!

थोड़े ही दिनों में बहुत-सी बहनों ने खादी अपना ली। बड़े अर्ज की खादी भी बुनी जाने लगी। इस तरह खुद कताई करनेवालों के लिए तो समस्या ही नहीं रही।

धीरे-धीरे मेरा खादी-प्रेम इतना बढ़ गया कि एक दिन जल्दी में आँगन पार कर रही थी तो ठोकर लग गई। पाँव की छोटी उँगली से खून बहने लगा। आश्रम की एक बहन मुलायम कपड़े की पट्टी ले आई। उसने सोचा खादी की पट्टी मोटी होने से ठीक से बँध नहीं पाएगी, और खुरदरी होने की वजह से चुभेगी। उसकी बात अपनी जगह सही थी लेकिन यहाँ तो खादी का व्रत ले लिया था और एक बार लिया हुआ व्रत तोड़ा तो नहीं जा सकता!

दादी को बचपन से तुलसी क्यारे में दीपक जलाकर रखते हुए देखती आई थी। फिर वही व्रत माँ ने चलाया। इसके बाद मैं शाम को दीया जला देती थी। यह व्रत घनघोर बारिश, कड़कड़ाती सर्दी और चिलचिलाती धूप के बाद भी खण्डित नहीं हुआ।

यही बात खादी पहनने के व्रत पर भी लागू होती है। बापू कहते हैं खादी सिर्फ कपड़ा नहीं स्वदेशी की प्रवृत्ति है। इसी बात को लेकर एक प्रसंग याद आया। कितने ही प्रसंग, कितने ही व्यक्ति जीवन को प्रभावित करते रहे। सब सुनाने बैठी तो महाभारत जैसा विशाल पोथा बन जाएगा।

और महाभारत भी क्या सिर्फ कौरव-पाण्डवों के बीच हुआ था। वह तो आज भी हो रहा है, हर घर में, हर मन में। और अच्छी प्रवृत्ति के परिचायक पाण्डव सिर्फ पाँच थे—उँगलियों पर गिने जाने योग्य, और कौरव को बुरी प्रवृत्ति कहें तो संख्या में वे सौ थे। आज भी समाज में अच्छी-बुरी प्रवृत्ति का औसत वही है पाँच अच्छे और सौ बुरे।

मैं भी कहाँ बहक गई : बात तो खादी की चल रही थी। प्रसंग भी खादी को ही लेकर है।

बापू को रोज शाम बकरी का दूध खादी के कपड़े से छानकर दिया जाता था और यह काम मीरा बहन करती थीं। एक दिन मीरा बहन का स्वास्थ्य ठीक नहीं था। इसलिए इस काम की जिम्मेदारी हमारी पोती मनु ने ले ली।

जिस कपड़े से मीरा बहन दूध छानती थीं वह नहीं मिला। मीरा बहन सो रही थीं इसलिए उन्हें जगाना मनु ने उचित नहीं समझा। मनु दूध छान रही थी कि मैं जा पहुँची। हाथ लगाकर देखा, कपड़ा मिल का था।

मैंने पूछा, "यह कपड़ा तुमने कहाँ से लिया मनु?"

मनु बोली, "कराची से जिस कपड़े में खजूर आया था, यह वही कपड़ा है।"

मैंने उसे धोकर सावधानी से रख लिया था।

मेरा कहना था, "वह तो ठीक है मनु! लेकिन क्या बापूजी के लिए दूध और कभी मिल के कपड़े से छाना गया है? हमारे यहाँ खादी के कपड़ों की कमी है क्या! यदि बापूजी को पता चले कि उनके लिए दूध मिल के कपड़े से छानकर आया है तो उन्हें कितना दुख होगा? यदि कोई काम मिल के कपड़े के बिना नहीं हो सकता तो वह हमें छोड़ देना चाहिए। तुम्हें लगता है मिल का कपड़ा बारीक है। उससे दूध छानने का काम अच्छी तरह से हो सकता है। यह तुम्हारी भूल है। यह काम खादी के कपड़े से भी बहुत अच्छा होता है। एक बात और है, मनु। आज तुम्हें मिल के कपड़े से दूध छानने का मोह हुआ। कल को मिल का कपड़ा पहनने का मोह होगा। हम लोग आश्रमवासी हैं। हमारा पहला सिद्धान्त मोह को दूर रखना और मन को बस में रखना है।

"दूसरी महत्त्वपूर्ण बात यह है कि हमने स्वदेशी की प्रतिज्ञा ली है। प्रतिज्ञा पूरी करने के लिए एक पालन करनेवाला और दूसरा पालन करवानेवाला कारण बनता है। बापू नहीं जान पाएँगे कि दूध मिल के कपड़े से छनकर उनके पास पहुँचा है। इसलिए पी लेंगे। लेकिन प्रतिज्ञा टूटने का पाप तो तुम्हारे माथे आएगा। इसलिए यदि दोनों प्रतिज्ञा का कड़ाई से पालन नहीं करते और सुविधा का उपयोग करते हैं तो प्रतिज्ञा भंग ही कहलाएगी।"

मनु भी अजीब है। मैंने अपनी तरह से समझा दिया। लेकिन वैसा ही रिकार्ड बापू के सामने बजाने की क्या आवश्यकता थी! परन्तु मोटीबा कुछ कहे और मनु बापूजी को न बताये यह कैसे हो सकता है!

अब बापू की बारी थी, "बेशक तुम्हारी मोटीबा पढ़ी-लिखी नहीं हैं और उसके पास पुस्तक पढ़कर पास होनेवाली डिग्री नहीं है, परन्तु जो कुछ देखकर या अनुभव से ग्रहण करती हैं, उसका सूक्ष्म-से-सूक्ष्म विश्लेषण वह कर सकती हैं। जिस तरह कॉलेज के प्रोफेसर अपने विषय में माहिर होते हैं, वैसे ही मोटीबा भी विद्यार्थियों के सामने व्याख्यान दे सकती हैं।"

"आज उसने तुझे खादी का ऐसा माहात्म्य सुनाया कि जैसे तू मोटीबा को एकादशीव्रत का माहात्म्य पुस्तक से पढ़कर सुनाती है। कई बातें हम स्वयं तो समझ लेते हैं, पर दूसरों को नहीं समझा सकते। बा का यह गुण है कि वह अच्छाई-बुराई स्पष्ट रूप से सामने रख देती है। पढ़ी-लिखी होती तो जरूर अच्छी अध्यापिका होती।"

बापू की बातें सुनकर मुझे आश्चर्य हुआ कि वे कितना विचारपूर्वक बोलते हैं, सोचते हैं। और दुख भी हुआ कि मैं पढ़ी-लिखी पत्नी बनने का उनका स्वप्न पूरा नहीं कर सकी।

अब एक ठौर-ठिकाने की आवश्यकता महसूस होने लगी। अभी तक तो हम बंजारोंवाला जीवन जी रहे थे। जहाँ हमारी सेवा की आवश्यकता होती, पहुँच जाते। इन दिनों बापू का कार्य दिन-प्रतिदिन बढ़ रहा था। गोरे अधिकारियों के जुल्म उन्होंने हिन्दुस्तान भर में घूम-घूमकर देखे थे। इसलिए अँग्रेज सरकार से लिखा-पढ़ी भी चल रही थी। पत्र-व्यवहार के लिए एक स्थायी पता आवश्यक हो गया था। बापू यह जानना भी चाहते थे कि देश के कितने लोग यह महसूस करते हैं कि अँग्रेज अत्याचार कर रहे हैं और गरीब जनता पर अत्याचार करने का अँग्रेजों को कोई अधिकार नहीं है।

इसलिए हमने यह सलाह की कि आश्रम बनाकर रहा जाए। आश्रम के लिए अहमदाबाद में साबरमती नदी का किनारा हमें पसन्द आ गया।

अपनी इस पसन्द पर मुझे हँसी आ गई।

बापू ने पूछा, "तुम क्यों हँसीं?"

मैं केवल यह कह सकी, "ऐसे ही।"

"ऐसे ही से क्या मतलब! यह तुम्हारी पसन्द भी तो है। फिर हँसकर मेरा मजाक क्यों उड़ाया जा रहा है?"

"आपका मजाक नहीं उड़ा रही हूँ। बल्कि एक संयोग पर हँसी आ गई।"

"कैसा संयोग?"

"इसी स्थान पर कभी दधीचि ऋषि का आश्रम था। बचपन में दादी के साथ हवेली जाती थी। वहाँ पण्डितजी ने एक कथा सुनाई थी, जो थोड़ी-बहुत अब भी याद है।"

"क्या है वह कथा?"

"यही कि इन्द्र भगवान को कहा गया था कि यदि तुम्हें असुरों को जीतना है तब दधीचि ऋषि के पास जाओ। उनका आश्रम साबरमती नदी के किनारे पर है। उनके शरीर की हड्डियाँ माँग लाओ। हड्डियों से धनुष बनाकर अगर तुम लड़े तो जीत सकोगे। दधीचि ऋषि ने सहर्ष स्वयं की हड्डियों का दान इन्द्र को दे दिया। आज हम भी उसी जगह आश्रम बनाने की सोच रहे हैं।"

"ठीक ही तो है। हमें भी तो देनी ही है यह काया—देश के उन गरीब, दीन-दुखियों के लिए जिनका सब कुछ—तन, मन, धन—सरकार के पास गिरवी है।"

16

आश्रम के लिए स्थान का चुनाव तो हो गया। अब नाम क्या रखा जाए, इस पर चर्चा होने लगी। हमारे साथ अब मेरी ननद रलियाल बेन, महादेव भाई, काका कालेलकर, नरहरि पारिख आदि भी परिवार सहित रहने लगे थे। महिलाओं में गंगा बेन, प्रेमाबाई, दुर्गा बेन जैसी पढ़ी-लिखी बहनें भी हमसे जुड़ गई थीं। सभी की सलाह से आश्रम का नाम तपोवन रखा गया।

बापू की तपस्या से कुन्दन की तरह दमकनेवाला तपोवन। उनकी साधना से निकली प्रखर किरण का ताप पहले मुझ पर पड़ता था, फिर औरों तक जाता था। सूरज का ताप निश्चित ही लोक-कल्याणकारी होता है, लेकिन लम्बी यात्रा के बाद।

जो उन किरणों के सान्निध्य में रहता है, उसके दाह की सहज ही कल्पना की जा सकती है। यह शिकायतवाली बात नहीं है। यह व्यवस्था मेरी अपनी की हुई थी कि बापू की प्रखरता सीधे किसी और पर न पड़े।

ऐसा करने में क्या मैं स्वयं नहीं झुलसी! नहीं, अभ्यस्त जो थी। फिर यह मेरा सोच-समझकर किया गया योजनाबद्ध कार्य तो था नहीं! यह तो स्वयं प्रेरित था। यह सहज भाव भी बापू के सहवास की देन है। बापू ने ही एक दिन गीता के 'एकोऽहम् बहुस्यामि।' की व्याख्या की थी। जल से भाप बनती है, भाप से बादल बनते हैं और बादल से बूँद टपककर जल में समा जाती है। बिलकुल ऐसी ही है जीवन यात्रा। उस अनन्त से निकलकर उसी में समा जाने की।

मेरी कहानी क्या इससे अलग है! बापू की पत्नी बनी। उनसे जीवन दृष्टि ली। जीवन जीते हुए उन्हीं की होकर रह गई। परन्तु उनके ताप में जलकर खाक नहीं हुई। खाक होने के लिए उनसे अलग होना चाहिए न! जब मैं उन्हीं में समाई हूँ तो जलूँगी कैसे!

आश्रम बड़े-बड़े दिग्गजों से लेकर सर्वसाधारण तक सबके लिए खुला है। अन्यथा हमारे सन्त महाराज के पास तो उनके जैसे तपस्वी ही आते। साधारण हरिजन परिवार कहाँ जाता! आश्रम में बहनों के लिए मैं सुरक्षा कवच थी। उनको सीधे अपनी बात बापू तक पहुँचाने में झिझक लगती थी। मेरे माध्यम से उनकी कठिनाइयाँ बापू तक आसानी से पहुँच जाती थीं।

आश्रम का नियम था कि सबका भोजन एक साथ एक ही चूल्हे पर बनाया जाए और आश्रम में उगाई गई साग-सब्जी का उसमें उपयोग किया जाए।

आश्रम के खेत में पैदा होनेवाला कद्दू रोज सब्जी के रूप में बनता। और सब्जी भी क्या? बस, बड़े-बड़े टुकड़ों में काटकर उबाल लिया जाता। फिर जिसे जितनी आवश्यकता हो, ऊपर से नमक मिला ले। रोज-रोज के इस साग को खाने से बहनों को परेशानी होने लगी। मणि बहन को बादी थी इसलिए चक्कर आते। दुर्गा बहन को डकारें आतीं।

मणि बहन ने एक 'गरबी' तैयार की जिसमें आश्रम की रसोई के बारे में विनोदपूर्ण बातें कही गई थीं। कुछ आश्रमवासियों ने आक्षेप किया कि इस गीत से बापू का अपमान हुआ है। परन्तु ऐसी कोई बात थी नहीं। मैंने वह गरबी बापू को सुनाई।

दूसरे दिन प्रार्थना के बाद बापू ने कहा, "हमारे आश्रम में एक नई कवयित्री आई है। अब वह आपको कविता सुनाएगी।"

सब आश्रमवासी आश्चर्य से मणि बहन की ओर देखने लगे। मणि बहन का शर्म से बुरा हाल हो रहा था। परन्तु बापू का कहना कैसे टालतीं। उन्हें कद्दूवाली गरबी सुनानी ही पड़ी। सब हँसते-हँसते लोटपोट हो गए।

बापू ने कहा, "अच्छी बात है। आपकी फरियाद मंजूर की जाती है। जिसे छौंककर और मसाले डालकर सब्जी खानी हो, वह अपने नाम मुझे लिखवा दे।"

बापू भी गजब करते हैं। ऐसे कोई नाम लिखवाएगा क्या! इसलिए मैंने ही कहा, "रहने दीजिए। हम तय कर लेंगे।"

बापू बोले, "ठीक है! इसमें बच्चों को शामिल मत करना। बच्चे तो बिना मसाले का साग ही पसन्द करते हैं।"

मेरा जवाब था, "मैं भी देखती हूँ बच्चे कितने दिन बिना छौंका खाते हैं।"

बापू ने भी मजाक किया, "वाह, क्या सब्जी बनी है? छौंक तो खूब लगा है। मसाले भी अच्छे ही पड़े होंगे।"

मेरी प्रतिक्रिया थी, "हाँ, हाँ! चिढ़ा लो आज। भूल गए वे दिन जब हर इतवार को कुछ-न-कुछ खास खाने की आपकी इच्छा होती थी। कभी पूरणपोली तो कभी पतूरे—अरबी के पत्ते के पकौड़े।"

इस तरह हँसी-मजाक चलता और स्वेच्छा से सादगीपूर्ण अपनाया आश्रम जीवन आनन्दमय बन जाता। अब यह बात और है कि आनन्दमय वातावरण से हमारे कुलगोत्र की जन्मपत्री नहीं मिलती। इसीलिए तो बापू आश्रम में एक दिन हरिजन परिवार को ले आए। पति-पत्नी और एक छोटी बच्ची साथ थी। उनके नाम थे दूधा भाई, दानी बहन और लक्ष्मी।

आश्रम के नियमों के अनुसार जात-पात का प्रश्न नहीं था। इसलिए दूधा भाई

का परिवार भी आश्रम के सदस्य के रूप में रहने लगा। जहाँ तक छुआछूत और मानवीय व्यवहार का प्रश्न था, वहाँ तक तो ठीक था। लेकिन उनको रसोईघर में दाखिल करने में मेरे वैष्णव संस्कार बाधक हो रहे थे। जैसे कि प्याले से मुँह लगाकर पानी पिया हो तो उसे माँजकर ही पनियारे पर वापस रखना चाहिए। थाली में परोसते समय चम्मच या करछुल थाली से छू जाए तो उसे जूठा समझकर अलग रखना चाहिए और दूसरा चम्मच लेना चाहिए।

यह मेरी स्वच्छता की धारणाएँ थीं, जात-पात की नहीं। दानी बहन और दूधा भाई अपनी ओर से पालन करने का पूरा प्रयत्न करते लेकिन भूल हो ही जाती थी। साफ-सफाई मेरे दिमाग में ऐसी बैठ गई थी कि क्या घर की रसोई और क्या आश्रम की—सब काम साफ-सुथरा होना चाहिए। मोतीलाल जी जब भी आश्रम आते हमेशा कहते, "बापू आश्रम का रसोईघर आश्रम की शान है। सुघड़ गृहिणी की अमिट छाप है उस पर।"

17

जात-पात के लिए मेरे दिलो-दिमाग के दरवाजे दक्षिण अफ्रीका में ही खुल गए थे। सवाल था दूसरों के मन कैसे साफ करूँ! फिर यह तो विदेश नहीं स्वदेश था।

दूसरों को क्या कहूँ, मेरी ननद रलियात बेन ने ही दस बातें सुना दीं। पुरुषों के काम बाहर के होते हैं, घर में औरतें देखती हैं—फिर वह आश्रम ही क्यों न हो! ठीक है कि बापू ने उन्हें आश्रम में रख लिया लेकिन तुम उन्हें खाने-पीने की चीजों से दूर नहीं रख सकती हो?

यह कैसे सम्भव है! अपनी ओर से समझाने का मैंने भरसक प्रयास किया। फिर भी रलियात बेन रूठकर चली गईं—यह कहते हुए कि मैं अब तुम लोगों का मुँह भी नहीं देखूँगी। और वास्तव में वह अपने अन्तिम समय तक राजकोट में ही रहीं।

इधर बापू ने आश्रम में ऐलान कर दिया कि लक्ष्मी को मैंने गोद लिया है। आज से लक्ष्मी हमारी बेटी हुई। हमारी से तात्पर्य मेरी भी। सारे आश्रमवासी यही सोचते थे कि बापू तो उदारमना हैं। लेकिन बा संकुचित मन की हैं। दानी बहन और दूधा भाई आश्रम छोड़कर चले गए और लक्ष्मी हमारी बेटी बन कर रह गई। धीरे-धीरे और बातें तो ठीक हो गईं परन्तु हमें जाति बहिष्कृत माना जाने लगा। और, जो लोग आश्रम को आर्थिक सहायता देते थे, उन्होंने मुँह फेर लिया।

बापू तो ठहरे अनासक्त कर्मयोगी। लेकिन मुझे चिन्ता हुई कि अब क्या होगा! कैसे निभा पाएँगे आश्रम की दिनचर्या? भोजन कैसे बनेगा?

उन्हीं दिनों 'सेवाग्राम' के आश्रम की बात चल पड़ी और वर्धा के पास, आश्रम

से आश्रम में तबादला हुआ। साबरमती आश्रम यानी तपोवन की वही दिनचर्या, वही नित्यक्रम सेवाग्राम में शुरू हुआ।

लक्ष्मी खूब शैतान और चंचल बच्ची थी। दिनभर उसे सँभालने में अच्छी कसरत हो जाती थी। लेकिन बच्ची बड़ी प्यारी थी। उसमें मन लगा रहता। जिद्दी ऐसी कि एक बार मचल जाए तो समझाना मुश्किल होता था।

हरिजनों का एक और किस्सा याद आया। वह सेवाग्राम का है।

18

नागपुर के कुछ हरिजनों ने मध्यप्रान्त के काँग्रेसी मंत्रिमण्डल में हरिजनों को मंत्री न बनाने के लिए बापू के खिलाफ सत्याग्रह का ऐलान कर दिया। यह तय किया गया कि 5-5 हरिजन सेवाग्राम जाकर बापू के सामने उपवास करें पहले पाँच की टुकड़ी आए और उपवास करे। 24 घण्टे बैठकर वापस चली जाए। तब तक दूसरी पाँच की टुकड़ी हाजिर हो जाए। इस तरह निरन्तरता बनी रहेगी। बापू ने बहुत प्रेम के साथ इन विरोधी हरिजनों का स्वागत किया। उन्हें आश्रम में रहने की सुविधा भी दी और कहा कि वे जहाँ रहना चाहें, रह सकते हैं। उन लोगों ने 'बाकुटी' की ओसरी अपने लिए पसन्द की। बापू ने मुझे बुलाकर पूछा, "इन लोगों ने तुम्हारी कुटी की ओसरी पसन्द की है। तुम इन्हें बड़ा कमरा दोगी?"

मेरी कुटिया में एक बड़ा और एक छोटा, दो ही कमरे हैं। उनमें से भी एक इन लोगों को दे दूँ! वह भी अपने खिलाफ उपवास करनेवालों को! स्वयं को परेशानी में डालकर! बड़ा कमरा इनको देने का अर्थ सीधा था : मेरे नहाने की और कपड़े बदलने में असुविधा। इसलिए मुझे बापू की यह उदारता अच्छी नहीं लगी। और अनजाने ही मेरे स्वर में उलाहना आ गया, "आपके तो लाड़ले हैं न ये! अपनी कुटिया में जगह क्यों नहीं देते?"

बापू चुप रहनेवालों में से तो थे नहीं, हँसते हुए, मुझे निःशस्त्र करते हुए बोले, "मेरे बेटे तुम्हारे बेटे नहीं हैं क्या?"

क्या करती–सिर्फ कमरा ही खाली करके नहीं दिया उनके लिए कई व्यवस्थाएँ भी कीं।

काजल की कोठरी में कैसे हो सयानो जाय
एक लिक काजल की लागी है पे लागी है

काजल की कोठरी में कोई कालिख से क्या बचेगा! यही स्थिति मेरी थी। मुझे राजनीति में रत्तीभर रुचि नहीं थी लेकिन जिसमें रुचि थी, उसका जीवन तो राजनीतिमय था। तो मैं भी राजनीति में खिंची चली गई।

19

राजनीति के मन्दिर की पहली सीढ़ी सामाजिक कार्य की होती है, यह मेरा दृढ़ विश्वास है। बापू ने सामाजिक कार्य का प्रारम्भ दक्षिण अफ्रीका में किया; सामाजिक दुर्दशा की जड़ें उन्हें राजनीति में दिखाई दीं।

सामाजिक पूर्वग्रहों को बदलने की कोशिश में मोहनदास, गाँधीजी बने फिर महात्मा। परिवर्तन तो मुझमें भी आए—कस्तूरी से कस्तूरबाई और कस्तूरबाई से बा।

कभी लगता मुझे बापू के साथ घसीटा जा रहा है अन्यथा सबकी बा (माँ) बनना क्या आसान है! मैं तो अपने ही बच्चों की बा नहीं बन पाई। यदि बन सकती तो आज मेरा हरिलाल यहाँ-वहाँ भटकता क्या? क्या उसकी ऐसी दुर्दशा होती? महात्मा समझे जानेवाले बापू का बेटा, क्या सड़कों पर धूल फाँकता बदहवास मिलता?

खादी की शुभ्र सफेद साड़ी पर लगा हरिलाल का धब्बा मेरी गर्दन शर्म से उतनी नहीं झुकाता जितना मुझे अपने एक असफल माँ होने की याद दिलाता।

कहाँ क्या गलत हुआ, समझ नहीं आया। लेकिन एक बार लड़का हाथ से गया तो फिर कभी अपना नहीं हुआ।

कहते हैं बेटा और घोड़ा एक जैसे होते हैं। दोनों की लगाम कसकर रखनी चाहिए। एक बार ढील दो तो दोनों बेकाबू हो जाते हैं।

19 वर्ष की आयु में जब बापू बैरिस्टरी पढ़ने विलायत गए तब हरि बहुत छोटा था : बहुत लाड़ला, बहुत प्यारा। उसकी बाल-लीलाओं में खोकर मैं दिनभर के काम के सारे कष्ट भूल जाती थी। अब वो कहाँ रहता है, क्या खाता है, कहाँ मारा-मारा फिरता है—यही चिन्ता कई बार मेरे हाथ का कौर मेरे मुँह में नहीं जाने देती। कितनी ही रातें करवट बदलते, हरिलाल के दुख को याद करते, चुपचाप आँसू पोंछते निकल जातीं।

डरबन गए तब हरिलाल यही कोई 9 वर्ष का था और मणि 5 वर्ष का। उसकी पढ़ाई-लिखाई एक विकट समस्या थी। गोरों के लिए चलनेवाले मदरसे में गाँधी के बेटे होने के नाते उन्हें भर्ती कर लिया जाता। परन्तु जहाँ दूसरे हिन्दुस्तानी बालक न पढ़ सकें, ऐसे विद्यालय की कृपा बापू नहीं चाहते थे। ईसाई मिशन में भी बापू भेजना नहीं चाहते थे। मातृभाषा में पढ़ाई कराने का आग्रह तो पूरा होनेवाला था नहीं। दक्षिण अफ्रीका में गुजराती माध्यम की पाठशाला कैसे होती! घर पर पढ़ा जाए ऐसा कोई योग्य शिक्षक नहीं मिला। बापू खुद पढ़ाते थे परन्तु कार्य की व्यस्तता के कारण पढ़ाई अनियमित होती। और बच्चों का पाठशाला जैसा अभ्यास नहीं हो पाता।

मैंने सलाह दी कि बच्चों को हिन्दुस्तान में रखकर पढ़ा दें। कम-से-कम उनकी पढ़ाई-लिखाई की यह उम्र बेकार तो नहीं जाएगी! पहले तो बापू का तर्क था कि बच्चे माँ-बाप के पास रहकर ही अच्छी शिक्षा प्राप्त कर सकते हैं। फिर जो संस्कार माँ-बाप

के पास रहकर मिलते हैं, वे छात्रावास में रहकर नहीं मिलते। फिर भी भानजे को (जो हमारे साथ ही दक्षिण अफ्रीका गया था) और हरिलाल को कुछ महीने देश के अलग-अलग छात्रावासों में रखकर देखा, परन्तु कुछ ही समय बाद दोनों को वापस बुलाना पड़ा।

और तभी हरिलाल के मन में विरोध की पहली चिनगारी ने प्रवेश किया। आज की स्थिति के लिए वह बापू को जिम्मेदार ठहराता है। उसका मानना है कि बापू दुनिया को चाहे कुछ भी उपदेश दें। उसके लिए उन्होंने कुछ नहीं किया।

यहाँ तक कि शिक्षा उपलब्ध कराने का दायित्व जो हर बाप का अपने बेटे के प्रति नैतिक कर्तव्य होता है, वह भी नहीं निभाया। बापू ने स्वयं अच्छी शिक्षा पाई फिर हमें अच्छी शिक्षा से वंचित क्यों रखा! हरि के मन में विद्रोह की आग इतनी ज्वलन्त है कि वह पूछता है, "बापू आज सेवा, सादगी और चरित्र-निर्माण की जो बातें करते हैं वे शिक्षा के आधार पर ही करते हैं।"

"यदि यह शिक्षा न मिली होती तो देश सेवा के जो काम वे आज कर सकते हैं, उन्हें कर सकते थे क्या! हम भी पढ़-लिखकर इसी तरह देश सेवा का काम करेंगे। और अपनी शक्तियों का विकास करने के बाद सादगी भी रखेंगे। अनपढ़ रहकर हम कैसे सेवा कर सकते हैं!"

यह हरि के तमाम विचारों का निचोड़ था और केवल हरि ही नहीं मि. पोलाक और मि. केलनबैक भी यही सोचते थे कि बापू बच्चों की शिक्षा के प्रति बहुत लापरवाह हैं। मि. पोलाक बापू से सिर्फ मित्रता ही नहीं रखते थे, उनका आदर भी करते थे। वे हमारे पारिवारिक मित्र थे। इसीलिए बापू से वह कह सके, "टॉलस्टाय आश्रम और फिनिक्स आश्रम में दूसरे आवारा, शरारती और गन्दे बच्चे भी आते हैं। उनके साथ तुम इन बच्चों को बैठने देते हो। कल को ये भी शरारती और आवारा हो जाएँगे।"

मुझे भी लगता था, बापू हर काम तो अच्छा करते हैं लेकिन बच्चों की पढ़ाई की चिन्ता नहीं करते। यह स्वाभाविक भी है। हर माँ चाहती है उसके बच्चे खूब पढ़ें-लिखें, अच्छा नाम करें। फिर मेरे बच्चे तो मेधावी और तेजस्वी थे। बापू के शिक्षा के सिद्धान्त सुनकर मि. पोलाक और मि. केलनबैक सिर हिला देते और मैं मन मारकर चुप रह जाती।

हरि जैसे ओजस्वी बच्चे बुद्धिमता और ऊर्जा का स्रोत तो होते हैं लेकिन इन्हें बचपन का सही मार्गदर्शन बहुत आवश्यक है। यदि वह मिल जाए तो ये बड़ों-बड़ों को पीछे छोड़ दें और ऐसी ऊँचाइयाँ छू लें जिनकी कल्पना भी नहीं की जा सकती। और यही दिमाग अगर गलत रास्ता पकड़ ले तो बस समझो अधःपतन!

हरि जैसा भी हो, उसने कभी नहीं चाहा कि बापू कमायें और वह निकम्मा बनकर खाये। उसका आक्रोश तो यह था कि बापू के कार्यालय में काम करनेवाले

मुंशी मि. रिच तथा मि. पोलाक सिर्फ बापू की सहायता और प्रोत्साहन से इंग्लैण्ड जाकर बैरिस्टर बन आए। दूसरे दो हिन्दुस्तानी सज्जन मि. जोसेफ रायजन और मि. गॉड फ्रे भी बापू की प्रेरणा से विलायत गए और बैरिस्टर बन काम-धन्धे से लग गए। बस, ध्यान नहीं दिया तो सिर्फ अपने बेटे की ओर।

हरिलाल की उम्र तब बीस-इक्कीस साल की थी। दक्षिण अफ्रीका की सत्याग्रह की लड़ाई में उसने सक्रिय हिस्सा लिया। यहाँ तक कि तीन बार जेल भी गया। इसीलिए कुण्ठा की यह ग्रन्थि हरिलाल के मन में घर कर गई कि जब दूसरों को बापू बैरिस्टर बनने में मदद करते हैं तब क्या मुझमें वह योग्यता नहीं? या बापू ही मुझे इस योग्य नहीं समझते!

बस, तभी विद्रोह का झण्डा गाड़कर बापू को चार बातें सुनाकर हरि हिन्दुस्तान लौट गया।

20

बापू के पास अपने सिद्धान्त थे पुत्र के लिए भी मैं अपने सिद्धान्त नहीं तोड़ सकता, उन्हें यह कहने का सन्तोष था। लेकिन मेरे पास क्या था? माँ का बिलखता हृदय, पुत्र के चले जाने का दुख और सब कुछ होते हुए भी उसके लिए कुछ न कर पाने की विवशता।

सुना कि हिन्दुस्तान में उसने पढ़ाई शुरू की है। बापू ने उसके खर्च की व्यवस्था भी कर दी लेकिन मैट्रिक में दो बार फेल हुआ और पढ़ाई छोड़ दी। रिश्तेदारों के कहने में आकर विवाह कर लिया और काम-धन्धा करने लगा।

हिन्दुस्तान आने के बाद उसने बापू मि. एम.के. गाँधी, बार-ऐट-लॉ, के नाम एक खुला पत्र लिखा। एक छोटी-सी पुस्तिका के नाम पर वह पत्र छपवाया भी। मैं पढ़ तो नहीं पाई लेकिन सुना है उसका आशय कुछ इस प्रकार था—

उसकी पढ़ाई का जो नुकसान उसके पिताजी ने किया है, वह काफी है। वे अब मेरे भाइयों का नुकसान न करें। उनकी पढ़ाई की समुचित व्यवस्था करें।

क्या रखा है ऐसी सेवा में! यहाँ तक कि आपके आश्रम में ही क्या रखा है! लोग आपको खुश करने के लिए व्रत लेते हैं। बिना नमक का खा लेते हैं तो आप उन्हें बड़े-बड़े ऋषियों के नाम की उपाधि दे डालते हैं। उन्हें तो आपको खुश करना है बस! उसके लिए उन्हें कुछ भी करना पड़े। वो सामने एक और पीछे दूसरी बात करते हैं।

मेरी बा बिना कॉफी के नहीं रह सकती तो आपके पीछे यही लोग उनकी बुराई करने से नहीं चूकते। इस तरह की बातों का उल्लेख उस पत्र में था।

कलकत्ते में अच्छा काम चल निकला था उसका। दो लड़कों और दो लड़कियों

का बाप बन गया था। रौलट ऐक्ट के आन्दोलन में नाम भी लिखवाया था उसने। फिर सुना हरिलाल की बहू गुलाब नहीं रही।

बहू की मृत्यु के बाद हरि का जीवन बहुत अस्त-व्यस्त हो चुका था। वह गलत रास्ते पर चल पड़ा। बच्चों को मेरे पास छोड़ने आया था। तब बापू ने उसे भी आश्रम में रहने, उसके खाने-पीने और सार-सँभाल की बात कही लेकिन बात अनसुनी कर वह चला गया।

फिर सुना हरि मुसलमान हो गया है। खबर सुनकर संज्ञाहीन हो गई मैं। दस-दस बार बापू से पूछती : सच में हरि ने ऐसा किया होगा क्या? लगता एक बार तो कोई कहेगा, यह खबर झूठी है। पर ऐसा नहीं हुआ।

कई रातें अनसोई काट दीं। बार-बार यही एक विचार मन में आता कि क्या सच में ऐसा किया होगा मेरे हरि ने। जिस धर्म में जन्म लिया, जीवनभर परिवारवालों को जो धर्म निभाते देखा, वही धर्म कैसे छोड़ दिया उसने! ऐसा करते वक्त उसे बा की याद नहीं आई? जिसे मरना मंजूर था लेकिन दवाई के रूप में भी जिसे शराब और मांस का शोरबा लेना पसन्द नहीं था, उस हरि का क्या हाल हुआ। इसीलिए जब भी हरि की बर्बादी की खबरें आश्रम में आतीं, मैं रोज एक मौत मरती। धर्म बदलने की बात सुनी तो एक साथ ही कितनी बार मर गई मैं। और, आत्मग्लानि में पत्र लिखने बैठ गई :

"चिरंजीव हरिलाल,

खबर मिली है कि मद्रास के आम रास्ते पर तू शराब पीकर ऊधम मचा रहा था। इसलिए पुलिस ने गिरफ्तार किया और दूसरे दिन मजिस्ट्रेट के सामने पेश किया। मजिस्ट्रेट ने एक रुपया अर्थात् नाममात्र का दण्ड देकर तुझे छोड़ दिया।

"मद्रास में तू जिनके यहाँ रुका है, उन्हें हम सभी पहचानते हैं। वह जाने-माने इज्जतदार आदमी हैं। इस तरह दुर्व्यवहार कर तूने उनकी मेहमानदारी का दुरुपयोग किया है। यह भी नहीं सोचा कि उन्हें कितना नीचा देखना पड़ा होगा?

"रोज सुबह उठती हूँ तो आशंका से घिरी रहती हूँ कि तेरे दुराचरण की नई खबर तो नहीं आ गई! वैसे भी नींद कहाँ आती है! सारी रात इसी सोच में निकल जाती है कि तू कैसा होगा! कहाँ रहता होगा! क्या खाता होगा! मैं तुझसे मिलना चाहती हूँ, पर तू कहाँ मिल सकता है, नहीं जानती? तू मेरा पहला बेटा है। किस लाड़-प्यार से पाला था तुझको! अब डर लगता है कहीं तू मेरी बेइज्जती न कर दे। नशा करनेवालों का क्या भरोसा?

"मैं नहीं जानती, तूने जन्मजात धर्म क्यों बदला! धर्म बदलने को निजी सवाल मान भी लिया जाए तो राह चलते लोगों को 'तुम भी मेरे जैसा करो' कहने का तुझे क्या हक है! धर्म के बारे में तू जानता ही कितना है?

"तू तो धर्म प्रचार करने के योग्य है ही नहीं। इस तरह तू अपना और अपनी आत्मा का हनन कर रहा है। ऐसा ही करता रहा तो एक वक्त ऐसा आएगा जब तुझसे सब दूर भागेंगे। तू पैसे का गुलाम बन गया है। जो पैसे देते हैं, उस पैसे को तू शराब में उड़ा देता है और मंच पर खड़े होकर भाषण देता है।

"तेरी उम्र अब पचास की हो गई है। खुद के बारे में विचार कर और सोच कि तेरी माँ को तेरे कुकृत्यों से अगर मरणान्तक यातना हो सकती है तब तेरे बुरे आचरण से तेरे पुत्र को कितना दुख होता होगा? तेरी लड़कियाँ और दामाद इस कलंक को कैसे सहते होंगे, यह सोचा है कभी?

"आजकल यह भी सुना है कि तू भाषण में पिताजी के विरुद्ध खूब बोलता है। बापूजी की निन्दा करने से लोग तुझे अच्छा कहेंगे, यह तेरी सबसे बड़ी भूल है। मैंने तो बापू से यही सीखा है कि दूसरों की बुराई करने से आदमी कभी बड़ा नहीं बनता। वह छोटा हो जाता है।

"एक तरह से तू उनकी निन्दा करके अपने खोखलेपन को उजागर कर रहा है।

"तुम्हारे बापू के सिर पर दुनिया की जिम्मेदारी है। वह तुम्हारे दुर्भाग्य के लिए सिर्फ दुख ही कर सकते हैं। और क्या करें! उनके पास रोज ढेरों पत्र तेरे आचरण की बुराई के आते हैं। वे कुछ नहीं कहते चुपचाप दुख सह लेते हैं। और इतने बड़े हैं कि तेरी सारी बुराइयों का कारण स्वयं को मानते हैं। कहते हैं कि उसका जन्म मेरी कामान्धता और मोहान्धता की स्थिति में हुआ है। इसलिए उसमें ये बुराइयाँ आई हैं।

"उनके हृदय में तेरे लिए सिर्फ क्षमा है। किसी तरह का दण्ड देने का भाव नहीं। परमात्मा तुझे कभी क्षमा नहीं करेगा। तूने वृद्धावस्था में माँ-बाप को सुख देने के बजाय दुख ही दिया है। जितना भी लिखूँ कम है लेकिन कितना समझ पाएगा और उस पर अमल कितना करेगा, यह कह नहीं सकती। तूने पहले भी कहा था कि मैं खुद को सुधारूँगा और समझदारी के साथ जीवन बिताऊँगा।

"तेरे इस आश्वासन से मैं खुश हुई थी। मन में आशा की एक किरण उजाला फैला गई थी कि मेरा हरि फिर से ठीक-ठाक हो जाएगा। भूल तो मनुष्य से होती है। फिर तुझे याद क्यों नहीं रहा? तेरी बा जो दुनियाभर की अच्छाई-बुराई सँभाल लेती है, वह क्या तेरी बुराई नहीं सँभाल पाती!

"मेरा आँचल बहुत बड़ा है। एक बार उसमें आसरा लेकर तो देखता। तेरी बा जलकर राख हो जाती पर तुझ पर आँच नहीं आने देती।

"मेरा आक्रोश तू कहाँ समझ पाएगा! समझता तो ऐसा क्यों करता! अभी बम्बई में तुझसे बापू के कुछ मित्र मिले थे। उन्होंने बताया है कि तेरी स्थिति पहले से ज्यादा खराब है। देख शान्ति से विचार कर और यह गलत रास्ता छोड़ दे। और क्या लिखूँ।

तेरी
बा"

हरिलाल को पत्र लिखकर मन शान्त नहीं हुआ। इसलिए एक पत्र उन मुसलमान भाइयों को भी लिखा जिन्होंने धर्म परिवर्तन में हरिलाल का सिर्फ साथ ही नहीं दिया, उसे भड़काया भी।

"मेरा यह पत्र उन भाइयों के लिए है, जो मेरे बेटे हरिलाल की आज की स्थिति के लिए जिम्मेदार हैं। मैं जानती हूँ विचारशील मुसलमानों ने इस घटना की निन्दा की है। आज मुझे डॉ. अन्सारी की कमी बहुत अखर रही है। यदि वे होते तो निश्चित ही मेरे बेटे और आप लोगों को नेक सलाह देते। मैं उम्मीद करती हूँ कि अन्य प्रतिष्ठित मुसलमान भाई, जो आज मौजूद हैं, इस बुरे रास्ते पर चलने से उसे रोकेंगे।

"जब से उसने धर्म परिवर्तन किया है, वह सुधरने की बजाय बिगड़ता ही जा रहा है। उसकी बुराइयों को धिक्कारने की बजाय, आप उसे मौलवी का उपनाम देने को तैयार हैं। क्या आपका मज़हब किसी शराबी को मौलवी कहने की इजाजत देता है? या आप लोग इसलिए खुश हैं कि लोग तमाशा देखें कि गाँधीजी बड़े महात्मा बने फिरते हैं और उनका बेटा सड़क पर शराब पीकर ऊधम मचाता है।

"यदि ऐसा नहीं होता तो मद्रास में उसके दुर्व्यवहार के बाद उसका बहिष्कार क्यों नहीं किया आपने? बल्कि आप तो बाइज्जत स्टेशन पर विदा करने पहुँचे थे। इससे सिद्ध होता है कि आप उसका पतन ही देखना चाहते हैं। उसे सच्चा भाई समझते तो उसकी झूठी वाह-वाह न करते।

"हमारा मजाक दुनिया उड़ाये, यही आप चाहते हैं। आपकी मर्जी में जो आए कर लीजिए, लेकिन एक बात मैं आपको बता दूँ : उसके बापूजी ने निःस्वार्थ सेवा कर इतना पुण्य कमाया है कि ऐसे एक-दो क्या, पाँच-दस बेटों के दुर्व्यवहार से भी उनपर कोई नहीं हँसेगा। सब हरिलाल पर ही हँसेंगे। इसलिए एक घायल माँ की आवाज है कि जो आप कर रहे हैं, वह आपको चाहे उचित लगे, खुदा की नजरों में वाजिब नहीं है।

"मेरे बेटे को भी मैंने यही लिखा है और आपको भी लिख रही हूँ। शायद कुछ भाइयों के अन्तःकरण में सुविचार जाग्रत हों।

आप सबकी
बा"

21

कुपुत्रो जायते क्वचिदपि माता कुमाता न भवति।

हरिलाल चाहे हमें छोड़कर चला गया हो लेकिन माँ की ममता कभी मरती है क्या? मरेगी भी कैसे! नौ महीने जिसे स्वयं के खून से सींचा हो, स्वयं की साँसें देकर

जिलाया हो, वह चोर-उचक्का निकल सकता है, लेकिन माँ बनने की प्रक्रिया में तो अन्तर नहीं पड़ता! मेरे दूसरे बेटों को जन्म देने की और हरि को जन्म देने की प्रसव पीड़ाएँ तो अलग-अलग नहीं थीं।

यहाँ तक कि बापू जिन्हें आज सारी दुनिया महात्मा कहती है, की माँ को भी वही पीड़ा, वही वेदना हुई होगी जो मुझे हरि को जन्म देते समय हुई!

वह जो भी है जैसा भी है, इस बात से इनकार नहीं किया जा सकता कि अभागा मुझे चाहता बहुत है। जब भी आश्रम आता सिर्फ मुझसे मिलता। बापू से बात भी नहीं करता। कभी मेरा हाथ पकड़ लेता और सहलाते हुए कहता : मेरी बा तो राजरानी बनने के लिए जन्मी थी। यह तो बापू हैं जो उन्हें इतनी तकलीफ देते हैं। आश्रम का कष्टकारी जीवन जीने के लिए विवश करते हैं।

मैं उसे कैसे समझाती कि पत्नी का सुख पति के साथ रहने में होता है। अन्यथा राजरानी बनी सीता रामचन्द्र जी के साथ वनवास क्यों माँगतीं! फिर मैं तो यहाँ राजरानी ही बनी हूँ रे! दुनिया के किस राज्य की रानी को इतना आदर, इतना नाम, इतना प्यार मिला है! यह सब मुझे बिना किसी तख्ते-ताऊस के मिला। लेकिन समझने की शक्ति उसने खो दी थी। उसका दिमाग बापू-विरोधी विचारों से ठसाठस भरा था।

एक यात्रा के दौरान जबलपुर मेल जब कटनी पहुँची तो वहाँ भीड़ जमा थी और नारे लगा रही थी : महात्मा गाँधी की जय। इससे बिलकुल अलग कोने से एक जयनाद सुनाई दिया, 'माता कस्तूरबा की जय'।

खिड़की से बाहर झाँक कर देखा तो सामने हरिलाल खड़ा था। आँखें भर आईं उसे देखकर। अच्छा-खासा स्वस्थ बेटा सूखकर अस्थिपंजर रह गया था। कपड़े फटे थे, दाँत गिर गए थे। यह क्या हालत बना ली रे! तभी बापू खिड़की पर आ गए। सामने बेटे को देखकर बोले, "हमारे साथ चलेगा?"

"नहीं।" यह कहते हुए जेब से एक मौसमी निकालकर मुझको देते हुए कहा, "'बा', यह सिर्फ तेरे लिए है। तू ही खाना।"

बापू बोले, "मेरे लिए कुछ नहीं लाया?"

हरिलाल ने सीधे कह दिया, "नहीं। यह बा के लिए लाया हूँ। आपसे तो एक ही बात कहनी है कि आज आप जो इतने बड़े बने हैं, वह सिर्फ बा के प्रताप से हैं।"

बापू ने समर्पण करते हुए कहा, "तो मैंने कब मना किया। इसमें कोई शक नहीं कि मैं बा के कारण यहाँ तक पहुँचा हूँ। पर तू हमारे साथ चल।"

हरिलाल ने जिद के साथ कहा, "नहीं, मैं सिर्फ बा से मिलने आया हूँ।"

फिर मेरा हाथ सहलाते हुए पूछने लगा, "तू कैसी है बा? यह मौसमी मैं सिर्फ तेरे लिए लाया हूँ। इसे तू ही खाना।"

मैंने खुद को सँभालते हुए कहा, "हाँ, हाँ। मैं ही खाऊँगी। पर तू लाया कहाँ से?"

"कहीं से भी लाया हूँ। चाहे भीख ही माँगी हो, लेकिन अपनी बा के लिए बहुत प्यार से लाया हूँ। तू खाएगी न? नहीं खाएगी तो वापस दे दे।" हरिलाल ने भावावेश में कहा।

मैं भी हरि के मोह में विगलित हो रही थी, "नहीं, रे! तू इतने प्यार से लाये और मैं न खाऊँ? यह कैसे होगा! मैं तो खा लूँगी लेकिन तूने यह क्या दशा बना रखी है अपनी! चल हमारे साथ।"

हरिलाल बोला, "अब इस हालत में सुधार नहीं होगा बा।"

आँखों से बहती अविरल धारा में कुछ भी तो दिखाई नहीं दिया। दिखाई दी वह मौसमी जो हम माँ-बेटे के अनोखे मिलन का प्रतीक थी। और जब याद आया कि मैंने तो उसे कुछ भी नहीं दिया और कुछ फल लेकर खिड़की तक पहुँची तो ट्रेन प्लेटफॉर्म छोड़ चुकी थी, और बाहर भीड़ के नारे बुलन्द थे, 'महात्मा गाँधी की जय'।

उन नारों को भेदती एक क्षीण आवाज कानों तक आई, 'माता कस्तूरबा की जय'।

अध्याय : चार

22

योगः कर्मसु कौशलम्—बस, यही कर्म योग जीवन हो गया है। मेरा अपना व्यक्तिगत तो कुछ भी नहीं है। कैसे हो! मेरा अपना कुछ होने के लिए मैं कहाँ मेरी अपनी हूँ! मैं बापू की हूँ और बापू आश्रम के हैं। आश्रम पूरे हिन्दुस्तान का है। इसलिए मैं भी इन्हीं सबकी हूँ। अब आश्रम ही हमारा घर है और पूरा हिन्दुस्तान मेरा आँगन।

सुबह चार बजे उठती हूँ। प्रार्थना के बाद ये आधे घण्टे के लिए सो जाते हैं। मुझे नींद नहीं आती! इसलिए बापू के लिए गरम पानी और शहद तैयार कर लेती हूँ! बापू सुबह सात बजे घूमने निकलते हैं। तब नित्यकर्म स्नान से निपटकर पूजा करने बैठती हूँ। एक घण्टा मुझे तुलसी रामायण का पाठ और गीता पाठ में लग जाता है। सबकी दृष्टि में यह एक घण्टा बा का अपना होता है लेकिन मेरी दृष्टि में यह एक घण्टा भी मेरे ठाकुर जी का है। मेरा कहाँ!

फिर रसोई घर में पहुँचती हूँ। पता नहीं क्यों अव्यवस्थित रसोई घर देखते ही मेरा दिमाग खराब हो जाता है। मेरी आँखों के सामने घूम जाता है पोरबन्दर के बापू जी के बाड़े का बड़ा सा रसोई घर। मेरी बा की रसोई! पीतल का एक-एक डिब्बा ऐसा चकाचक कि घर में आईना न हो तो उनमें मुँह देखकर काम चलाया जा सकता

है। याद नहीं आता कि बचपन में सुई, धागा, बटन, कैंची जैसी छोटी से छोटी चीज को लेकर घर में चिल्ल-पों मची हो। सब वस्तुएँ निश्चित जगह पर मिलतीं। इधर दादी को बहुत कम दिखने लगा था। लेकिन मेरी बा की व्यवस्था ही ऐसी थी कि वह अन्दाज से टटोलते हुए जातीं और जो चाहिए, वह ले लेतीं।

वही व्यवस्थित और साफ-सफाई की घुट्टी बा ने मुझे पिलाई है। मैं भला कैसे देख पाती कि रसोई के बर्तन खुले पड़े हैं। सब्जी-फल खराब हो रहे हैं, जूठन बिखरी पड़ी है। यह सब असहनीय होता। आश्रम में आई लड़कियाँ उतनी सफाई नहीं कर पातीं तब उन्हें बताना पड़ता है। इससे बच्चों को बुरा लग जाता है। लेकिन टोकने से लड़कियों के काम में सुधार भी तो आता है, जो धीरे-धीरे आदत बनने लगता है। एक बार एक बालिका ने जिद करके बापू के लिए खाखरे बनाने का काम मुझसे ले लिया। बर्त्तन में उसने जो चार खाखरे रखे, वे चार देशों के नक्शे जैसे लग रहे थे। एक मोटा, दूसरा पतला, तीसरा मध्यम किनारे फटे हुए। जिस डिब्बे में खाखरे रखे थे, उस पर धूल जमी थी।

उससे कहा, "रहने दो, जब तुम बनाना नहीं जानती थीं, तो तुमने यह जिम्मेदारी क्यों ली!" बहरहाल उसे सिखाया डिब्बा कैसे साफ होना चाहिए! फिर खाखरे बना कर दिखाए—सब एक आकार के हों, समान मोटाई के हों और किनारे फटे न हों।

आश्रम के जीवन में नियम-कायदे का ध्यान रखना आवश्यक होता है। यहाँ विभिन्न परिवारों से, विभिन्न स्तरों से और भिन्न-भिन्न संस्कारों में पले लोग आते हैं। उनमें यदि समान नियम का पालन न हो तो आश्रम सुचारु रूप से चल नहीं सकता। भोजन की घण्टी बजने पर सब भोजनालय में पहुँच जाते। भोजन से पहले प्रार्थना होती। बापू के विशेष मेहमानों में कभी विदेशी होते तो कभी राजेन्द्र प्रसाद, जवाहरलालजी, राजाजी, इसलिए थोड़ा ध्यान रखना पड़ता था कि भोजन ठीक से परोसा गया है या नहीं। बापू ठीक से खा रहे हैं या नहीं। कभी जवाहरलाल जी की पसन्द का सलाद बना देती तो कभी राजेन्द्र प्रसाद जी के लिए कचूमर। सब जीम लेते फिर मैं भोजन करती।

भोजन के बाद बापू का नियम है कि वह कुछ देर अखबार पढ़ते हैं। उस समय मैं पाँव के तलवों में घी की मालिश कर देती। बापू की आँख लगने के बाद अपनी कुटिया में जाकर पन्द्रह-बीस मिनिट आराम करती। फिर अखबार लेकर बैठ जाती। अखबार पढ़ने से कहाँ-क्या हो रहा है, इसका पता चल जाता। गुजरात काठियावाड़ की खबरें पढ़ने को मिलतीं। बापू की कही बातें समझ में आ जातीं। मूल खबर का ही पता न हो तो बापू किस विषय पर विचार व्यक्त कर रहे हैं, पता ही नहीं चलता। आश्रम में 'वन्देमातरम्', 'गुजरात समाचार' और 'हरिजन बन्धु' साप्ताहिक आता। मुझे पढ़ने में बहुत परेशानी होती। धीरे-धीरे सारे समाचार पढ़ने लगी।

बापू चिढ़ाते हैं, "देखो! बा कितने ध्यान से काठियावाड़ की खबरें पढ़ती है! मायके के समाचार पढ़ रही है।" मेरे लिए ही क्यों—यह बात तो हर औरत के लिए लागू होती है फिर चाहे उसकी वृद्धावस्था ही क्यों न हो! मायके का उल्लेख आते ही चेहरे पर चमक आ जाती है क्योंकि मायके में उसके जीवन का पौधा पहले पहल अंकुरित होता है। माँ-बाप के लाड़-दुलार से सींचा जाता है और ससुराल में उसे रोपा जाता है। अंकुरित जगह पर बहुत नीचे तक उसकी जड़ें फैली रहती हैं। इसलिए नारी को वह जीवन, वह जगह हमेशा बहुत प्रिय होती है।

23

समाचार पत्र 'कल क्या हुआ था' का प्रतिबिम्ब होते हैं। कल क्या होना है—यह समाचार तो हमारे कर्म की लेखनी जीवन के पन्नों पर लिखती चली जाती है। बेशक आज उसे हम न पढ़ पाएँ।

राजनीति से मेरी सौतेली रिश्तेदारी है। इसलिए सभा-सम्मेलनों में जी नहीं लगता। जहाँ रचनात्मक कार्य हो, वह करना अच्छा लगता है। नेतागिरी, भाषण झाड़ना, अखबार में नाम और फोटो छपवाना—इन बातों से मुझे बहुत चिढ़ है। पर देखती हूँ आजकल वही जमाना आ गया है। लोग तो ऐसे उतावले रहते हैं फोटो छपवाने के लिए कि बापू के नाम का उपयोग कर जुलूस निकालेंगे। फिर सामने खड़े होकर फोटो खिंचवाएँगे। और काम के नाम पर बहाने बनाएँगे।

इस बात का अनुभव चम्पारन में खूब हुआ। सत्याग्रह की पहली लड़ाई वहीं लड़ी गई। वहाँ जो स्थिति देखी, उससे अन्दाजा लगाया कि यदि यहाँ ठीक से काम करना हो तो कुछ कार्यकर्ताओं को देहातों में जाकर रहना चाहिए। पर यह काम कैसे हो! क्योंकि बिहार जैसे गरीब प्रान्त में पैसे देकर सेवा खरीदी जाए—यह तो सम्भव नहीं हो सकता। जहाँ गाँववालों की स्वयं की आर्थिक स्थिति जर्जर हो, वे सेवकों को क्या दे पाएँगे!

इस समस्या के हल के लिए बापू ने सार्वजनिक सेवक के रूप में स्वयं सेवकों का आह्वान किया। गुजरात और महाराष्ट्र से कुछ संस्कारी सेवक आ गए। इन्हें गाँव में रहने के लिए मकान और कच्चा अनाज देने की तत्परता गाँव वालों ने दिखाई।

अब प्रश्न भाषा का था। कुछ बहनों को गुजराती के अलावा अन्य भाषा नहीं आती थी। वे बच्चों को हिन्दी कैसे सिखाएँगी! इस प्रश्न का हल बापू ने अच्छा ढूँढ़ निकाला। उनका कहना था, बच्चों को व्याकरण नहीं पढ़ाना है। उनको तो जीवन जीने का तरीका समझाना है। गोरों ने इन्सान को पशु तुल्य बना दिया है। उन्हें समझाना है कि तुम मनुष्य हो। तुम्हें साफ-सफाई से मनुष्य की भाँति रहना चाहिए।

और यह काम हमारी बहनें बहुत अच्छी तरह से कर सकती हैं।

स्वयं सेवकों की दो और तीन की टुकड़ियों को छोटी-छोटी बस्तियों में भेज दिया गया। भीतिहरवा गाँव में मैं और दो स्वयं सेवक भाई रहते थे। गाँव की सीमा से लगा हुआ मन्दिर है। मन्दिर के अहाते में महन्त से थोड़ी-सी जगह माँग ली, और घास-फूस की झोंपड़ी तैयार कर वहीं हमारी पाठशाला प्रारम्भ हो गई।

इन बच्चों को देने के लिए हमारे पास चीजें तो नहीं थीं, प्रेम और अपनत्व अवश्य था। इससे अपनत्व बच्चे बहुत जल्दी सीख लेते हैं। अब बच्चे दातौन करते, नहाकर आते और जो भी फटे-पुराने कपड़े हों उन्हें धुले हुए पहनकर आते।

भीतिहरवा गाँव के आसपास की हवा में नमी है। हिमालय की तलहटी से पास होने के कारण यहाँ सर्दी बहुत लगती है। फिर भुखमरी और गरीबी के कारण बच्चे बीमार होंगे ही। मेरा काम था गाँव की औरतों और बच्चों की पूछताछ करना उन्हें दवाइयाँ बाँटना। धीरे-धीरे लोगों से पहचान होने लगी और लोग मुझे अपना समझने लगे।

निलहे गोरे से यह सब सहा नहीं गया। उसकी कोठी हमारी झोंपड़ी के पास ही थी। लोगों पर बड़े जुल्म ढाता था। वैसे भी गोरों का तो काम ही यही था। लेकिन निलहा गोरा कुछ ज्यादा ही जालिम था। यह भी जरूरी था कि उसकी निरंकुशता पर भी कुछ अंकुश लगे।

निलहे गोरे ने अखबार में खबर छपवाई कि मि. गाँधी नंगे पैर घूमकर और सादे कपड़ों का उपयोग कर लोगों में अन्ध श्रद्धा फैलाते हैं और मिसेस गाँधी औरतों से मिलकर उन्हें हमारे विरुद्ध भड़काती हैं। इस तरह दोनों पति-पत्नी राजनीतिक चाल चल रहे हैं।

मैं राजनीति से दूर थी। मैंने सहायता और दया भाव से काम किया था। बीमारों की निःस्वार्थ सेवा के अलावा कभी मैंने कुछ सोचा भी नहीं। ग्रामीणों की भाषा भी मेरी समझ में नहीं आती थी। हम लोग इशारों से और टूटी-फूटी हिन्दी में संवाद साध लेते थे। इस सब में भी घमण्डी निलहे को मुझमें राजनीतिक उत्तेजना फैलानेवाली स्त्री कहाँ से दिखाई दी! मेरी तो समझ में नहीं आया।

बापू से कहा तो कहने लगे, "यह तो शुरुआत है बा। अभी बहुत कुछ सुनना पड़ेगा। समाज सेवा हँसी-ठट्ठा तो है नहीं। फिर बात भी किसने की, उस निलहे ने। ऐसे कई निलहे भी कहें तो हमें अपने काम से पीछे नहीं हटना है। बकने दो उसे, तुम अपना काम करो। तुम्हें तो कोई शिकायत नहीं है!"

मुझे भला क्या शिकायत होती! मुझे तो अच्छा लगता था गाँववालों के बीच काम करना। एक दिन काम से गाँव में गए। वापस लौटे तो देखा, जिस झोंपड़ी में मैं रहती थी और मेरे साथ काम करनेवाले सोमण रहते थे और जहाँ पाठशाला भी

लगती थी, वे दोनों झोंपड़ियाँ जलकर राख हो गई थीं। इस काम में रुकावट डालने के लिए पता नहीं किसने ईर्ष्यावश आग लगा दी थी और सिवाय राख के वहाँ कुछ नहीं बचा था।

मेरा और सोमण भाई का निश्चय था कि पाठशाला एक दिन भी बन्द नहीं रखेंगे। सामने राख का ढेर पड़ा था। क्या करें? कुछ देर वहीं चुपचाप बैठे रहे। फिर सोचा कुछ तो करना पड़ेगा। इस तरह हिम्मत हारकर कैसे चलेगा!

तभी सोमण भाई बोले, "बा, मैं कुछ बाँस और घास-फूस ले आता हूँ। क्यों न हम रातोंरात झोंपड़ी तैयार कर लें! सुबह बच्चे आएँ तो पाठशाला तैयार मिले।" वाह, सोमण भाई! आपने तो खूब उपाय सोचा। चलिए, लग जाते हैं काम पर।

फिर क्या था पूरी रात जगकर पाठशाला तैयार हुई और सुबह बच्चे आए तो नियमानुसार प्रार्थना हुई। भीतिहरवा शब्द का अर्थ सोमण भाई ने बताया (डर का हटना)। वास्तव में यहाँ डर हट गया था। और यह धारणा भी बदल गई थी कि अच्छे काम करने में कोई विघ्न नहीं आता। उनमें विघ्न अधिक आते हैं। कष्ट, परेशानियाँ तो हमेशा अच्छे ही कार्यों में आते हैं। अब तो यह धारणा पक्की होती जा रही है कि जितना अच्छा कार्य होगा, उतनी अधिक बाधाएँ आएँगी।

अगले दिन बापू के साथ पास के गाँव में घूमने-फिरने चली गई। कुछ बहनों के कपड़े बहुत ही गन्दे दिखे। उन्हें सफाई का महत्त्व समझाने लगी। वे अन्दर ले गईं और दिखाया कि वहाँ न कोई अलमारी है, न कोई बक्सा। बस, बदन पर पहनी हुई साड़ी है। अब किसे धोएँ और किसे पहनें!

"महात्मा जी से कहिए हमें कपड़े दिलवाएँ हम रोज नहाने और कपड़े बदलने के लिए तैयार हैं।" यह सुनकर ऐसा लगा जैसे किसी ने गाल पर थप्पड़ मार दिया हो।

गोरों पर क्रोध आया और असमानता पर आश्चर्य हुआ। एक ही गाँव का ठाकुर या मुखिया रात-दिन अय्याशी करे। जुए और शराब में पानी की तरह पैसा बहाए और दूसरी ओर जो रात-दिन मेहनत करे उसे तन ढाँकने को कपड़ा और खाने को रोटी भी न मिले।

बापू सही कहते हैं—जब तक समाज की आर्थिक रचना नहीं बदलेगी तब तक एक वर्ग की हैसियत के रूप में पूंजीपति अपना स्वभाव नहीं छोड़ सकेंगे। व्यक्ति और वर्ग में भेद करना भूल है। जो एक व्यक्ति कर सकता है, वह समाज कर सकता है। फिर भेदभाव क्या एक ही स्तर पर है! नहीं आर्थिक विषमता, सामाजिक भेदभाव कई तरह के रोग हैं। पता नहीं ये कब मिटेंगे!

कहने को तो आश्रम बापू जी ने चलाया हुआ है। परन्तु सँभाल और देखभाल तो मुझे ही करनी पड़ती है। बापू नियम बनाकर निश्चिन्त हो गए। बापू की स्वयं की आवश्यकताएँ बहुत कम हैं। लेकिन सभी तो इनके जैसे नहीं हो सकते! सबका अपना

जीवन होता है, खुद की कुछ आदतें होती हैं। बाहर से आनेवालों के लिए भी नियम तो वही होते हैं, लेकिन कुछ ढील मैं ही दे देती हूँ। समय-समय पर आश्रमवासियों से और मेहमानों से पूछताछ कर उनकी आवश्यकताओं का ध्यान रखने की मेरी भरसक कोशिश रहती है।

बापू खूब मजाक उड़ाते हैं। कहते हैं मेरे पास आनेवालों का ध्यान राजनीति में कम, रसोई पर अधिक होता है कि बा आज उनकी पसन्द का क्या खाना बना रही है। खाना बनाने में और खिलाने में मुझे बहुत आनन्द आता है—यह तो दूसरी बात हुई। सबसे पहले तो आदमी की माँग होती है कि कोई उससे प्यार से पूछे, "भैया, कहाँ से आए हैं! सफर में कोई परेशानी तो नहीं हुई!" बच्चे साथ हों तो उन्हें नाश्ता करवाना। ये सारे आनन्ददायक काम थे। इसलिए सब कठिनाई में बापू से अधिक मेरे पास आते।

दीनबन्धु एन्ड्रूज जब भी बापू से मिलने आते उनकी एक आँख रसोई में लगी रहती और मेरा बुलावा पहुँचते ही कहते, "बापू, अभी आया।" बापू उलाहना देते, "बा, तू दीनबन्धु को बुरी आदत लगा रही है।" किन्तु दीनबन्धु के चेहरे से टपकता सन्तोष बापू कहाँ देख पाते इसलिए तो उन्हें उलाहना मिलता, "आप तो सबको अपने जैसा बनाने पर तुले हैं। सब पर आपकी सिरज़ोरी थोड़े ही चलेगी।"

राजाजी का कॉफी पीने का मुख्य स्थान थी मेरी रसोई। घण्टों बापू से चर्चा कर थकान आती तो रसोई की ओर रुख करते और कहते, "बा, आपके हाथों बनी एक प्याला कॉफी मिल जाए तो सारी थकान भाग जाएगी।" "आप तारीफ न करेंगे तो भी आपको कॉफी मिलेगी।" इस तरह के अपनत्व भरे संवाद हम लोगों के बीच चलते थे।

जवाहरलाल की चाय खास स्वाद वाली होती है। जब भी आते हैं, उन्हें उनके पसन्द की चाय जरूर मिलती है। लेकिन जवाहरलाल और चाय सुख से पी लें, हो ही नहीं सकता। खूब चिढ़ाएँगे, खूब हँसाएँगे तब जाकर चाय उनके गले के नीचे उतरेगी। वे कहते, "बा, आपके हाथों बनी ऐसी चाय अँग्रेज पी लें तो बापू के सारे आन्दोलन व्यर्थ हो जाएँ। कम-से-कम चाय पीने के लिए तो वे हिन्दुस्तान में ही रह जाएँगे। फिर क्या होगा।"

एक दिन सिर्फ दोनों हाथ जोड़कर नमस्ते की और चले गए तो मैं पहुँची बापू के पास। आज जवाहरलाल बिना बातचीत किए ही चले गए। जरूर बापू ने कुछ कहा होगा।

बापू ने हँसकर कहा, "तू भी जवाहर जैसी सिरफिरी हो रही है। आज हमारे बीच कोई झगड़ा नहीं हुआ!"

सरदार बल्लभ भाई का अपना अलग ही तरीका था। जब तक रहेंगे, छोटे कहाना के साथ धमाचौकड़ी मचाएँगे। उनके व्यक्तित्व को देखकर, उनमें छुपा यह

भोला बालक समझ में ही नहीं आता। पहले कहाना को रुलाएँगे फिर उसे मनाएँगे और तब यह जोड़ी मेरे पास आएगी। क्योंकि कहाना की सबसे बड़ी न्यायाधीश उसकी 'मोटीबा' है। बल्लभ भाई जो भी कहते, वह कभी नहीं मानता। हर बात पर मेरी हाँ का ठप्पा जरूरी था। कहाना बल्लभ भाई को तेज जवाब देकर हँसता तो लगता, दो समवयस्क बच्चे खेल रहे हों।

मौलाना अबुल कलाम आजाद गम्भीर प्रकृति के हैं। मुझसे मिले बिना कभी वापस नहीं जाते। बहुत शिष्टाचार के साथ मिलते हैं। नमस्ते बा कहेंगे। फिर हालचाल पूछेंगे। इस तरह सभी नेता अलग-अलग स्वभाव लिए यहाँ आते हैं। और कुछ देर के लिए ही क्यों न हो, आश्रम को घर का स्वरूप दे देते हैं। अच्छी रौनक रहती और सभी कार्यकर्ताओं के लिए आश्रम बा और बापू का घर बन जाता।

24

बापू का कहना है कि तुम्हें मनुष्य के बीच भेदभाव समाप्त करना है। यह मेरा है, वह पराया है—इस खाई को भी पार करना है। बापू सदैव बहुत बड़ी-बड़ी बातें करते हैं। मैं अपनी साधारण बुद्धि के अनुसार उन्हें ग्रहण करने का प्रयत्न करती हूँ। इसीलिए बापू के इस प्रश्न का उत्तर नहीं दे पाई कि सहधर्मिणी का अर्थ क्या होता है!

मैंने जवाब दिया पत्नी।

बापू ने कहा, "वह तो शब्द का अर्थ है। उसका भावार्थ क्या है?" मेरा कहना था, "आप जैसा गूढ़ अर्थ तो हम बता नहीं पाएँगे। आप ही बता दीजिए।"

बापू बोले, "हिन्दू धर्म शास्त्रों ने स्त्री को सहधर्मिणी कहा है। वह धर्म के अविरोधी काम और अर्थ का गृहस्थाश्रम में सेवन करती है। धर्म से विमुख काम रोग का घर और धर्म से विमुख अर्थ दुख तथा लड़ाई-झगड़े का कारण बनता है। आज की स्त्री का आदर्श क्या है! स्त्री-पुरुष समान हैं यह सत्य है। यह समानता धर्म में निहित है। काम भोग में नहीं। इसीलिए स्त्री सहभोगचारिणी होते हुए भी वास्तव में सहधर्मचारिणी है।"

"अच्छा महात्मा जी, अब आपका प्रवचन समाप्त हो गया हो तो मैं सिर में तेल मल दूँ!" मेरी दिनचर्या का यह अन्तिम कार्य था।

कई बार तो बापू इतना थके होते कि मैं तेल मलती और बापू सो जाते और जगे रहते तो बातचीत करते।

एक दिन बापू ने कहा, "आज इतनी देर क्यों हो गई! रसोई घर में कुछ बर्तनों की आवाजें आ रही थीं। यह काम किसी और को कह दिया होता।" मेरा जवाब था, "सबके बाद मैं भोजन करती हूँ। यह तो आप जानते हैं। बर्तन साफ किए। रसोई घर

धोया। कल रामदास बम्बई जानेवाला है। उसके लिए टिफिन और साथ में दो-चार दिन के लिए नाश्ता बनाया। काम-काज में समय का ध्यान नहीं रहा। किसे सौंपती यह काम! वास्तव में आश्रम में प्रतियोगिता लगी रहती है कि कब मौका मिले और कब हम बापू का कोई काम करें। परन्तु सच बात यह है कि मेरा ही मन किसी पर विश्वास नहीं करता कि मैं काम सौंप दूँ। शंका रहती है कि कोई ठीक से करेगा या नहीं!"

"फिर भी इस तरह काम का बोझ तुम कब तक सँभाल पाओगी? तुम्हारी उम्र बढ़ रही है। मेरे नहाने और खाने-पीने की व्यवस्था भी तुम्हीं देखती हो। अतिथियों के स्वागत-सत्कार की जिम्मेदारी तुमने स्वयं पर ले रखी है। क्या-क्या करोगी तुम! किसी पर काम सौंप कर तो देखो। कुछ भार हल्का हो जाएगा। अपने कपड़ों के लिए सूत भी तुम्हीं कातती हो। दिनभर में चार-पाँच सौ तार तुम सूत कातती हो। इतने ढेर सारे कामों के लिए, तुम कैसे समय निकाल लेती हो—मेरी तो समझ में नहीं आता।"

"आप कहना क्या चाहते हैं! आपकी बातों में न तारीफ है, न आश्चर्य है। फिर भी कुछ बात ज़रूर है।"

"कहने का तात्पर्य यह है कि काम के भारी बोझ के बावजूद तुम रामदास के लिए इतनी रात गए तक नाश्ता बनाती रहीं। यह कैसे चलेगा। तुम्हारा स्वास्थ्य कैसे साथ देगा! कल रामदास को बम्बई जाना है, परसों तुलसी को नेपाल जाना है और दो दिन बाद सुरेन्द्र को दिल्ली जाना है। इस तरह रोज ही आश्रम से कोई-न-कोई बाहर जाता रहता है। तुम हर आदमी के लिए नाश्ता बनाती बैठोगी?"

"रामदास मेरा बेटा है। आज आपकी मालिश में देर हो गई क्योंकि उसकी पसन्द का खाना बना रही थी।"

"ठीक है रामदास तुम्हारा बेटा है लेकिन बाकी आश्रमवासियों का क्या?"

"अब सारे आश्रमवासियों की पसन्द का खाना या नाश्ता मैं कैसे बना सकती हूँ?"

"क्यों, यहाँ रहनेवाले सब तुम्हारे बेटे नहीं हैं?"

"आप महात्मा हैं। इसलिए बाहर से आनेवाले सभी आपके बेटे हैं। लेकिन मैं महात्मा नहीं हूँ! मैं तो एकदम साधारण स्त्री हूँ। आपकी पत्नी। बेटों की माँ। बस! आश्रमवासियों से भी मेरा प्रेम कम नहीं है लेकिन सगे बेटों जैसा कैसे मान सकती हूँ!"

"यह तो ठीक है। तुम्हारी अपनी सोच है। इस समय हम कहाँ हैं?"

"सत्याग्रह आश्रम में।"

"हम राजकोट, पोरबन्दर का घरबार छोड़कर यहाँ क्यों बैठे हैं?"

"देश सेवा के लिए! सच्चे मन से एकाग्र होकर सब भाई-बहन मिलकर देश के लिए काम करें—इसके लिए।"

"जो भाई-बहन इतनी दूर आए हैं वे हमें क्या जन्म देनेवाले माँ-बाप से कम समझते हैं?"

"बिलकुल नहीं। सभी हमें माँ-बाप से बढ़कर मानते हैं।"

"अब तुम्हीं बताओ इनके प्रति हमारा धर्म क्या बनता है! रामदास के प्रति तुम्हारे अन्दर की माँ का प्यार मैं समझ सकता हूँ। इस समय हम राजकोट के मकान में होते तो हमारी सारी जायदाद और तुम्हारे सारे प्यार के हकदार हमारे बेटे होते। परन्तु यह आश्रम सत्याग्रही सेवकों का है। इसलिए यहाँ जैसे दूसरे भाई रहते हैं वैसे ही रामदास को भी रहना चाहिए। सत्याग्रही भाई तुम्हें माँ से बढ़कर मानते हैं। फिर तुम उन्हें रामदास से कम कैसे समझ सकती हो! इस आश्रम पर आज सारी दुनिया की नजरें लगी हैं। संसार को बड़ी-बड़ी आशाएँ हैं।"

बात तो बापू की सच है लेकिन स्वीकार करने में कठिनाई होती है। अमल में लाने में तो बहुत ही कठिन। बापू की बात अलग है। उन्होंने ज्ञान से, अनुभव से और सत्य के प्रयोगों से स्वयं को महात्मा बना लिया है। उनके लिए अपना-पराया, छोटा-बड़ा, ऊँच-नीच सब समान हैं। परन्तु बरसों से चली आ रही मेरी धारणाएँ एकदम से कैसे बदल सकती हैं। अब बापू के ढर्रे पर धीरे-धीरे ही तो आगे बढ़ा जा सकता है।

कहते हैं दूध से ज्यादा मलाई प्रिय होती है। अपने बच्चों से अधिक प्रिय पोता और पोती होते हैं। बढ़ती उम्र में हम उनके बचपन में स्वयं का प्रतिबिम्ब देखते हैं। हमारे अपने बच्चे छोटे होते हैं। तब जिम्मेदारी से ऐसे घिरे रहते हैं कि पता ही नहीं चलता कि बच्चे कब बड़े हो गए! पता तो तब लगता है जब बेटा पिता की चप्पल पहनकर बाहर निकल जाए और पिता ढूँढ़ते रह जाएँ या माँ के हाथों बनी चीज के डिब्बे खाली मिलें। पोतों को बढ़ाने की जिम्मेदारी का बड़ा हिस्सा उनके अपने माता-पिता पर होता है। लेकिन दुलार दादा-दादी ही ज्यादा करते हैं। मेरे साथ भी यही हुआ, बच्चों के पास कुछ दिनों के लिए गई भी तो वहाँ अधिक रह नहीं पाती। लेकिन बच्चे आश्रम आते तो मुझे बहुत अच्छा लगता।

दिन भर मोटीबा, मोटीबा (दादी) कहते आगे-पीछे घूमते। कहाना, तारा, मनु सबकी आँखों का तारा है। फिर रोज यह फरमाइश कि मोटीबा, आज यह बनाओ। आज हम वह खाएँगे। मैं पूछती, "क्यों रे, घर पर माँ नहीं बनातीं क्या!"

बच्चों का जवाब होता, वह तो बनाती है लेकिन आपके हाथों का स्वाद नहीं होता। बस खूब जमती हमारी। दस बार उनके हाथ-मुँह धुलवाओ। कहाना तो हमेशा गन्दा होकर आएगा। फिर जिद ऐसी कि हमारे साथ खेलो। अब क्या दौड़ने की उम्र

रह गई है! तारा तो मछली सी हाथ से फिसल जाएगी और ताली पीट कर नाचेगी, मोटीबा हार गई। मोटीबा हार गई। वह नन्ही सी जान क्या जाने कि इस एक हार के ऊपर उसकी मोटीबा सैकड़ों जीत न्यौछावर कर सकती है।

ऐसे ही खेल-कूद, खाने-पीने में छुट्टियाँ खत्म हो गईं। बच्चों के जाने से एक दिन पहले बापू के पास बैठी सूत कात रही थी और सोच रही थी कि बच्चों को खादी के एक-एक जोड़े कपड़े बनवा दूँ। तभी बापू ने पूछा, "बच्चे कब जा रहे हैं?"

मैंने कहा, "परसों।"

"तो मैनेजर से बिल ले लेना और पैसे जमा कर देना?" बापू बोले।

मुझपर तो सैकड़ों बिजलियाँ टूट पड़ीं! "क्या इन बच्चों के पैसे लोगे! कैसे दादा हो तुम!" उत्तेजना से हाथ-पैर थरथराने लगे।

बापू बोले, "देख, तुझे ब्लडप्रेशर है। इतना उत्तेजित होना ठीक नहीं है। तुम्हारा पति कुछ कमाता नहीं। हमारा ही खर्च आश्रम उठा रहा है। ऐसे में यह ठीक नहीं है कि हमारे पोते-पोतियों का खर्च भी आश्रम उठाए! दूसरों पर भार बनें हम?"

तर्क करना व्यर्थ था। हाथ-पैर भारी हो गए थे। आँसू बह निकले। उठी और मैनेजर से बच्चों के खर्च का बिल ले आई। तब समझ में आ गया कि राजा हरिश्चन्द्र ने अपने ही बेटे की दहन क्रिया के लिए पत्नी से साड़ी के आधे टुकड़े का मूल्य कैसे माँगा होगा! पहले यह सिर्फ पौराणिक कथा लगती थी। अब प्रत्यक्ष अनुभव कर रही हूँ। सत्य की दाहकता ही शायद मुझे पावन कर रही है।

अध्याय : पाँच

25

सत्य की यह लड़ाई हमारे साथ समाप्त नहीं होगी। मेरे और बापू के बाद भी सत्य का आग्रह चलते रहना बहुत आवश्यक है। अन्यथा झूठ का बोलबाला और बढ़ जाएगा। जिस स्थिति से हम आज नहीं निपट पा रहे हैं, उसे आगे कैसे सँभाल पाएँगे!

चम्पारन में हम कार्य कर रहे हैं। पास में खेड़ा गाँव है। जिले के तोरणा गाँव में मामलादार ने एकाएक छापा मारकर तेईस घरों में चीजें जब्त कीं। इनमें उन्हें औरतों के जेवर, बर्तन, दुधारू भैंसें आदि चीजें मिलीं। मुझे जैसे ही इस बात का पता चला, मैं फौरन पहुँच गई। औरतें मुझे अपने बीच पाकर फूली नहीं समाईं। उनकी कठिनाई में साथ हूँ, यहाँ तक तो ठीक है। परन्तु उनको वस्तुस्थिति का ज्ञान कराना मेरे लिए बहुत कठिन था।

सबका प्यार और विश्वास इस समय मेरे बहुत काम आया। सबको सम्बोधित करते हुए कहा, "पुरुषों ने सरकार के विरुद्ध जो लड़ाई ठानी है, उसमें हमें सहयोग देना चाहिए। यदि सरकार हमारे बर्तन या जेवर उठा ले जाती है तो ले जाए। लेकिन सरकार को एक पाई भी लगान चुकाकर हमें झूठे नहीं बनना है। जनता जब कह रही है कि फसल नहीं हुई, तो सरकार का काम है वह जनता की बातों पर विश्वास करे। लेकिन ऐसा न कर सरकार उल्टा जनता पर जुल्म करती है। परेशान करती है। इसके बावजूद डरकर जनता को लगान नहीं भरना चाहिए। इसमें सिर्फ बहनों को ही धीरज नहीं रखना है, बल्कि पति, भाई, बेटों को भी हिम्मत देनी है।"

पता नहीं मेरे शब्दों का क्या प्रभाव हुआ! परन्तु कुछ औरतों ने मुझे वहीं वचन दिया कि हम नहीं घबराएँगे। जब आप हमारे लिए इतनी तकलीफ उठा सकती हैं, तो हम क्यों डरें?

अब लड़ाई सीधी-सीधी थी। अँग्रेजों को बापू की बातें भारतीय जनता को भड़काने वाली प्रतीत हुईं। बापू को गिरफ्तार किया और छः वर्ष के कारावास की सजा सुनाई। पूरा देश सन्तप्त हो उठा। मैं भी।

छः वर्ष का समय थोड़ा नहीं होता! इतने लम्बे समय तक बापू के कार्यों को चलाते रहने में ही हमारी सफलता थी। यदि रचनात्मक गतिविधियाँ बन्द हो जाती हैं तो हमें स्वीकार करना चाहिए कि हमने सरकार के सामने हार मान ली। इस तरह बापू के सारे किए कराए पर पानी फिर जाएगा। मैंने स्वयं को तैयार किया। फिर लोगों से कहा, "मेरे पति को सरकार ने छः वर्ष के कारावास का दण्ड दिया है। कारण क्या है? वह आपका भला चाहते हैं और सरकार नहीं चाहती कि इस देश की जनता की भलाई हो। वह चाहती है हम हमेशा गुलाम रहें और उनके अत्याचार सहते रहें। और वे हमें लूटते रहें।

यदि हम चाहते हैं कि बापू समय से पहले कारावास से वापस आएँ तो उनके रचनात्मक कार्यक्रमों को सफल बनाना चाहिए। सबसे मेरी यही प्रार्थना है कि बापू को मिली सजा का उत्तर हम इस तरह दे सकते हैं।

1.. सभी स्त्री एवं पुरुष विदेशी कपड़ा पहनना छोड़ दें। स्वयं भी खादी पहनें और दूसरों को भी प्रेरित करें।

2. कताई को सभी धार्मिक कर्तव्य समझें और दूसरों को भी समझाएँ।

3. सभी व्यापारी विदेशी कपड़ों का व्यापार करना छोड़ दें।

यह मेरी आत्मा की आवाज थी इसलिए लोगों के दिल को छू गई। इसका प्रभाव यह हुआ कि जगह-जगह विदेशी कपड़ों की होली जलने लगी।

चरखे गूँजने लगे और लोगों ने खादी पहनना स्वीकार किया।

बापू को साबरमती से खेड़ा ले गए और ऐसा सूनापन भर गया कि लगा आश्रम मुझे निगल जाएगा। क्या करूँ, क्या न करूँ? मन ने मार्ग दिखाया कस्तूरी, अब हाथ

पर हाथ धरे बैठी रहनेवाली तो तुम हो नहीं। जो तुम्हारा सर्वस्व है, उसी के काम को तुम्हें आगे ले जाना है। तुम्हें याद है, जब तुम दक्षिण अफ्रीका में पहली बार जेल गई थीं। तब बापू ने क्या कहा था, यही न कि तुम जेल में मर गईं तो मैं 'जगदम्बा' कहकर तुम्हारी पूजा करूँगा।

बस मैंने मन की बात मान ली। खुद को सँभाला और सार्वजनिक कामों के लिए निकल पड़ी। सिर्फ आश्रम की रसोई समझने वालों के लिए, मेरा यह नया रूप परेशान करनेवाला था। लेकिन मैंने तो तय कर लिया था कि बापू के अधूरे कामों को आगे ले जाना है।

बापू ने कार्यकर्ताओं को गाँवों में आदिवासियों के बीच काम करने के लिए कहा था। इसलिए कार्यकर्ताओं की सहायता से पाठशाला खोली। उन्हें सफाई से रहना सिखाया। चरखा चलाना सिखाया। विद्यापीठ के चन्दे के लिए दयाल जी भाई की माँ के साथ सूरत और नन्दुरबार तक घूमती रही। बारडोली में चरखे के कार्यक्रम को गति देने के लिए बैलगाड़ी से यात्रा कर गाँव-गाँव जाना पड़ा।

इधर काँग्रेस में स्वराजवादी दल बन जाने से बापू के रचनात्मक कार्यों पर से अच्छे-अच्छों का विश्वास उठ गया। लेकिन मेरी निष्ठा अडिग थी। इसी विश्वास के साथ मैं लोगों से कहती थी—

जोश और आवेश में साथ देने की बात तो हर कोई कर लेता है लेकिन समय का वह आवेग समाप्त होने के बाद भी जो कार्य को पूरा करने में लगे रहते हैं वे ही सच्चे निष्ठावान होते हैं। दक्षिण अफ्रीका का अनुभव मेरे पास था। मैं उदाहरण देकर बताती थी कि वहाँ भी ऐसी ही निराशा छा गई थी। तब वहाँ की बहनों ने और खान में काम करनेवाले मजदूरों ने हिम्मत दिखाई और जीत हासिल की। इस तरह भी मैं मानती हूँ कि सत्य की विजय होगी।

उन्हीं दिनों सोनगढ़ तहसील के जंगल डोसवाड़ा मुकाम पर रानी परज की दूसरी परिषद की अध्यक्षता करनी पड़ी। यहाँ एक काम अच्छा हुआ। हजारों आदिवासी शराब पीना छोड़कर चरखा कातने लगे और भजन गाने लगे। बापू सच ही कहते हैं कि एक बेटे के असफल बा और बापू पूरी दुनिया के असफल माँ-बाप नहीं हो सकते। वह हमारे विषय भोग और उन्माद के क्षणों का परिणाम है। इसलिए ऐसा निकला। इन हजारों-लाखों लोगों को अपनाकर सच्चे मन से कार्य करें तो उसका परिणाम अच्छा ही निकलेगा।

आगे के कार्यक्रमों का ब्यौरा बापू से मिलकर तय करना था। बापू के सामने नमक की समस्या थी और दाण्डी कूच उसका हल था। बापू की कार्य योजना निश्चित होती है। इसलिए उनसे पूछा दाण्डी कूच के दौरान बहनें क्या करेंगी और भाइयों के लिए क्या काम होगा!

बापू ने कहा, "तुम बहनों को जेल नहीं जाना है, बाहर रहकर ही अच्छा काम

करना है। बहिष्कार का और शराब बन्दी का। यदि आवश्यकता हुई तो धरना देना होगा।"

26

दाण्डी में नमक सत्याग्रह के बाद बापू ने जो सभा की उसमें दो बातों पर विशेष जोर दिया। नवसारी के पास बीजलपुर में बहनों की एक खास सभा बुलाई। इस सभा में चार-पाँच हजार बहनें उपस्थित थीं। बम्बई और अहमदाबाद से अगुआ बहनें भी आई थीं। बापू की सलाह से इसी सभा में 'स्त्री स्वराज्यसंघ' की स्थापना की गई और सूरत शहर तथा जिले के अन्य गाँवों में छावनियाँ डालने की योजना बनाई?

सहायता के लिए गुजरात के प्रसिद्ध नेता डॉ. सुमन्त मेहता का चुनाव बापू ने किया। "आपको बहनों के इस कार्यक्रम का संचालन करना है। और संचालन क्या—वह तो बा और मीठू बहन करेंगी—आपको मुनीम के नाते साथ रहना है।"

डॉ. मेहता को कुछ संकोच हुआ। वह सोच रहे थे कि बापू मुझ पर कुछ अधिक विश्वास कर रहे हैं। पता नहीं मैं उनके विश्वास पर खरा उतर पाऊँगा या नहीं! वास्तव में बापू को बा की तत्त्वनिष्ठा और कर्तव्यपरायणता पर पूरा विश्वास था।

सैकड़ों वे बहनें हमारी छावनी में कार्यकर्ताओं के रूप में भर्ती हो गईं जो कभी घर की दहलीज तक नहीं लाँघती थीं। इसके दो कारण थे; एक तो यह कि गुजरात में सभी जानते थे कि कस्तूरी उनकी अपनी और उन्हीं में से एक है। जब वह कुछ कर सकती है तो हम क्यों नहीं कर सकते! दूसरा मुझे देखकर उनकी यह झिझक भी दूर हो गई कि बिना अँग्रेजी पढ़े भी रचनात्मक काम और प्रतिरोध किए जा सकते हैं।

फिर यह तो लड़ाई भी ऐसी बुराई के विरुद्ध थी जिसके दुष्परिणाम स्वयं बहनों को भुगतने पड़ रहे थे।

सूरत जिला शराबखोरी के लिए प्रसिद्ध है। बहनों के आन्दोलन और घेराव से शराब की दुकानें सुनसान हो गईं। सरकार ने सारे कानून ताक पर धर दिये और शराब तथा ताड़ी को फेरी लगाकर बेचने की अनुमति दे दी। फेरीवाले भी जब खाली हाथ लौटने लगे तो स्वयं को सभ्यता का सरताज समझने वाली सरकार असलियत पर उतर आई। आदेश आए कि गाँव में बहनों को रहने के लिए मकान न दिए जाएँ।

हम लोग पूरी तैयारी से थे। हमने झोंपड़ियाँ बना लीं और ऊपर घास-फूस के छप्पर डाल लिए। सरकार की नीयत दमनकारी थी। देखते-देखते घास-फूस के छप्पर जलने लगे। परेशान बहनें मेरे पास आईं। हमने तय किया कि हम चटाइयों के झोंपड़ों में रहेंगे और मिट्टी के बर्तनों का उपयोग करेंगे। फिर देखते हैं कि ये क्या ले जाएँगे!

27

आज यह कैसी बेचैनी है! बापू की याद तो रोज़ ही आती है। लेकिन याद के साथ पहले ऐसी घबराहट तो नहीं होती थी! शायद काम की थकान हो! लेकिन सुबह-सुबह कैसी थकान! शाम को जरूर हाथ-पैरों में टूटन महसूस होती है। कभी सिर चकराने लगता है। लेकिन रात को तो मैं आराम से सोई थी।

प्रार्थना मेरा प्रिय कार्यक्रम है। प्रार्थना में मन न लगना किसी बुरी खबर की तो सूचना नहीं! मन को डाँट-डपटकर चुप किया और प्रार्थना करने लगी। फिर याद आया रात को छावनी के आसपास मोटरगाड़ियों की भागदौड़ सुनाई दी थी। प्रार्थना के बाद नवसारी छावनी से सूचना मिली कि बापू को गिरफ्तार कर लिया गया है।

सुबह कराड़ी आश्रम पहुँची। पता चला दो मोटरगाड़ियों में हथियारों से लैस सिपाही आए थे। आश्रमवासियों को और गाँव के लोगों में से किसी को गाँधीजी से मिलने नहीं दिया। यह सब सुनकर दुख हुआ और हँसी भी आई।

गाँधीजी जैसे निहत्थे, अहिंसक को पकड़ने के लिए सरकार को आधी रात के समय डाका डालने की क्या आवश्यकता थी? इतने सारे पुलिस और लाव लश्कर की क्या जरूरत थी! इसका अर्थ यह है कि सरकार बापू से डरती है? नहीं। बापू के शब्दों में हिंसा अहिंसा से डरती है। असत्य सत्य से डरता है। सत्य के लिए लड़ाई का जोश और सरकार की दमनकारी नीति, इनका क्या परिणाम होगा—कहा नहीं जा सकता। इसे सरकार की मेहरबानी समझना चाहिए कि वह गाँधीजी को इतनी देर से पकड़कर ले गई। और इन पाँच हफ्तों में बापू ने बहुत काम किया और अगली योजना के बारे में समझाया।

मैं ईश्वर से यही प्रार्थना कर रही हूँ कि इस घटना से कोई अशान्ति न फैले। किसी तरह का दंगा-फसाद न हो। आम जनता से भी प्रार्थना करती हूँ कि भावनाओं में बहकर या बापू के प्रति भक्ति की बाढ़ में बहकर वह कोई अविवेकी कदम न उठाए। देश के लिए मर-मिटने की इच्छा को प्रबल बनाए रखे और लड़ाई जारी रखे।

सरकारी नौकरी से चिपककर बैठे भारतीय भाइयों से मुझे बहुत शिकायत थी। सरकारी सिपाही अपने ही भाइयों पर लाठी बरसाते। गोलियों से भून देते और खुली आँखों से तमाशा देखते। उन्हें कोई हया नहीं अँग्रेजों की गुलामी करते। अरे, भगवान पर भरोसा रखो। छोड़ दो यह नौकरी। वह किसी को भूखा नहीं रखता।

सरकारी सिपाहियों की नीति समझ में नहीं आती। पहले तो अपने बेटे-भाइयों पर हाथ उठाते हैं। फिर घर जाकर लम्बी आहें भरते हैं।

मेरे साथ नरहरि भाई पारिख की पुत्री वनमाला, सरदार पटेल की पुत्री मणि बहन, मृदुला साराभाई आदि थीं। बापूजी की गिरफ्तारी के बाद देशप्रेमी धरासणा की ओर चल पड़े।

उस दौरान सरकार ऐसी बेरहमी से पेश आई कि उस तरह जानवरों के साथ भी व्यवहार नहीं किया जाता। पहले लाठियाँ बरसाईं। फिर नीचे गिराकर उन पर घोड़े दौड़ाए। मुँह में कपड़ा ठूँसकर खारे पानी में डुबो दिया। और फिर कँटीली बाड़ वाले तारों में फेंक दिया। सरकार निहत्थे लोगों के साथ जितना यातनामय व्यवहार कर सकती थी, उतना उसने किया। कोई कसर बाकी नहीं रखी।

यह सुनकर आत्मा तड़प उठी। बलसाड़ के अस्पताल में सत्याग्रहियों से मिली। सरकार की क्रूरता के वर्णन खुद उनके मुँह से सुने। उनके घाव, पट्टियाँ और कराहें सुनकर मन काँप उठा। एक-एक घायल के पास गई। सिर पर हाथ फेरा, घबराओ नहीं। बहादुर देशभक्तो, तुम तन से घायल हो और तुम्हारी बा मन से घायल है। मुझे गर्व है तुम्हारी भक्ति, वीरता और उत्साह पर। सत्य के लिए ऐसा बलिदान! इतिहास में यह अपनी तरह का एक ही उदाहरण है। जब स्वतंत्रता का इतिहास लिखा जाएगा तो उसमें तुम सबके नाम होंगे।

दूर तक यही खबर थी कि चारों तरफ जुल्म हो रहा है। इसलिए आवश्यकता है कि सब एक-दूसरे की मदद करें। एक राष्ट्रीय संकट है, यह सबने समझा। बड़ी संख्या में डॉक्टर, स्वयं सेवक भाई-बहन घायलों की सेवा में जुट गए। इन्हीं दिनों जलालपुर तहसील की जो परिषद् हुई थी, उसका अध्यक्ष पद मुझे स्वीकारने के लिए कहा गया।

अध्यक्षीय भाषण में मैंने कहा, "मेरे देश के भाई धरासणा में हुई घटना की दर्दनाक कहानी सुनकर निश्चित ही वॉयसराय के नए काले कानूनों के विरोध में दुगुने उत्साह से जन समर्थन देंगे। साथ ही शराबबन्दी और विदेशी चीजों का बायकॉट जारी रखेंगे। देश बहुत नाजुक स्थिति से गुजर रहा है। यह समय लम्बे-चौड़े भाषण का नहीं है। आपने मुझे जो अध्यक्ष पद दिया है तो उसके लिए मैं आभारी हूँ।

"मुझे आप से यह बात कहनी है कि आपसी झगड़ों को भूल जाइए। यदि एक के घर पर जब्ती हो तो समझना चाहिए सबके घर पर जब्ती हुई है। बहनों के लिए यह परीक्षा की घड़ी है। इस लड़ाई में हमें पुरुषों की बहुत मदद करनी है। बहनों का कार्य सिर्फ भाइयों की हिम्मत बढ़ाकर ही खत्म नहीं हो जाता। यदि कोई बहन देखती है कि स्वार्थवश भाई सरकार की सहायता कर रहा है, तो उसे रोककर विरोध करे और आवश्यकता हो तो असहयोग भी।

"जो समझदारी बहनों में होती है, वह पुरुषों में नहीं होती। इसका कारण यह है कि बहनें दुख की भाषा समझती हैं। धरासणा के अत्याचारों से सबके हृदय में चोट लगी है। इसलिए देश के हित के खिलाफ कोई भी आन्दोलन शुरू हो तो हमें धरसणा में हुई घटना को याद रखना चाहिए। अधिक क्या कहूँ! जो कुछ मैंने कहा, उस पर डटे रहने की और अमल करने की शक्ति परमात्मा आपको दे।"

इस दौड़धूप में स्वास्थ्य बहुत गिर गया। वनमाला ने कई बार कहा, "बा आप

आराम करें। ज्यादा दौड़धूप न करें।" इन दिनों हम भरौली गाँव में रहते थे। कमजोरी मैं भी महसूस करती थी। घरेलू उपाय में तुलसी के पत्तों का काढ़ा पी लेती। कभी गरम पानी की बोतल से सेंक लेती तो आराम मिल जाता। अभी प्रार्थना समाप्त कर हम नाश्ता कर ही रहे थे कि डाकिया एक तार दे गया। तार का सन्देश था, "हमें कस्तूरबा के साथ की आवश्यकता है।" तार बोरसद गाँव से आया था। तार का एक-एक शब्द मुझे अपनी ओर खींच रहा था। परिस्थिति की गम्भीरता समझकर नाश्ता छोड़ मैं बोरसद जाने की तैयारी करने लगी। वनमाला ने टोका, "बा, इन दिनों आपका स्वास्थ्य ठीक नहीं है। आप मत जाइए।"

"नहीं, वनमाला मैं नहीं रुक सकती। वहाँ बोरसद के किसानों की बहादुरी देखो, जिन्होंने देश के लिए गाँव, घर-बार सब छोड़कर विद्रोह किया। सरकार को लगान न देने की वजह से उन्हें जेल जाना पड़ा। मारपीट सहनी पड़ी। उनके गुजारे का जो एक ही साधन उनकी जमीन थी उसे भी नीलाम कर दिया गया। और तुम कह रही हो, नहीं जाऊँ। यह कैसे हो सकता है।"

"ठीक है बा! वहाँ जाना अगर इतना जरूरी है, तो मैं चली जाती हूँ। आप आराम कर लें। दो-तीन दवाइयाँ लेती रहें।"

"नहीं, वनमाला! उन लोगों की पुकार मुझे यहाँ चैन से नहीं बैठने देगी। जबरदस्ती रुक भी गई तो सारा ध्यान वहाँ लगा रहेगा। लगान न देने का आह्वान करनेवाली बहनों पर लाठी बरसाई गई है। गाँव में हाहाकार मचा होगा। बहुत-सी बहनें घायल अवस्था में दवाखाने में पड़ी होंगी। उनको हिम्मत बँधाने के लिए मुझको बुलाया होगा।"

"डॉक्टर ने आपको आराम की सलाह दी है, बा।"

"तू चिन्ता मत कर वनमाला! मुझे कुछ नहीं हुआ है। देशभक्ति का भी एक नशा होता है जो एक बार चढ़ जाए तो उतरने का नाम नहीं लेता। आदमी सब कुछ भूल जाता है—बेटा, बहू, बच्चे, घर—यहाँ तक कि अपने आपको भी। मुझे ही देख। मैं बापू से कहती थी—आपको तो कुछ सूझता ही नहीं इस मुंई राजनीति के सिवाय। आज पता चला कि यह ऐसी पुरानी हाला है कि जो एक बार पी ले तो उम्र भर के लिए होश खो बैठे। बापू होते तो बहनों के बीच जाकर खड़े हो जाते। उन्हें दिलासा देते। बापू कारावास में हैं इसलिए अब यह मेरी जिम्मेदारी है।" वनमाला से बातें करते समय हाथ तैयारी करने में लगे थे। जल्दी-जल्दी, आवश्यक सामान झोले में डालती जा रही थी। कम्बल, साड़ी, तौलिया।

बोरसद पहुँचकर घायल बहनों से मिली। गाँव में घर-घर घूमकर, हालात का जायजा लिया। जो व्यवस्था बहनों के लिए की जा सकती थी, वह सब करवाती रही। पर शरीर ने साथ देना छोड़ दिया और मैं बीमार पड़ गई। नड़ियाद से डॉक्टर आए,

जाँच की और कहा, "इन्हें सख्त आराम की जरूरत है।" यह भी कोई मानने की बात है भला! इस समय तो मुझे सिर्फ काम की जरूरत है।

डॉक्टर ने फिर कहा, "आप हमारी सलाह नहीं मानतीं बा। क्यों रात-दिन इतना काम करती हैं?"

मेरा जवाब था, "कहाँ डॉक्टर! मुझे कोई परेशानी नहीं है। मैं तो बस वह काम कर रही हूँ जो बापू करते।" डॉक्टर निराश हो गए। करते भी क्या! उनकी आराम करने की सलाह को मैं झोले में लिए घूम रही थी।

1932 और 1933 का बहुतेरा समय कारावास में कट गया। अब कारागृह भी घर ही लगता है। इसी समय जेल में लाभु बहन मेहता आईं। उसे देखकर सरकार की क्रूरता का अन्दाज आसानी से लगाया जा सकता है। शरम नहीं आती उन मुस्टण्डों को नाजुक उम्र की लड़कियों को पकड़ते हुए! पता चला लड़की अच्छे घर की है। जेल का रूखा-सूखा खा नहीं पा रही है। मेरा खाना बी क्लास का था। उसी में से कुछ दिया और साथ में सीख भी, "देखो, यहाँ आई हो तो यह खाना भी खाया करो अन्यथा बड़ी मुश्किल होगी।"

अभी जेल में अस्सी बहनें हैं। कोई बीमार है तो किसी को कोई दूसरी परेशानी है। सबको समझाती, "बहना थोड़ा सह लो। थोड़ी सहनशक्ति बढ़ा लो। ये दिन भी कट जाएँगे।" यह दिलासा बहुत काम आती। वैसे भी और मैं क्या दे सकती थी! लाभु बहन जरूर सबसे कहती कि हमारे साथ बा है फिर कैसी परेशानी! उनका सब पर प्रेम है। उनको सबकी चिन्ता है। हम जेल में थोड़े ही हैं। हम तो बा के घर मेहमान बनकर आए हैं। इसलिए उनका इतना प्यार और अपनत्व पा रहे हैं।

28

1939। "बापू आपको बारडोली जाना चाहिए।"

"बल्लभ भाई अभी कुछ समय यहाँ जरूरी काम है।"

"बापू वहाँ ज्यादा जरूरी है आपका पहुँचना।"

"तो ठीक है! हो आता हूँ।"

राजकोट का सत्याग्रह प्रारम्भ हुआ। वहाँ के ठाकुर ने प्रजा को कई अधिकार देना स्वीकार किया था लेकिन बाद में बदल गए। इससे लोगों में असन्तोष फैला और ठाकुर के विरुद्ध सत्याग्रह का निश्चय हुआ। मुझे जब इस सत्याग्रह का पता चला तो मैं बापू के पास पहुँची। राजकोट तो हमारा घर है। यहाँ सत्याग्रह हो और मैं हिस्सा न लूँ, यह कैसे सम्भव है! बापू ने कहाँ, "वह तो ठीक है परन्तु तुम अभी बहुत कमजोर हो। ऐसी स्थिति में तुम्हें सत्याग्रह में भाग नहीं लेना चाहिए।"

मेरी जिद थी कि तबीयत तो ठीक हो जाएगी। मैंने देश-विदेश में कहाँ-कहाँ तो सत्याग्रह में भाग लिया। जेल गई। और आज मेरे अपने गाँव में सत्याग्रह हो रहा है और मैं दूर से तमाशा देखूँ यह मुझसे नहीं होगा।

बापू ने हार कर कहा, "जैसी तुम्हारी मर्जी!"

मेरा सत्याग्रह में हिस्सा लेना ही अँग्रेजों को मुझे कैद करने के लिए काफी था। फिर भी मेरा कसूर 'सविनय अवज्ञा' बताया गया। पहले तो एक अकेले गाँव में रखा। देवदास मिलने आया तो परेशान हो उठा। कैसे रह लेती हो तुम यहाँ! सरकार की यह मजाल कि मेरी बा को गन्दी और घुटन भरी जगह में रखे! उत्तेजित होने की क्या आवश्यकता है, देवदास! मैं तो स्वतंत्रता सैनिक हूँ। और सैनिक जब लड़ाई के लिए घर छोड़ता है तब यह सोचकर निकलता है कि वह मैदाने जंग में लड़ने जा रहा है, किसी महल में आराम करने नहीं। सैनिकों को कठिनाइयाँ सहनी ही चाहिए उससे घबराकर कैसे काम चलेगा?

ये तो मेरे विचार थे, लेकिन लोगों को बात का बतंगड़ बनाने की आदत होती। पत्र में भी मैंने भूल से किसी परेशानी की बात नहीं लिखी। मैं बापू और कहाना के बारे में बहुत चिन्तित थी। बड़ा प्यारा बच्चा है कहाना। मेरे सिवाय तो एक पल नहीं रहता। नहाएगा तो मोटीबा के हाथों। खाना खाना हो तो मोटीबा चाहिए। और सोना हो तो मोटीबा के भजन गाए बिना कैसे नींद आए।

बचपन मनुष्य को ईश्वर से मिली सौगात है। न कोई चिन्ता न कोई फिक्र। खुद खुश रहेंगे, दूसरों में भी खुशियाँ बाँटेंगे। दिनभर मैं कितनी ही थकी रहूँ, रात को कनु को पास लेकर सोई नहीं कि उसकी भोली बातों से सारी थकान दूर हो जाती है।

स्वास्थ्य ठीक होने की बजाय गिरता ही जा रहा था। इसलिए राजकोट सरकार को मुझे इतनी दूर रखना खतरा लगने लगा। कहीं कुछ ऊँच-नीच हो गई तो सत्याग्रही उन्हें खा जाएँगे। इसी डर से उन्होंने मुझे राजधानी से दस-पन्द्रह किलोमीटर दूर एक डाकबंगले में रखा। वहाँ मेरे साथ मृदुला साराभाई और मणि बहन पटेल भी थीं।

सरकार ने यहाँ सारी सुविधाएँ दी थीं लेकिन तबीयत सुधरने का नाम ही नहीं ले रही थी। मणि बहन ठीक ही तो कह रही थीं, "बा ठीक कैसे होंगी। यहाँ तो सिर्फ शरीर है। आत्मा तो बाहर है। बिना आत्मा के शरीर कितने दिन रह सकता है! वह तो मुरझाएगा ही!"

मोरित्सबर्ग से लेकर यहाँ तक, कारागृह और कारावास मेरे लिए कोई अनजान, अपरिचित स्थान नहीं रह गए थे। साधारण गृहिणी के लिए जितना परिचित उसका घर होता है, उतनी ही परिचित मेरे लिए जेल है। मैं बापू का वियोग नहीं सह सकती। यह सही है कि मेरी कभी चारदीवारों वाली छोटी-सी गृहस्थी नहीं रही। यह भी सही है कि पति-पत्नी का शारीरिक सम्बन्ध वाला रिश्ता भी कई वर्ष पहले समाप्त हो गया। लेकिन आन्तरिकता किसी रिश्ते की मोहताज नहीं होती। सच्चा स्नेह तो बाद

में ही बढ़ा। इतना कि मैं अलग से अपना कोई अस्तित्व ही महसूस नहीं करती।

अचानक मणि बहन ने पूछा, "क्या सोच रही हैं बा!"

मृदुला बहन के मुँह से निकला, "बापू के बारे में सोच रही होंगी!"

इस पर मैंने यूँ ही कह दिया, "एक बहुत पुरानी घटना याद आ गई।"

मणि बहन ने मेरी तरफ देखा, "सुनाइए न, बा! बहुत उदास लग रहा है।"

मैं धीरे-धीरे कहने लगी, "मृदुला तुम तो तब आश्रम में ही थीं। मेरे पास आश्रम के पैसे रखे थे। किसी कारणवश खर्च हो गए। प्रार्थना के समय सबके सामने बापू ने कह दिया, "आश्रम के पैसे तुम्हें इस तरह खर्च नहीं करने चाहिए।" बात कड़वी थी परन्तु सच थी। जो बापू अपने पोते-पोती का खर्च आश्रम में जमा करवाते थे, उन्हें यह कैसे सहन होता कि आश्रम का पैसा मुझसे खर्च हो। यह बात बापू मुझे बाद में भी कह सकते थे। लेकिन बापू के लिए आगे-पीछे या कुछ छिपाकर रखने जैसा तो था नहीं। इसलिए जो मन में आया बोल दिया।"

बम्बई की एक कार्यकर्ता उन दिनों आश्रम में आई थी। बापू का इस तरह सबके सामने पैसों के बारे में मुझसे कहना उसे बहुत बुरा लगा। बम्बई पहुँचकर उस बहन ने पत्र लिखा।

"गाँधीजी आपको बहुत दुख देते हैं। हर बात की आप पर सख्ती करते हैं। खाने-पीने के मामले में भी आप स्वतंत्र नहीं हैं। सबके सामने आपकी बेइज्जती कर देते हैं। आप कैसे सह लेती हैं! ऐसी बहुत सी बातें लिखी थीं, जिसका आशय था कि बापू का व्यवहार मुझसे अच्छा नहीं है।"

इस पर मृदुला बहन ने कुछ याद करते हुए कहा, "हाँ ऐसे ही किसी पत्र की चर्चा तो मैंने भी सुनी थी।"

तब मणिबहन को भी याद आया, "शायद आपने उत्तर भी लिखा था! बताइए न क्या लिखा था?"

जो मैंने लिखा था, उसमें से जितना याद आया मैंने सुना दिया।

सौ. लीलावती,

तुम्हारा पत्र मिला, पढ़कर बहुत बुरा लगा। हमारा परिचय इतना घनिष्ठ नहीं कि तुम इस तरह पत्र लिख सको। मुझे याद नहीं कि जब तुम यहाँ आई थीं, तो हमने बैठकर चार सुख-दुख की बातें की हों। या, तुम्हारे सामने मैंने अपने दुखड़े रोए हों। या कि बापू की शिकायत कर मन हल्का किया हो! फिर तुमने कैसे अन्दाजा लगा लिया कि बापू मुझे बहुत दुख देते हैं!

वास्तविकता जो तुम सोच रही हो उसके ठीक विपरीत है। मेरे पति जैसा पति तो दुनिया में किसी स्त्री को नहीं मिला होगा। गाँधीजी सत्य के कारण पूरी दुनिया में पूजे जाते हैं। उनकी सलाह लेने हजारों लोग रोज आते हैं। इससे अन्दाजा लगाया जा सकता है कि उनमें कितनी सूझ है।

जब भी मुझसे कोई भूल होती है, तब वह अवश्य टोकते हैं। तुम पढ़ी-लिखी हो, तो इतना ज्ञान तुम्हें होना चाहिए कि पति-पत्नी के बीच तीसरे आदमी को नहीं बोलना चाहिए।

सारे संसार में मेरा मान है कि मैं उनकी पत्नी हूँ। गाँधीजी की पत्नी होना मेरे लिए गर्व की बात है। तुम किसी से कहोगी भी कि बापू बा को दुख देते हैं तो तुम्हारी बात का कोई विश्वास नहीं करेगा। आधुनिक विचारों में पति पर पत्नी का अधिकार चलता है। और जब पति पत्नी के कहने में नहीं रहता तब दोनों के रास्ते अलग-अलग हो जाते हैं।

मैं तो सनातनी हिन्दू पत्नी हूँ और पार्वतीजी का जैसा निश्चय था कि उन्हें जन्म-जन्मान्तर तक शंकर ही पति मिलें तो वैसे ही मैं भी ईश्वर से यही प्रार्थना करती हूँ कि अब जनम-मरण के फेरे से मुक्ति मिले। लेकिन, यदि पुनर्जन्म मिले तो पति के रूप में मुझे बापू ही मिलें।

बा.

29

"वाह, क्या करारा जवाब दिया, बा आपने!" मृणाल और मणि बहन दोनों एक साथ बोल पड़ीं। कारावास का समय भजन, कीर्तन, सूत कातना, प्रार्थना और हल्की-फुल्की बातों में कट जाता है।

तभी खबर मिली डॉ. सुशीला नैयर मिलने आई हैं। बहुत खुशी हुई सुनकर क्योंकि सुशीला से पता चलेगा कि बापू कैसे हैं! कनु कैसा है! मैंने सीधे सवाल किया, "तुम बापू और कहाना के पास से आ रही हो। कैसे हैं वे लोग? कनु रोता तो नहीं!"

डॉ. सुशीला ने थोड़ा मुस्कराकर कहा, "रोता क्यों नहीं। खूब याद करता है आपको! आपसे तो बापू ने कह दिया, सँभाल लेंगे। पर कनु है कि जिद पर उतर आता है तो किसी की नहीं सुनता।"

मैंने पूछा, "क्यों! क्या किया उसने?"

सुशीला ने बताया, "एक दिन खूब रोने लगा। मेरी मोटीबा को बुला दो। मुझे मोटीबा के पास जाना है। हम सब उसे समझाकर हार गए तो बापू ने कहा, तू मोटीबा के नाम का जाप कर। मोटीबा आकर तेरे सामने खड़ी हो जाएँगी। भगवान के नाम का जाप भक्त सच्चे मन से करता है तो भगवान उसके सामने आकर खड़े हो जाते हैं, ठीक वैसे ही बा भी आ जाएँगी।

"कनु तो बच्चा ठहरा बोला, 'आपो माला' (माला दो)। बापू ने उसे माला दे दी तो वह सचमुच पालथी मारकर बैठ गया और 'मोटीबा', 'मोटीबा' जाप करने लगा,

अब तो बापू की हालत और भी खराब कि अब इस बच्चे को कैसे समझाया जाए।"

यह सब सुनकर कनु के लिए मन में गहरा स्नेह और अवसाद जागे। मैंने बात बदल दी, "बापू कैसे हैं?"

सुशीला ने जवाब में कहा, "बापू भी इस सत्याग्रह में कूद पड़े हैं और उन्होंने उपवास शुरू कर दिया है।" मेरे लिए यह सदमा नहीं था। मैं अब अभ्यस्त हो गई हूँ। फिर भी आघात लगा, उसी आहत स्वर में सुशीला से शिकायत कर बैठी, "मुझे खबर तो देनी थी कि बापू उपवास का विचार कर रहे हैं।"

"हमें ही खबर नहीं हुई, बा। आपको क्या खबर देते! एकाएक सुबह उठकर बापू ने पत्र लिखा, जिससे हमें पता चला। कोई मौका ही नहीं दिया कि हम उपवास के बारे में चर्चा कर सकें।"

मैंने रसोइए को बुलाकर कहा, मेरा खाना मत बनाना। मैं बापू के उपवास तक सिर्फ फलाहार लूँगी।

हमेशा ऐसा ही होता है। बापू के उपवास में मैं केवल एक बार फलाहार लेती हूँ। इससे सेवा भी हो जाती है और उनके साथ तपस्या भी। पूरे भोजन से आलस्य आ जाता है। सेवा में तत्परता नहीं रहती। फलाहार सुविधाजनक रहता है। लेकिन सबसे बड़ी बात तो यह है कि मन नहीं मानता। ऐसा कैसे हो सकता है वे बिना खाए-पिए रहें और मैं आराम से पेटभर भोजन कर लूँ।

दो दिन बाद मुझे सरकार की ओर से सूचना मिली कि मैं चाहूँ तो बापू से मिल सकती हूँ। मैं तो यही चाहती थी।

अचानक जब मैं पहुँची तो बापू भौचक रह गए। पूछा, "यहाँ कैसे?"

मैंने बता दिया, "मुझसे कहा गया कि मैं चाहूँ तो आपसे मिलने जा सकती हूँ। मैं आ गई। इस बहाने सरकार ने मुझे जेल से रिहा कर दिया।" बापू बोले, "यह कैसी रिहाई है! यह तो अनुचित हुआ। सरकार को छोड़ना ही है तो मणि बहन, मृदुला बहन सबको छोड़े और बाकायदा छोड़े। यह तो कोई तरीका नहीं है। तुम्हें वापस जेल जाना चाहिए।"

तभी किसी ने कहा, "रास्ता तो बन्द है। बगैर पास के वे किसी को जाने नहीं देते और इस वक्त रात के एक बज रहे हैं। इन्हें रास्ते में ही रोक लिया जाएगा।"

बापू अड़े रहे, "ठीक है! तुम्हें कोई रोक ले तो तुम वहीं सत्याग्रह शुरू कर देना। फिर चाहे सारी रात सड़क पर गुजारनी पड़े।"

बिना कोई विवाद किए मैं रात एक बजे जेल के लिए वापस चल पड़ी। जानती थी कि वाद-विवाद में और देर होगी जबकि लौटना तो पड़ेगा ही। बापू को उपवास की स्थिति में छोड़कर जाने का मन नहीं हो रहा था। ऐसा कई बार होता आया है कि जो मन मुझसे लड़ता-झगड़ता, विद्रोह करता है, वही मन बापू की बात को आज्ञा समझकर शिरोधार्य कर लेता है।

कभी-कभी लगता है कि बापू को सम्मोहन की सिद्धि तो नहीं है। लाखों लोग इनके पीछे पागल हैं। जो भी इनके सम्पर्क में आता है, इन्हीं का होकर रह जाता है। पहले हर बात को मैं तर्क की कसौटी पर कसकर देखती थी। अब वह छोड़कर उनकी अनुगामिनी बन गई हूँ।

रामायण में यही शब्द सीता के लिए पढ़ा था। सीताजी के लिए लोग जोर-शोर से तर्क देते हैं, कि वह उपेक्षित रहीं लेकिन मैंने कहीं नहीं पढ़ा कि स्वयं सीताजी ने कहीं उपेक्षित होने का उल्लेख किया हो। वह स्वयं को उपेक्षित नहीं अनुगामिनी समझती थीं।

राजकोट सरकार की हिम्मत नहीं हुई कि मुझे रातभर सड़क पर रहने देती। मुझे डाकबंगले ले जाया गया। दूसरे दिन विधिवत् लिखा-पढ़ी करने के बाद मुझे, मणि बहन और मृदुला बहन को जेल से रिहा किया गया। उत्साह से सब बापू से मिलने पहुँचे। बापू को देखकर सारा उत्साह ठण्डा पड़ गया। उपवास के कारण उनकी हालत नाजुक थी।

30

राजकोट के सत्याग्रह में मेरे शामिल होने पर बापू को लोगों की खूब टीका-टिप्पणी सहनी पड़ी। खुद तो आए दिन उपवास और सत्याग्रह करते रहते हैं, अब बा से भी करवाते हैं जबकि उनका स्वास्थ्य ठीक नहीं है। ऐसी बात थी नहीं। मैं स्वयं ही राजकोट पहुँच गई थी। वह निर्णय मेरा था, बापू का नहीं।

बापू ने तो दक्षिण अफ्रीका में भी नहीं कहा था कि मैं आन्दोलन में भाग लूँ। फिर यहाँ इस तरह का आग्रह क्यों करते! बापू का तो सिद्धान्त है कि जबरदस्ती इस तरह की बातें करवाई या मनवाई नहीं जा सकतीं। यह तो स्वतःस्फूर्त होना चाहिए।

बापू की सत्याग्रह की परिभाषा यही सन्देश देती है। एक बार बापू साबरमती आश्रम में किसी को समझा रहे थे—सत्याग्रह का अर्थ है—सम्पूर्ण आत्म विसर्जन, अत्यन्त नम्रता एवं उज्ज्वल श्रद्धा। और सत्याग्रह का मेरे लिए अर्थ है सत्य की निष्ठुर खोज व सत्य प्राप्ति का निश्चय। मेरी असहकारिता की जड़ें प्रेम में हैं—देश में नहीं। बापू जैसा दृढ़ निश्चयी व्यक्ति भला मुझसे क्यों आग्रह करने लगा! हाँ, स्वयं उपवास जरूर करेंगे।

उपवास बापू करें, प्राण मेरे सूखते हैं। हर बार यमराज से सीधी लड़ाई चलती है। सावित्री तो एक ही बार में प्राण वापस ले आई। यहाँ तो हमारे सत्यवान जब भी उपवास करते हैं, मैं प्राणों की भीख माँगने यमराज के दरवाजे खड़ी हो जाती हूँ।

मैंने ईश्वर से निरन्तर प्रार्थना की है और इसलिए यह विश्वास भी है कि वह मुझे बापू के पहले उठाएगा और बापू की गोद में मृत्यु देगा।

मैंने सोचा भी नहीं था कि अपने आपको व्यक्त करना इतना कठिन है? सोचती थी उसमें क्या रखा है! बस, जो भोगा है उसे लिख दो! दूसरों के बारे में कहना बहुत आसान होता है। परन्तु अपने आपको एक ईमानदार अभिव्यक्ति देना कितना कठिन है! जीवन भी सीधा सरल हो तो कोई बात है। यहाँ तो ऐसा बिखराव है कि, बस! किसी विचार का एक सिरा हाथ आता है, तो दूसरा छूट जाता है!

काठियावाड़ की याद करती हूँ तो देश छोड़नेवाला दिन याद आता है। कैसे बम्बई के किनारे, जहाज में पैर रखा और मातृभूमि को प्रणाम करने के लिए जुड़े हाथों पर आँसू की बूँदें टपकने लगीं। सागर के नीले पानी की पहचान बहुत पुरानी है। पोरबन्दर में पानी की लहरों से संवाद साधने जाती हूँ, तो डरबन का किनारा और मोरित्सबर्ग की जेल का बन्द और बदबूदार कमरा याद आता है।

जीवन का पहला कारावास और कारावास की कहानी कहने बैठी हूँ तो साबरमती आश्रम और सेवाग्राम में काते हुए सूत के धागे एक-दूसरे में उलझ जाते हैं।

अगर सीधा-सपाट जीवन बम्बई-आगरा राजमार्ग हो तब तो कोई आसानी से कह सकता है कि हमने इतनी दूरी तय की है। यहाँ तो एक भी मार्ग सरल नहीं मिला। कुछ गलियाँ घुमावदार थीं और कुछ पगडण्डियाँ कँटीली। रास्ता ही नहीं था जबकि चलना आवश्यक था। क्या करती! क्या रुक जाती? लेकिन रुकना मेरी नियति नहीं थी। कुदाली-फावड़ा लिया और पगडण्डी तैयार कर ली। पैर लहूलुहान हुए तो कभी रास्ता साफ-सुथरा भी था।

उन दिनों की बात है जब हम भोपाल के नवाब के मेहमान थे। मेहमाननवाजी के नवाबी ठाट देखते ही बनते थे। बापू के सालों के सान्निध्य और प्रौढ़ता ने मेरी आँखों को चकाचौंध से बचा लिया। यह दिखावा महज आडम्बर लगा। इसीलिए बेगम और जनानखाने की बाकी सदस्यों से मिली तो उन्हें खादी का महत्त्व समझा सकी।

पुस्तकों को पढ़कर मैंने कोई उपाधि किसी विद्यालय से नहीं पाई थी। लेकिन गुजराती, हिन्दी, अँग्रेजी को मिला-जुलाकर मेरी अपनी एक भाषा बन गई। इसी खिचड़ी भाषा का प्रयोग कर बेगम और उनकी कनीज को मैं अपनी बात अच्छी तरह समझा सकी कि ऐशोआराम को छोड़कर देश-सेवा में सबको लगना चाहिए।

दक्षिण अफ्रीका की एक देन यह रही कि मुझे टूटी-फूटी अँग्रेजी आ गई। भोपाल में नवाब साहब के यहाँ हमें शहद की आवश्यकता हुई। दरवाजे पर तैनात चुस्त अमलदार से पूछा, "आप हिन्दी जानते हैं!"

हिन्दी से मेरा अर्थ हिन्दुस्तानी से था। लेकिन मुस्लिम रियासत का मुसलमान मुलाजिम बोल-चाल की भाषा से वाकफियत बताकर मूँछों की ऐंठन का बल कम नहीं

करना चाहता था। इसलिए उसने शुद्ध अँग्रेजी में जवाब दिया, "जी नहीं।"

हमने पूछा, "अँग्रेजी जानते हैं।" उत्तर मिला, "जी हाँ।"

मैंने कहा, "ठीक है! प्लीज, फ्लावर हनी।" और उसने हमारे सामने शहद की बोतल लाकर रख दी।

मेरी अँग्रेजी का बापू खूब मजाक उड़ाते। जो भी हो काम तो निकल जाता है। क्या करना है इन फिरंगियों की भाषा सीखकर! यह घटना उन दिनों की है, जब बापू दक्षिण अफ्रीका में ट्रांसवाल के जोहनसबर्ग शहर में वकालत करते थे। मि. पोलाक और मि. हेनरी के कुछ यूरोपीय मित्रों को हमने निमंत्रित किया। उन्हें लेकर हमें कोई खास उत्साह नहीं था। परन्तु मि. पोलाक हमारे परिवार के सदस्य जैसे थे और उनके कहने पर ही उनको निमंत्रित किया गया था। बापू की निमंत्रितों से कोई खास पहचान नहीं थी और मैं तो बिलकुल भी नहीं जानती थी।

भोजन के पूर्व गप्पें चल रही थीं। मैंने देखा यूरोपीय बापू से घरेलू जीवन के बारे में सीधे प्रश्न कर रहे थे। कुछ प्रश्न तो एकदम व्यक्तिगत थे जिन्हें किसी मेहमान को पूछने का अधिकार नहीं होता। उनके प्रश्नों से मुझे पता चल गया कि ये लोग कितने घमण्डी और असभ्य हैं। बापू उनकी बातों का खूब हँसकर जवाब दे रहे थे। हिन्दुस्तानी शैली और यूरोपीय जीवन पद्धति की तुलना भी चल रही थी। बीच-बीच में हँसी-मजाक के बावजूद मुझे उन लोगों का व्यवहार बिलकुल पसन्द नहीं आया। जब सब भोजन करने कमरे में आए, मैं गुस्से के मारे ऊपर के कमरे में चली गई। घर में मेहमान आए हों और गृहिणी उठकर चली जाए, निश्चित ही यह अनुचित था।

बापू ने रामदास से कहा, "बा को बुला ला।"

रामदास ने आकर मुझसे कहा, "बा, आपको नीचे बुला रहे हैं।"

मैंने जवाब दिया, "कह दे, मैं नहीं आऊँगी।"

इसके बाद बापू खुद आए और बोले, "देखो, यह असभ्यता का व्यवहार है। क्या समझेंगे मेहमान कि हिन्दुस्तान में ऐसी मेहमानदारी की जाती है।"

मैंने कहा, "जो भी कहें। मैं नहीं आऊँगी। हमारे यहाँ भोजन पर आए हैं और हमारी ही बुराई कर रहे हैं। जिस थाली में खाओ उसी में छेद करां, ऐसे लोग मुझे बिलकुल पसन्द नहीं। मैं नहीं आऊँगी।"

मेहमानों के सामने बापू ने मेरी अनुपस्थिति का कोई ऐसा कारण गढ़ दिया जिससे उन्हें बुरा न लगे। बात समाप्त हो गई और भोजन का कार्यक्रम सानन्द सम्पन्न हुआ।

दूसरे दिन श्रीमती पोलाक ने इस विषय में मुझसे बातचीत की तो मैंने कह दिया, ऐसे निकम्मे लोग सिर्फ यह जानने के लिए हमारे यहाँ आते हैं कि हम कैसे रहते हैं, क्या खाते हैं। फिर हमारी व्यक्तिगत बातें जानकर हमारा मजाक उड़ाते हैं। टू मेक लॉफ ऑफ मी ऐण्ड माय होम। यह मुझसे सहा नहीं जाएगा।

मेरा घर, मेरा पति, दूसरों के मजाक का निशाना नहीं बन सकते। यह मेरा स्वाभिमान है। इसे कोई कुछ भी समझे।

एक और किस्सा याद आता है, दक्षिण अफ्रीका का ही। वहाँ अँग्रेजी भाषा का उपयोग अधिक होता था, और बापू के बहुत से मित्र अँग्रेजी बोलने वाले अँग्रेज ही थे। अतः टूटी-फूटी अँग्रेजी मुझे भी आ गई।

एक बार मि. पोलाक और बापू में कुछ ऐसी बातें हो गईं कि पोलाक नाराज हो गए। दिनभर घर के हर सदस्य से–बच्चों तक से–खूब बातें करने वाले मि. पोलाक ने मुँह फुला लिया। मैंने मिसेज पोलाक से पूछा, "वॉट्स द मेटर, मिसेज पोलाक! वॉट फॉर ही इज क्रॉस्ड! मि. पोलाक को क्या हुआ! वे इतने चिढ़े हुए क्यों दिखाई दे रहे हैं!"

श्रीमती पोलाक ने कहा, "वे बापू से नाराज हैं।"

मेरा दूसरा सवाल था, "वॉट फॉर ही इज क्रॉस्ड विद बापू! वॉट बापू हैज़ डन!"

श्रीमती पोलाक ने सारी बातें बताईं। गोया बापू से सिर्फ मैं ही नाराज नहीं होती। बापू कुछ ऐसा करते हैं कि दूसरे भी उनपर नाराज होते हैं।

मैं समझ गई कि हिन्दी, अँग्रेजी, गुजराती, उर्दू, मराठी ये सब भाषाएँ अपनी जगह हैं। लेकिन एक भाषा और है–मन की। यही कारण है कि मुझे पोरबन्दर से डरबन तक कभी कोई परेशानी नहीं हुई। मेरा कोई काम भाषा की वजह से नहीं रुका।

भाषा को लेकर एक किस्सा और याद आता है। बात उन दिनों की है जब बापू येरवडा जेल में बन्द थे। वहाँ भोजन में बापू ने किसी चीज की माँग की। जेल सुपरिंटेंडेंट ने बापू की माँग स्वीकार नहीं की। इस बात से बापू को बहुत दुख हुआ। उन्होंने सिर्फ दूध पर रहने का निश्चय किया। दूध सेवन का कार्यक्रम चार हफ्ते चला और बापू का वजन 104 से 90 पौण्ड रह गया।

एक दिन मैं और कुछ परिचित बापू से मिलने जेल गए। देखा सीढ़ियाँ चढ़ते हुए बापू के पैर लड़खड़ा रहे हैं। यह देखकर मुझे बहुत बुरा लगा। मैंने पूछा, आपको इतनी कमजोरी कैसे आ गई! बापू बताना तो नहीं चाहते थे लेकिन साथ के सभी लोग पूछने लगे तो बापू ने पूरी बात दोहरा दी। मेरे साथ सभी ने बापू से आग्रह किया कि दूध का प्रयोग छोड़कर फल खाएँ। बापू ने सबकी बात मान ली। सुपरिंटेंडेंट भी अपने बचाव में कहने लगा, "मि. गाँधी यह सब अपनी इच्छा से कर रहे हैं। इसमें मेरा कोई दोष नहीं है।"

सच ही तो कह रहा था बेचारा। बापू के खुराफाती स्वभाव को क्या मैं नहीं जानती! कभी शान्ति से बैठे हों–ऐसा मैंने कभी नहीं देखा। हमेशा कुछ-न-कुछ सूझता ही रहता है कि किसके लिए क्या करने से उन्हें सुख मिलेगा। ऐसे प्रयोग करने

में कई बार स्वास्थ्य भी बिगड़ा है। पर खुद की तरफ ध्यान देने की आदत ही नहीं है। इसीलिए मैं भी उसी लहजे में बोली कि बापू को जरा फटकार लगे, "यस-यस आई नो माई हसबेंड। ही इज ऑलवेज मिसचीफ।"

31

एक सुबह प्रार्थना के लिए सब एकत्रित हुए तो महादेव भाई ने बताया, "रात दो बजे तक उन्हें फोन आते रहे कि गिरफ्तारी के सारे इन्तजाम हो गए हैं। वे पकड़ने आ ही रहे हैं।" बापू ने इसके जवाब में धीरे से कहा, "कल के मेरे भाषण के बाद भी वे मुझे गिरफ्तार करते हैं तो समझो उनके दिन पूरे हो गए। मैं इतना बेवकूफ उन्हें नहीं मानता था।" बापू के मानने न मानने से क्या होता है! पुलिस कमिश्नर वारंट लेकर पहुँच गए। महादेव भाई, मीरा बहन और बापू के नाम भारत-रक्षा कानून के तहत नजरबन्दी के नोटिस थे। प्यारेलाल और मेरे लिए लिखा था कि हम भी चाहें तो बापू के साथ उन्हीं शर्तों पर चल सकते हैं। बापू ने कहा भी, "तुम न रहना चाहो तो चलो साथ। लेकिन मैं चाहता हूँ तुम और प्यारेलाल बाहर रहकर काम करो। हाँ काम करते-करते तुम्हारी धरपकड़ हो तो बात अलग है।"

घनश्याम दास बिड़लाजी ने बापू से कुछ प्रश्न पूछे। दोनों में कुछ बातचीत हुई बाद में बिड़लाजी ने कहा, "बापू उपवास की जल्दी न कीजिएगा। महादेव भाई ने 'हरि ने भजता हजी कोई नी लाज जाती न थी जोईरे' (हरि का भजन करते हुए किसी की लाज गई हो ऐसा कभी देखा नहीं गया) भजन गाया।"

फिर रामधुन हुई। अम्तुसलाम बहन ने कुरान की कुछ आयतें पढ़ीं। बापू ने दो-चार किताबें, धनुष, तकली, पूनी साथ रख लीं। महादेव भाई ने भी अपना सामान ठीक-ठाक कर लिया। सबके बाद तैयार हुई मीरा बहन।

बापू ने कहा, "शाम की आम सभा जरूर होनी चाहिए। बा तुम सँभाल लेना।" श्रीमती रामेश्वर दास बिड़ला ने उन्हें कुंकुम लगाया और मोटर रवाना हो गई। मन में आशंका थी। पता नहीं अब, कब, कहाँ, कैसे मुलाकात हो। लड़ाई जोरदार होगी। मेरा जेल जाने का नम्बर भी जल्दी ही आएगा।

मैंने अपना भाषण तैयार कर लिया। भाषण क्या एक सन्देश-भर था। कहने को तो महात्माजी ने कल ढाई घण्टे तक महासमिति की बैठक में अपने मन की बात कह ही दी थी। अब उससे अधिक कहने को क्या रह गया था। अब कहने को यह था कि हमें उनके आदर्शों का पालन करना है। बहनों को काम में फुर्ती लानी है। सभी बहनों को चाहे वे किसी भी जात की क्यों न हों। हमें जात-पात भूलकर काम करना है। ध्यान रखना है कि सत्य और अहिंसा का मार्ग न छोड़ें।

काँग्रेस कमेटी के प्रमुख कार्यकर्ताओं को सुबह ही गिरफ्तार कर लिया गया। शहर से आनेवाले लोग बता रहे थे कि शहर में आग सी फैली है। ग्वालिया टैंक पर झण्डा वन्दन था। वहाँ आँसू गैस छोड़ी गई। लाठियाँ बरसाई गईं। मृदुला बहन के हाथ पर लाठी के तीन निशान थे। शहर में दूर तक पोस्टर्स लगे थे। जिस सभा में गाँधी जी बोलने वाले थे, उसमें अब कस्तूरबा बोलने वाली हैं। यह शान्त बलवा 1857 के बलवे से भी अधिक सफल हो।

पुलिस पूछने आई, “क्या आप वास्तव में सभा में जाएँगी। भाषण करेंगी!” मैंने कहा, “हाँ सुशीला भी मेरे साथ है।” इस पर पुलिस अधिकारी ने नाटक-सा करते हुए कहा, “माँजी! आपको क्या जरूरत है सभा में जाने की! आप तो घर पर आराम ही करें।”

वहाँ ब्रजमोहन बिड़ला मौजूद थे। मोटर चली तो आँख में पानी आ गया। सुबह भी जब बापू को गिरफ्तार किया गया तो आँसू आ गए। सुशीला ने समझाया, “बा इस तरह क्यों परेशान हो रही हैं! कारावास तो हमारा दूसरा घर ही है।”

मैं केवल यह कह पाई, “पता नहीं क्यों आज बहुत उदास सा लग रहा है। कुछ बुखार सा भी है।”

32

जेल का फाटक खुला। एक गन्दे से कार्यालय में हमें बैठाया। कुछ ही देर में हमारा कमरा तैयार हो गया। आर्थर रोड जेल का स्त्री विभाग, मुख्य जेल से अलग एक छोटा-सा अहाता है। चारों ओर आठ-नौ फुट ऊँची दीवारें और एक छोटा-सा बागीचा है। कतार में चार कमरे बने थे और दरवाजों में मोटी लोहे की सलाखें लगी थीं। आखिरी कमरा मेरे और सुशीला के लिए था।

हवाई हमले से बचाव के प्रयत्न के रूप में खिड़कियाँ तीन चौथाई ईंटों से बन्द कर रखी थीं। कमरे में न हवा आ सकती थी न धूप। फर्श में सीलन थी। पीछे की ओर फ्लश का पाखाना और बाथरूम बहुत गन्दा था। एक तो बुखार ऊपर से इतनी गन्दगी। पेचिश शुरू हो गई।

सुशीला बहुत परेशान है। मुझे सेब का रस देना चाहती है लेकिन जेल के नियमों में सेब कैसे आ सकते हैं? सरकारी डॉक्टर ऊँचाई और वजन नाप कर चला गया। शिनाख्त के निशान नोट किए और जब सुशीला ने मेरी तबीयत के बारे में पूछा तो डॉक्टर कहने लगा, “थकान है, मानसिक बोझ है। इन्हें दवा की नहीं सही खुराक की जरूरत है।”

अब सही खुराक कहाँ से आए! दस्त से मैं बेहाल हुई जा रही थी। थकान के मारे सारा शरीर टूट रहा था। इसलिए चुपचाप लेटी रही।

सुशीला को भी मितली आ रही थी। वह तो पहली बार जेल में आई है। डॉक्टरी की है उसने। लेकिन यहाँ तो गधे-घोड़े सब बराबर हैं। तभी कमरे में सीतला दास नाम की एक लड़की आई। उसके तीन-चार छोटे-छोटे बच्चे थे। घर पर छोड़कर आई थी। उसे देखकर मन द्रवित हो गया और उसका दुख देखकर आँखें भर आईं। बच्चों की याद में विकल है बेचारी। सबसे छोटा बच्चा तो सिर्फ दो वर्ष का है।

जेलों में बन्द ऐसी कई सीतला दास होंगी। किसी के बच्चे छोटे होंगे तो कोई आसन्न प्रसवा हो सकती है। सम्भव है कोई माँ बनने के सुन्दर सपने बुन रही हो और जेल में ठूँस दिया गया हो! यही सब सोचकर मैं इतना घबरा गई कि सुशीला से पूछ बैठी, "क्या बापू हिन्दुस्तान का दुख दूर करने में सफल होंगे?"

सुशीला का जवाब था, "आप क्यों चिन्ता करती हैं, बा! सब ठीक हो जाएगा। बापू ने यह काम हाथ में लिया है तो भगवान उन्हें जरूर सफलता देगा।"

सुशीला के दिलासे के बावजूद चिन्ता तो लगी ही रहती है। क्या बिगाड़ा है इन मासूम लड़कियों ने सरकार का! सोचते-सोचते आँख लग गई। उठी तो देखा सुशीला बिस्तर बाँध रही है। कहाँ जाना है हमें! सुशीला ने बताया कि जब आप सोई थीं तब मैट्रन आकर कह गई कि हमें ग्यारह बजे यहाँ से ले जाएँगे।

"लेकिन कहाँ?" मैंने पूछा।

"यह तो नहीं बताया।"

मैंने बिस्तर बाँध लिया। प्रार्थना की। रामधुन चल रही थी कि जेलर आ गए। ऑफिस में पहुँचने के बाद मैंने उनसे पूछा, "कहाँ ले जाएँगे! येरवडा या बापू के पास!" मैट्रन ने कोई जवाब नहीं दिया। सुपरिंटेंडेंट ने इस बार जवाब दिया, "बापू के पास!" उसके इस उत्तर ने मुझे आश्वस्त कर दिया।

स्टेशन ले जाकर उसने हमें प्रतीक्षालय में बैठा दिया और खुद दरवाजे में आराम कुर्सी डालकर बैठ गया, जैसे कहीं हम भाग न जाएँ। स्टेशन पर हमेशा की तरह दौड़-धूप थी। यात्री सामान उठाए चले आ रहे थे। कहीं छोटे बच्चे रो रहे थे कि माँ गोद में क्यों नहीं उठाती, तो कहीं पति-पत्नी में सामान को लेकर चख-चख। चाय-कॉफी वाले अलग से चिल्ला रहे थे। देखते-देखते मुँह से निकल गया, "किसी को कुछ नहीं पड़ी सुशीला, कि स्वराज्य मिलेगा या नहीं!" सुनकर सुशीला की आँखें डबडबा गईं।

गाड़ी का समय हो गया तो पुलिस अफसर आया और हमें चलने के लिए कहा। प्रथम श्रेणी के एक छोटे से डिब्बे में हमें चढ़ाया गया। गाड़ी पूना की ओर रवाना हो गई।

स्वराज्य की लड़ाई का उग्र रूप मुझे परेशान कर रहा है। स्वास्थ्य पर इसका

असर दिखना स्वाभाविक है। वैसे इससे अधिक बीमार तो मैं पहले भी हुई थी, लेकिन सँभल गई। लगता है यह बीमारी मुझे लेकर ही जाएगी।

रामायण में पढ़ती हूँ, "देह धरे को दण्ड है।" भुगतना तो पड़ेगा। मेरी बीमारी का बापू के निकट होने से गहरा सम्बन्ध है। सारी बड़ी-बड़ी बीमारियों में जब भी वो साथ रहे, मैं जल्दी ठीक हो गई। और उनसे दूर रहकर चाहे हल्का सा बुखार हो गया या सर्दी-जुकाम, ठीक होने का नाम ही नहीं लेता। इसका अर्थ यह है कि मैं मानसिक रूप से बीमार ज्यादा रहती हूँ। शारीरिक रूप से कम।

पिछले दिनों राजकोट से कलकत्ता जाना हुआ। वहाँ गाँधी सेवा संघ की स्थापना करनी थी। उस यात्रा में वृन्दावन भी गई। बढ़ती उम्र, अनियमित जीवन, आन्दोलन, सत्याग्रह और लम्बी यात्राएँ अच्छे-खासे-हट्टे-कट्टे, तन्दुरुस्त को बीमार कर दें। फिर मेरी क्या बिसात! एक सौ पाँच डिग्री बुखार हो गया। राजकोट पहुँचकर दवाई ली तो ठीक हो गई। चिन्ता की कोई बात थी ही नहीं। मेरे डॉक्टर, मेरे महात्मा जी, सब तो साथ थे।

जब बापू सरहदी सूबे के लिए रवाना हुए तब पहले ही कमजोरी थी। बम्बई लौटने पर मुझे निमोनिया हो गया। चाहती तो थी कि बापू के साथ ही मैं भी सरहदी सूबे की यात्रा करूँ। लेकिन पहले ही बीमार। फिर वहाँ कड़ाके की सर्दी। इसलिए यह तय हुआ कि बापू निश्चित कार्यक्रम के अनुसार जाएँ। आठ-दस दिन बाद मुझे आराम हो जाए तो मैं, डॉक्टर सुशीला नैयर और प्यारे लाल भाई—हम सब सरहदी सूबे की यात्रा करें। वे क्षण आज भी आँखों से ओझल नहीं होते। समुद्र की गहराई जहाँ हमें अन्तर्मुख करती है वहीं पहाड़ों की ऊँचाई हममें जोश भरती है। आगे बढ़ने के दृढ़ निश्चय की प्रेरणा देती है। पहाड़ों के बियाबान जंगल कितनी शान्ति देते हैं। ऋषि मुनि बरसों ऐसे जंगलों में तपस्या करते थे। प्रकृति ने दोनों हाथों से सुन्दरता लुटाई है। परन्तु आदमी कितना खराब है कि सबसे अधिक लड़ाई इसी पृथ्वी और उस पर खींची नकली सरहदों के लिए करता है। वास्तव में क्यों लड़ते हैं हम! किसकी दुश्मनी! दो राष्ट्रों की! और बलि चढ़ता है वह सैनिक जिसका सामनेवाला नाम भी नहीं जानता। एक लड़ाई में एक फौजी दुश्मन को मारने खन्दक तक पहुँचा। देखा तो दुश्मन बीवी और बच्चे की तस्वीर देखकर रो रहा था। यह दृश्य देखते ही तनी हुई बन्दूक हाथ से छूट गई।

33

बापू को ईश्वर सफलता दे। कितना अच्छा काम कर रहे हैं वो?

आदमी प्रकृति का सन्देश समझकर प्रेम से जिये और दूसरों को जीने दे तो

कितना अच्छा हो। एक पर्वत दूसरे पर्वत पर कब अधिकार दिखाता है! एक झरना दूसरे झरने को लूटने तो नहीं जाता। उसका पानी नहीं छीनता। इन अँग्रेजों को देखो। भाईचारे से रहना छोड़कर हम पर हुकूमत करते हैं। जब हम पुराने खँडहर वाले शंकर भगवान के मन्दिर में गए तो मैंने यही प्रार्थना की कि ईश्वर इनको सद्‌बुद्धि दे। कि ये आदमी हैं, आदमी बनकर रहें। कहते हैं पुरुष का आदर्श आकाश होता है जबकि स्त्री का आदर्श धरती होती है।

मैं सोचती हूँ, यह शरीर भी मशीन है। इसके कलपुर्जे भी घिसते हैं। दूरदराज घूमकर सेवाग्राम में लौटने के बाद मुझे हल्का सा बुखार रहने लगा। सिर दर्द की परेशानी भी बढ़ गई। ऐसा दर्द कि छटपटाती रहती।

बापू काम में व्यस्त और मेरा दर्द असहनीय। फिर सुशीला भी पास नहीं। दिल्ली में रह गई आगे की पढ़ाई के लिए। देवदास भी वहीं था। इसीलिए मैंने बापू से कहा, "मुझे दिल्ली भेज दो।" महादेव भाई को भी मेरी बात सही लगी। वहाँ मेरा इलाज ठीक से होगा। महादेव भाई ने दिल्ली की गाड़ी में मुझे बैठा दिया।

सुशीला ने जब देखा तो नाराज हो गईं, "बा, आप अकेली आईं। इतनी दूर! ऐसी परेशानी में! किसी को साथ ले आतीं! आपको रास्ते में कुछ हो जाता तो!" लेकिन मेरा जवाब था, "तू तो बहुत डरती है। सीधी तो गाड़ी है। वहाँ से महादेव ने चढ़ा दिया। यहाँ तूने उतार लिया। फिर मुसाफिर तो थे ही। उनसे महादेव ने मेरा ध्यान रखने को कह दिया था।" सुशीला की चिन्ता मुझे अच्छी लगी। सुशीला मुझे सिर्फ बा कहती ही नहीं, मानती भी है। देवदास के यहाँ दिन में तीन बार आती। दवाई देती। इंजेक्शन लगवा लाती।

सुशीला सुबह-शाम प्रार्थना सुनाती है तो मन प्रसन्न हो जाता है। कमरा ठण्डा रहे इसलिए सुशीला ने कमरे को पानी से भर दिया। गर्मी के दिन थे इसलिए दोपहर को तो खूब नींद आई। परन्तु सर्दी ने घेर लिया और बुखार आ गया। पेशाब में भी परेशानी होने लगी। देवदास, लक्ष्मी, सबने सेवा की। सुशीला तो रात-दिन लगी रहती। मैं कहती भी, "तू कितना करती है मेरे लिए।" सुशीला का जवाब होता, "आप ठीक हो जाएँगी बा। यही मेरी एम.डी. की डिग्री है। मेरे लिए आप सेवाग्राम से यहाँ तक आईं। ठीक न हुईं तो बापू को क्या मुँह दिखाऊँगी।"

उन दिनों बापू मुझे रोज पत्र लिखा करते थे। कई बार तो सुशीला के दवाखाने के पते पर आते। वह लेकर आती। एक दिन मजाक में सुशीला ने कहा, "मैं समझ गई बा, आप इतनी जल्दी ठीक कैसे हो रही हैं! रोज पत्र देखते ही आपके चेहरे पर चमक आ जाती है। यही तो आपकी असली दवाई है।"

विवाह, लगन, पति ये सारी बातें मेरे जीवन में बहुत पीछे छूट गई हैं। इतना लम्बा रास्ता तय किया है। इतने मोड़ आए हैं कि रिश्तों के सन्दर्भ पीछे मुड़ कर देखने पर भी दिखाई नहीं देते। अब दूर का किनारा दिखाई देता है, जहाँ पहुँचना है। डर

भी नहीं लगता। क्योंकि मेरे महात्माजी हमेशा मेरे साथ हैं। जिसके साथ मेरी ओढ़नी की गाँठ बँधी, वह मेरे मित्र, जीवन-सहचर, जो भी कह लो। एक बात और कहूँगी कि बीमारी में जितनी आवश्यकता बापू की मुझे होती है, उससे अधिक बापू को मेरी आवश्यकता बीमारी में होती है।

बात उन दिनों की है जब बापू कलकत्ता गए और वहाँ बीमार हो गए। सेवाग्राम के आश्रमवासी बीमारी की खबर सुनकर घबरा गए। लेकिन मुझे अपनी सेवा पर विश्वास था। इसलिए मैं शान्त रही। कलकत्ता जाने से पहले बापू खुले में सोया करते थे। कलकत्ता से जब लौटे तो दिसम्बर का महीना था। सबने समझाया, आप खुले में मत सोइए। बापू नहीं माने। सर्दी के कारण खून का दबाव इतना बढ़ गया कि डॉक्टर के कहने पर बापू ने कमरे में सोना स्वीकार किया।

जिस बड़े कमरे में बापू रहते थे, वहाँ दूसरे लोग भी रहते थे। मीरा ने मुझसे पूछा, "बा अपना कमरा खाली कर दूँ? बापू को एकान्त मिलेगा और शान्ति रहेगी।" बात सोलह आने सच थी। मैंने हामी भर दी। बापू को यह बात अच्छी नहीं लगी। कहने लगे, "मीरा ने यह कमरा अपने लिए बनवाया है। वहाँ उसकी कताई का काम चलता है। मेरे लिए वह क्यों तकलीफ उठाए! मैं तो बड़े कमरे में ही रहूँगा।"

इस जिद के सामने किसी की हिम्मत नहीं हुई कि कुछ कह दे। मैंने कहा, "ठीक है। आप तो बड़े कमरे में रह लेंगे। लेकिन धर्मशाला बने उस कमरे का एक भी कोना खाली नहीं है। और आपके लिए किसी कोने में जगह बना भी ली तो लोगों को असुविधा नहीं होगी क्या! आप मेरे कमरे में चलिए।" और बापू मेरे कमरे में सोने लगे, उनकी देखभाल के लिए दो-तीन लोग और भी सोने लगे। कमरा छोटा-सा होने के कारण और किसी के सोने की गुंजाइश थी नहीं, लेकिन मैं यह भी नहीं कह सकती थी कि मेरे कमरे में सिर्फ बापू सोएँगे और कोई नहीं सो सकता।

एक दिन सुबह बापू नाश्ता करने बैठे तो सबसे कह रहे थे कि यह कमरा मैंने खासकर बा के लिए बनवाया था, और अब मैं इसका मालिक बन बैठा हूँ। आज तक बा को कभी कुछ अलग मिला ही नहीं। और कोई औरत होती तो दूर-दूर ढिंढोरा पीटती कि मैंने बापू के साथ उनके साथियों के रहने के लिए कमरा खाली कर दिया और खुद कहाना को लेकर बरामदे में सोई रही।

मैंने प्रतिवाद किया, "मैं नहीं मानती कि मैंने बहुत कुछ किया है। यह तो साधारण-सी बात है।" इस पर बापू ने चुटकी ली, "यही तो मैं सबसे कह रहा हूँ। बा को आज तक कभी अलग कमरा मिला ही नहीं। जो कुछ मेरा और बा का था वह सबका था। बुढ़ापे में थोड़ा एकान्त मिले इसलिए यह कमरा बनवाया। इसका भी उपयोग बा ने सिर्फ अपने लिए नहीं किया। कभी लड़कियाँ आ जाती हैं, तो यहीं रहती हैं। फिर तुम सबकी बा बनकर देखभाल करती हो! और अब मैंने ऐसा कब्जा जमा लिया है कि बा को बाहर रहना पड़ता है।"

मैंने टोका, “आज आपको क्या हो गया है? फालतू बातों को लेकर बैठ गए हैं। नाश्ता करके आराम करिए। आपके मिलने वाले, आपसे चर्चा करने वाले आ जाएँगे तो घड़ी भर को फुर्सत नहीं मिलेगी।”

“सही कह रही हो तुम! मैं जहाँ जाता हूँ धर्मशाला बन जाती है। यह तो तुम हो कि कभी शिकायत नहीं की। मैंने जो भी चाहा बा से ले लिया। जो आश्रम में आया, बा के पास भेज दिया। लेकिन बा भी ऐसी हैं कि मन से सबको अपना लेती हैं।”

मैंने भी जिरह की, “तो मैं लड़ूँ-झगड़ूँ आपसे! हर बात को लेकर विवाद हो आपसे क्या यह अच्छी बात होगी!”

“नहीं भाई! फिर तो आश्रम अखाड़ा बन जाएगा। असल में मियाँ एक बात कहे और बीवी दूसरी तो जीवन खट्टा हो जाता है।”

मेरी टिप्पणी थी, “हमारे यहाँ हर मामले में मियाँ ने जो कुछ कहा बीवी ने उसे माना है।”

हमारी बातें सुनकर सभी ज़ोर से हँस पड़े। मुझे हमेशा यह लगा कि बापू ने पति-पत्नी सम्बन्धों के बारे में कुछ काम की बातें कहीं। मसलन उनका कहना है कि बच्चों के जन्म के लिए पति-पत्नी में विषय भोग हो यह तो ठीक है। लेकिन बाद में काम-वासना अपेक्षित नहीं। यह बात किसी और के लिए लागू होगी या नहीं, कह नहीं सकती। लेकिन मेरा स्वयं का अनुभव यह है कि जिस दिन से विषय वासना का भोग बन्द हुआ, उसी दिन से मैं बापू के अधिक निकट आ गई। यह सही है कि पति और पत्नी का रिश्ता शारीरिक सम्बन्ध के लिए भी होता है। लेकिन सिर्फ शारीरिक सम्बन्ध से ही जीवन बँधा नहीं होना चाहिए। इस रिश्ते की नींव चाहे विषय वासना की हो परन्तु उस पर इमारत सहकार की बनाई जाए तो वह अधिक मजबूत, अधिक भव्य होती है। हमने एक-दूसरे का कुछ ऐसा ही साथ निभाया।

34

बनारस में सार्वजनिक सभा थी। हम सभी वहाँ पहुँचे। वहाँ के सनातनी हिन्दुओं में बापू के खिलाफ विद्रोह की आँधी चल रही थी। जोरदार भाषण चल रहा था—गाँधी अपने आपको क्या समझते हैं! खुद तो हरिजनों के साथ बैठकर भोजन करते हैं और दूसरों से भी यही करने को कहते हैं।

मन्दिरों में हरिजनों को प्रवेश मिले यह क्या बात हुई! ये लोग कहने को तो खुद हिन्दू धर्म को मानने वाले हैं, लेकिन बात हिन्दू धर्म के विरोध में करते हैं। परम्परा

में जकड़े रूढ़िग्रस्त और कर्मकाण्डी हिन्दू गाँधीजी की हिन्दुत्व की विस्तृत परिभाषा कैसे समझते!

हमारे महात्माजी की हिन्दुत्व की परिभाषा मानव मात्र से आगे जाकर प्राणिमात्र के प्रति सहिष्णुता से जुड़ी है। किसी भी जीव को दुख देना वहाँ हिंसा कहलाता है। फिर वह भगवान को प्रसन्न करने के लिए ही क्यों न की गई हो! बलि प्रथा का बापू कसकर विरोध करते हैं। विडम्बना है कि इसलिए भी हिन्दू विरोधी कहलाते हैं।

मोक्ष और धर्म के नाम पर गरीब लोगों को लूटने को पण्डे हिन्दू धर्म कहते हैं। यह लूटखसोट ही है। धन्धा है। धर्म तो किसी भी तरह से नहीं है। जब बापू ये बातें कहते हैं तो धर्म विरोधी करार दिए जाते हैं।

पहले तो मेरा विचार सभा में जाने का नहीं था। इसलिए अकेले बापू ही गए। परन्तु जब खबर आई कि सभा में उपद्रव हो रहा है तो मैं, देवदास और जवाहरलाल एक मोटर में बैठकर सभास्थल की ओर रवाना हो गए। रास्ते में एक टोली ने मोटर रोक ली। जवाहर उतर गए और चार-छः आदमियों को पकड़कर एक तरफ किया। वहाँ लोग तितर-बितर हो गए। लेकिन आगे इतनी भीड़ थी कि हम सबको मोटर से उतरना पड़ा। भीड़ की धक्का-मुक्की में देवदास और जवाहर मुझसे अलग हो गए और चिल्लाने लगे। सभा में पत्थरबाजी हो रही थी। मुझसे बहुत से लोग कह रहे थे कि माँ जी अलग हट जाइए। बा, आप एक तरफ हो जाइए। भीड़ का एक मानस शास्त्र होता है। उसमें तूती की आवाज कौन सुनता! सभा में पत्थरबाजी हो रही है, बापू मंच पर हैं, और मैं एक तरफ सुरक्षित जगह ढूँढ़ कर खड़ी रहूँ—यह कैसे सम्भव है! मुझे तो वहाँ तक पहुँचना ही है। भीड़ को जैसे-तैसे पार कर मैं मंच तक पहुँच गई और बापू के पास जाकर इस तरह खड़ी हो गई कि पत्थर लगे तो मुझे। बापू को नहीं।

यह घटना उन दिनों की है जब हम हिमालय के कौसानी नामक स्थान में थे। हिमालय के गाँव में सर्दी न हो, कुहरा न हो—ये कैसे सम्भव है! और बापू हैं कि उन्हें खुले में सोए बिना नींद नहीं आती। बापू की आवभगत के लिए नैनीताल से कुछ कार्यकर्त्ता भी आए थे। वे भी वहीं पास के कमरे में सोते थे। उनमें से एक ने देखा कि एक शेर का बच्चा रात को बापू के पास आया और वापस लौट गया।

सुबह सबने बापू को अन्दर बुलाया। रात को शेर आनेवाली घटना बेचारे कार्यकर्ता ने शपथपूर्वक कही। बापू हँसते रहे। मजाक करते रहे। रात को फिर भी बिस्तर बाहर ही डलवाया। कुछ कहने से लाभ तो होनेवाला था नहीं। अपना बिस्तर भी बाहर ले आई। कार्यकर्ता ने सुबह देखा तो उसे बहुत आश्चर्य हुआ। बापू को कोई आश्चर्य नहीं हुआ। वह कार्यकर्ताओं को बताने लगे, "मैं जानता था बा रात को कमरे में नहीं सो पाएँगी। कहीं शेर मुझे अकेले को खा गया तो!" और कार्यकर्ताओं को एक किस्सा सुनाने लगे।

एक बार घनश्याम दास बिड़ला और श्री नरहरि परीख बापू से मिलने आश्रम में आए। बातचीत हो रही थी। घनश्याम दासजी कहने लगे, "नरहरि भाई, आपके इस आश्रम में थोड़े-बहुत चक्रम तो सभी हैं।"

नरहरि भाई बोले, "क्या कह रहे हैं आप! बापू तो इन सब में नहीं होंगे।"

घनश्याम दासजी ने कहा, "बापू! अरे वह तो सबसे बड़े चक्रम हैं। साबरमती आश्रम का अनुभव मुझे कम है लेकिन सेवाग्राम का खूब अनुभव है। और वहाँ एक बा और दूसरी दुर्गा बहन को छोड़कर कोई सयाना आदमी मुझे दिखाई नहीं देता।"

एक झटका-सा लगा, और नींद खुल गई! मैं तो सपने में राजकोट, कलकत्ता कौसानी घूम रही थी। मैं तो ट्रेन के छोटे से डिब्बे में हूँ। सुशीला मेरे साथ हैं। एक स्टेशन पर गाड़ी रुकी है। पुलिस के जूतों की चरमराहट, पास आकर रुक गई। बहुत कुछ पूछना है, "हमें कहाँ ले जा रहे हैं! यह कौन-सा स्टेशन है! बापू कहाँ हैं! और हमें कैद किस अपराध के लिए किया गया!" लेकिन कुछ भी नहीं पूछ सकती! कारावास की बन्दिनी हूँ और बन्दिनी के लिए प्रश्न नहीं होते। उसके लिए होते हैं सिर्फ कारावास और सजा। फिर वे बिना कुछ अपराध किए ही क्यों न मिले हों। अँग्रेजों की दृष्टि में तो मैं सबसे बड़ी अपराधिनी हूँ। उनके विरुद्ध विद्रोह का झण्डा गाड़ने वाले की पत्नी हूँ। यही इस बन्दिनी का अपराध है।

अध्याय : छः

35

चिंचवड़ स्टेशन था। पुलिस अफसर आया और कहने लगा यहीं उतरना है। अब यह वही जानता था कि हमें चिंचवड़ से कहाँ ले जाएगा! हिरासत में हैं तो उसकी बात सुनना ही है।

रात को रुक-रुककर दस्त होते रहे। बुरी तरह थक गई। सुशीला साथ है तो चक्कर खाकर गिर भी जाऊँ तो फिक्र की बात नहीं। पुलिस अधिकारी ने मेरे लिए कुर्सी तैयार रखी थी। फिर भी मैं किसी पर बोझ बनना नहीं चाहती थी। धीरे-धीरे चलते हुए गाड़ी तक पहुँची। मोटर का सफर कोई आधे-पौन घण्टे रहा होगा। मोटर एक बड़े से फाटक के सामने जाकर रुक गई। फाटक खुला। मोटर अन्दर जाने के बाद फाटक बन्द हो गया। फिर एक जालीदार दरवाजा मोटर के लिए खुला और जैसे ही मोटर अन्दर गई, बन्द हो गया।

मैंने सुशीला से कहा, "बहन, इस बार अँग्रेज सरकार ने पक्का बन्दोबस्त कर

दिया है वापस न भेजने का।" सुशीला ने मेरी तरफ देखकर कहा, "ऐसा क्यों कहती हैं, बा! हम सब वापस जाएँगे। हम आजादी की खुशियाँ मनाएँगे। वहाँ हमें बापू, महादेव भाई, सरोजिनी नायडू, मीरा बहन सब मिलेंगे।"

पुलिस अधिकारी ने बताया यह आगाखाँ पैलेस है। पूना शहर से दूर यह स्थान आप लोगों के लिए चुना गया है। "सही बात है आपकी," मैंने अधिकारी से कहा, "अब आखिरी दिनों में हमें कहाँ जन सम्पर्क करना है!" बात में छिपे कटाक्ष को समझकर वह बोला, "नहीं, माँजी! ऐसी बात नहीं है। यहाँ आपको सब सुविधाएँ और आराम सरकार की ओर से दिए जाएँगे।"

इसको कैसे समझाऊँ कि भैया रे! आराम और सुविधाओं से किसी की उम्र नहीं बढ़ती। यदि ऐसा होता तो राजा-महाराजाओं को मौत आती ही नहीं। और किसी आगाखाँ का पैलेस हमारा कारागृह नहीं बनता। पता नहीं क्यों ऐसा लग रहा है कि यह अन्तिम कारावास है। यहाँ से वापस नहीं जाऊँगी। महल वास्तव में बहुत बड़ा था। बड़े खूबसूरत तरीके से बना था। जैसे ही मोटर से उतरे, देखा कुछ कैदी बरामदे में झाड़ू लगा रहे हैं। एक से पूछा, "बापू का कमरा कौन सा है।" उसने बताया, "वह सबसे आखिरीवाला।"

धीरे-धीरे चलते हुए बरामदा पार किया और बापू के कमरे में पहुँची। देखा कि बापू कुछ लिख रहे हैं और पास में महादेव भाई खड़े हैं। दोनों में किसी बात को लेकर चर्चा चल रही है। शायद यह चर्चा उसी विषय पर होगी, जिस पर कुछ लिखा है। जब तक हम बिलकुल पास तक नहीं पहुँच गए इन लोगों को पता नहीं चला कि उन दोनों के सिवाय भी कमरे में कोई आया है।

महादेव भाई हमें देखकर बहुत खुश हुए लेकिन खुश होने के बजाय बापू के चेहरे पर नाराजगी झलकने लगी। उन्होंने तल्खी भरे स्वर में पूछा, "तुमने यहाँ आने की माँग की या वे लोग पकड़कर लाए हैं!"

मैं कुछ समझी नहीं। बापू ऐसा क्यों पूछ रहे हैं! मैं क्यों माँग करूँगी! अभी तक जहाँ-जहाँ बापू को कारावास की सजा मिली, क्या सब जगह पहुँचने की मैंने माँग की थी! और मेरी माँग को क्या यह निठल्ली, क्रूर सरकार मंजूर कर लेती! यह कैसे सोच लिया बापू ने!

मैं सरकार के सामने गिड़गिड़ाऊँगी—यह बात बापू के मन में आई ही कैसे? बापू जानते हैं, उनके स्वास्थ्य की मुझे कितनी चिन्ता है! सम्भव है बापू की निगाह में उसी चिन्तावश मैंने यह माँग की हो। मेरा स्वास्थ्य ठीक नहीं है इसलिए कमजोरी के इन क्षणों में, अकेले रहने या बापू से दूर रहने के डर से मैंने यह माँग कर ली हो कि मुझे उसी जेल में भेज दिया जाए जहाँ बापू हैं।

कारण जो भी रहा हो बापू के सोचने का, बापू के प्रश्न का उत्तर सुशीला ने दिया, "बापू हमें पकड़कर यहाँ लाया गया है। हमने कोई माँग नहीं की। बा का

स्वास्थ्य इन दिनों काफी खराब चल रहा है।" मेरे लिए खटिया मँगवाई गई। बापू तथा महादेव भाई दोनों मेरी देखभाल में लग गए। यहाँ आते ही तबीयत में भी सुधार होने लगा। सरोजिनी नायडू बहुत प्यार से मिलीं। बड़ी विदुषी महिला हैं। बापू से खूब तर्क करती हैं, और उन्हें नेक सलाह देती हैं। यहाँ रसोईघर देखती हैं।

इसलिए कह रही थीं, "आपके लिए जो भी बनवाना हो आप बता दें। मैं बनवा दूँगी।" फिर सुशीला की ओर देखकर बोलीं, "तुम्हें कुछ खास बनाना हो तो तुम बना सकती हो।"

सुशीला ने पूछ लिया, "तो क्या यहाँ अपना खाना स्वयं बनाना होगा?"

सरोजिनी ने जवाब दिया, "और यहाँ काम भी क्या है! यहाँ समय कैसे बिताओगी?"

सुशीला का जवाब था, "मेरे लिए यह बिलकुल नई बात है कि वक्त काटने के लिए खाना बनाया जाए। आज तक यह प्रश्न नहीं उठा कि वक्त कैसे काटा जाए! यहाँ तो समय ही नहीं मिलता। हमेशा यह समस्या रही कि जल्दी-जल्दी काम कैसे निपटाया जाए।"

बापू का काम चल रहा था। दोपहर में लार्ड लमली (गवर्नर बम्बई) के नाम एक पत्र महादेव के हवाले किया और कहा यह काम आज ही हो जाना चाहिए। पत्र में बापू ने एक घटना का उल्लेख किया था, जिसमें मेहता नाम के किसी कार्यकर्ता को स्टेशन पर पशु की तरह घसीटकर लॉरी में डाला गया था।

इसी पत्र में सरदार बल्लभ भाई पटेल और मणि बहन को भी यहाँ भेजने की दरख्वास्त की थी क्योंकि सरदार पटेल उनकी चिकित्सा में थे और मणि बहन उनकी नर्स थी। सेवा वही करती थी।

36

महल की निचली मंजिल में हमें रखा गया है। ऊपर की मंजिल पर हमारे जेलर मि. कटेली रहते हैं। नीचे की मंजिल का पूरा भाग नहीं खुला है। एक बड़े कमरे में सरोजिनी रहती हैं। वहीं दो संगमरमर की मेजें हैं। वहाँ बैठकर सब खाना खाते हैं। एक कमरा बापू के लिए है। एक मीरा बहन के लिए है। मीरा और बापू के बीच का छोटा कमरा खाली है। यहाँ मैं, सरोजिनी, मीरा, बापू, महादेव भाई सब बैठकर बातें करते हैं। मुझे आश्चर्य होता है कि इतना खुला अहाता है, साफ-सुथरा आँगन है फिर यहाँ इतनी मक्खियाँ और मच्छर क्यों हैं? बापू ठीक ही कहते हैं, "महल बरसों से बन्द था। इसलिए यहाँ इतनी मक्खियाँ, मच्छर हैं।"

सुबह महादेव से पूछा, "नींद तो अच्छी आई रात को!" कहने लगा, "दो बजे

नींद खुल गई थी। फिर साढ़े तीन बजे झपकी लगी।" महादेव बहुत काम करता है। बापू तो उसके सर्वेसर्वा हैं। उनकी मालिश, उनके खाने का ध्यान रखना—महादेव बापू के साथ हो तो मैं निश्चिन्त हो जाती हूँ। बापू के उपवास की उसको बहुत चिन्ता है। कहता है कि काम तो बहुत हैं लेकिन जब तक बापू के उपवास की तलवार मेरे सिर पर टँगी है मैं कुछ नहीं कर सकता। सन् 32 में बापू ने छः दिन का उपवास किया था तो मैंने दस पौण्ड वजन खोया था। तब बापू छः दिन में बेहाल हो गए थे, अब क्या होगा!

महादेव को पता नहीं क्यों इन दिनों बेटे की बहुत याद आ रही है। कह रहा था, "अबकी बार जब बाबला हमारे साथ बम्बई आया तो रास्ते में मैंने उसे 'टू अमेरिकन्स' नाम का बापू का लेख दिया तो बोला, कितनी अच्छी चीज आज मेरे हाथ लगी है!" प्रार्थना में महादेव ने 'दीनानाथ दयाल नटवर' भजन गाया।

आज फिर पतले दस्त होने लगे। दो दिन तबीयत अच्छी रही, आज फिर बिगड़ गई। सुशीला ने मेरा नुस्खा लिखकर मि. कटेली को दे दिया। मि. कटेली ने ऊपर लिखा 'कस्तूरबा गाँधी के लिए'। नीचे डॉ. सुशीला नैयर के हस्ताक्षर थे। इस बात पर सुशीला और महादेव में चर्चा हुई कि मि. कटेली तो कह रहे थे बाजार से दवाई मँगवा देंगे। परन्तु नुस्खे पर बा का नाम है और नीचे मेरा। इसे देखकर बाजार में हंगामा हो जाएगा। महादेव ने सिरपर हाथ मार लिया, "क्या कहें इस जेलर की बुद्धि को!" बापू ने मि. कटेली को बुलाकर सारी बात समझा दी। कटेली बहुत खुश हुए और बापू का आभार मानते रहे।

सुबह प्रार्थना में महादेव ने तुकाराम का अभंग गाया, "जे का रंजले, गांजले, त्यासी म्हणे जो आपुले।" बाद में उसका अर्थ भी समझाया। कह रहा था इस अभंग के माध्यम से उसका तुकाराम से परिचय हुआ था। फिर एक घटना भी सुनाई—गोखले ने एक जगह लिखा है कि एक बार वे रानाडे के साथ रेलगाड़ी की यात्रा कर रहे थे। सवेरे गीत की आवाज सुनकर जाग उठे। देखा, रानाडे ध्यानस्थ होकर यही अभंग गा रहे थे। 'जे का रंजले, गांजले'। फिर बापू को रीडर-डाइजेस्ट से 'द अमेजिंग मि. क्रिप्स' लेख पढ़कर सुनाया।

पास के कमरे में सरोजिनी, सुशीला और महादेव बैठे बातचीत कर रहे थे। महादेव संस्मरण सुना रहा है कि किस तरह बापू ने उन्हें वकालत छोड़ने के लिए मना किया! और फिर कैसे उसे एक दिन पोस्टकार्ड मिला जिस पर बापू की लिखी एक पंक्ति थी, "हूँ तमने मारी सोड़ मां इच्छुं छुं"। मैं तुम्हें अपनी गोद में चाहता हूँ। बस, वही एक पंक्ति मुझे बापू के पास खींच लाई।

सोचती हूँ, कैसे जुड़े हैं ये लोग! कौन कहता है कि ममता सिर्फ खून के रिश्तों में होती है! ये महादेव, से सुशीला, सरोजिनी, मीरा, सरदार, जवाहरलाल कितने नाम गिनवाऊँ! इनमें से एक भी तो हमारा रिश्तेदार नहीं है। लेकिन इनमें से एक को भी

पराया नहीं कहा जा सकता। बापू की एक आवाज पर बिछ-बिछ जाते हैं सब।

आज इंस्पेक्टर जनरल भण्डारी आ रहे हैं। इसलिए खूब साफ-सफाई हो रही है। सुशीला उठकर बापू के कमरे में पैर की मालिश करने चली गई। आकर सरोजिनी के कमरे में इंस्पेक्टर जनरल बैठे। महादेव उनसे बातें कर रहा था। खूब हँसी-मजाक चल रहा था कि सरोजिनी ने सुशीला को आवाज लगाई, "जल्दी आओ। दौड़कर आओ। देखो तो महादेव भाई कैसा तो करने लगे हैं।" भण्डारी भी दौड़कर ऊपर गए और सिविल सर्जन को फोन किया। इंजेक्शन मँगवाए। मेरी समझ में नहीं आया, क्या हो रहा है! यह अचानक भाग-दौड़ कैसी! देखा तो महादेव पलँग पर लेटा है। पसीने से तर-ब-तर हो रहा है। हाथ सफेद पड़ गए थे। सुशीला खूब कोशिश कर रही थी। बापू कभी उसके सिर पर हाथ फेरते तो कभी हाथ अपने हाथ में लेते। और एकटक महादेव को देख रहे थे। मैं सोच रही थी साधारण चक्कर-सा आया होगा। अभी ठीक हो जाएगा। लेकिन सुशीला ने जब कहा, "बापू ये तो जमनालाल जी के समान जा रहे हैं तो विश्वास नहीं हुआ।" क्या कह रही है सुशीला! ऐसे हँसते, बोलते कोई जाता है भला! तभी सिविल सर्जन ने कहा, "अफसोस!" और चला गया।

सिविल सर्जन को और होगा भी क्या! वह तो सरकारी नौकर है। इस बात की तनख्वाह ही लेता है कि कोई पैदा हो तो बर्थ सर्टिफिकेट दे दे और मर जाए तो डेथ सर्टिफिकेट। उसे तो फार्म के खाली कॉलम भरने होते हैं, लेकिन मन में जो खालीपन हुआ है उसे कौन भरेगा। महादेव हमारा बेटा, कहाँ गया वह! मुझसे बिना पूछे तो वह आश्रम के बाहर पैर नहीं रखता था। महादेव दुनिया से चला गया मुझसे बिना पूछे, बापू से बिना कहे!

बापू को भी विश्वास नहीं हो रहा। वह तो कहते हैं कि एक बार आँख खोलकर मेरी ओर वह देख ले तो महादेव अभी उठकर खड़ा हो जाएगा। लेकिन ऐसा नहीं हुआ। महादेव ने फिर आँखें नहीं खोलीं। एक बार भी अपनी बा को नहीं देखा। बापू को आवाज नहीं दी।

तिल-तिल टूटते बापू बेटे की अन्तिम बिदाई की तैयारी कर रहे थे। बा खाखरे बना दो। बा लड्डू बना दो। बा फाफड़े खाऊँगा। कैसी जिद करके माँगा करता था। एक बार बा से उसकी उम्र ही माँग ली होती महादेव। जितने दिन बचे हैं सब तुझे दे डालती रे।

बापू और सुशीला ने मिलकर महादेव को नहलाया। मीरा ने फूलों की माला बनाई। शव को बीच के छोटे कमरे में रखा और बापू गीता पाठ करने लगे। इंस्पेक्टर जनरल भण्डारी एक लॉरी और एक ब्राह्मण को लेकर आ गए और बापू से बोले, "सब इन्तजाम हो गया है।"

बापू ने पूछा, "क्या इन्तजाम! कैसा इन्तजाम!"

भण्डारी स्वयं कुछ कहने की हिम्मत नहीं जुटा पा रहे थे इसलिए सरोजिनी से कहलवाया, "सरकार लाश किसी को देना नहीं चाहती। इसलिए भण्डारी खुद जाकर शव को जला आएँगे।"

बापू बिफर पड़े, "मैं लाश कों आपके सुपुर्द कैसे कर दूँ? क्या कोई पिता अपने पुत्र की लाश किसी अजनबी के हाथों सौंप सकता है! मैं चाहता हूँ कि महादेव की दहनक्रिया यहीं हो। बाहर ले जाने का अर्थ है महादेव की मृत्यु को राजनीतिक रंग देकर उसका फायदा उठाना। पिता अपने बेटे की मृत्यु का उपयोग इस तरह नहीं कर सकता।"

अन्त में भण्डारी बम्बई सरकार से बातचीत कर खबर लाए कि महादेव भाई की दहनक्रिया आगाखाँ पैलेस में ही की जाए। पाँच ब्राह्मण भी आए, बापू को सँभाले हुए उस स्थान तक ले जाया गया। मैं बार-बार एक ही बात कहती रही, "तूने बापू की बहुत सेवा की है। तू जहाँ भी जाए सुखी रहना। महादेव, तूने सबको बहुत सुख पहुँचाया है। भगवान मेरे महादेव को सुखी रखना।"

बापू समझा रहे थे, "तू दुखी मत हो। महादेव ने जीवन का मोह छोड़ दिया था और जो जीवन का मोह छोड़ देता है उसकी देह अपने आप छूट जाती है।"

सरोजिनी ठीक ही कहती है, "अगर किसी ने दूसरों के लिए अपना जीवन दिया है तो वह महादेव है।" यीशु प्रभु की तरह वह इसलिए मरे कि बापू जी सकें। एक मनुष्य दूसरे मनुष्य की इससे बढ़कर क्या सेवा कर सकता है कि उसके लिए प्राण ही न्यौछावर कर दे।

कोई कुछ भी कहे, मन के घाव नहीं भरते। फिर ब्राह्मण की मृत्यु हुई है, अपशगुन हुआ है। इतनी बड़ी ताकत के खिलाफ बापू लड़ रहे हैं, कैसे जीतेंगे!

बापू ने धीरे से कहा, "नहीं बा! इसे अच्छा समझो। यह तो शुद्धतम बलिदान हुआ है। इसका परिणाम अशुभ हो ही नहीं सकता।" बापू ने अपनी तरह से ठीक ही समझाया, लेकिन पता नहीं क्यों यह बात मेरे मन से नहीं जाती। इसलिए मैंने सुशीला से भी कहा, "महादेव की मृत्यु अपशगुन है।" सुशीला का उत्तर था, "अपशगुन तो अँग्रेज सरकार के लिए है, बा!"

"नहीं, सुशीला! यह मौत तो हमारे सिर रहेगी। बापू ने लड़ाई छेड़ी, इसलिए महादेव जेल में आया और उसकी यहाँ मृत्यु हो गई। यह पाप हमारे सिर नहीं होगा क्या!"

"नहीं, बा! आप ऐसा क्यों सोचती हैं! महादेव भाई तो देश की सेवा में बलि चढ़े हैं। उनकी मृत्यु का पाप कैसा। और पाप ही है तो यह पाप सरकार के सिर चढ़ेगा। सरकार ने व्यर्थ ही उन्हें पकड़ा। वास्तव में बापूजी ने लड़ाई ही कब शुरू की थी!"

“हाँ, बात तो तुम्हारी सच है बेटा। बापू ने लड़ाई ही कब शुरू की थी! वे तो अभी सरकार के साथ समझौते की चर्चा करने जा रहे थे। लेकिन यह सरकार बड़ी पापी है। इसने कुछ नहीं करने दिया।”

37

मेरी अपनी कुछ मान्यताएँ हैं। ये बातें मेरी मृत्यु तक मेरे साथ रहेंगी। जैसे तुलसी पूजा। यहाँ तो सुविधा हो गई। इतने बड़े बगीचे में एक कोने में तुलसी का सुन्दर पौधा झूमता रहता है हवा के साथ। लेकिन हर जगह या हर जेल में तो यह सुविधा नहीं हो सकती!

पीतल की एक पुरानी कलसी (घड़ा) पड़ी थी। उसी में तुलसी का पौधा लगा लिया। जहाँ भी जाती हूँ वह तुलसी का गमला हमेशा मेरे साथ रहता है। इतना ही नहीं मेरे सुख-दुःख, हँसी, आँसू हर बात का साक्षी है वह पौधा। सच कहूँ तो वही एकमात्र सखी है मेरी। बापू कारावास के कारण जब भी दूर रहे, बातें करने का या मन की बात कह देने का एक मात्र स्थान मेरे लिए तुलसी का वह पौधा रहा।

वह मेरी सखी है। बचपन की। बापूजी के आँगन की याद! पोरबन्दर के किनारे से सीपियाँ-शंख लहँगे में जितने मनोयोग से इकट्ठे करती और जब बापूजी आँगन में खड़े होकर आवाज देते ‘कस्तूरी’ तो उसी लापरवाही से शंख और सीपियाँ तुलसी-क्यारे में उँड़ेलकर बापूजी से लिपट जाती। फिर बा के हाथों बनी लापसी की महक रसोई में खींच ले जाती। और रात को दादी की प्यारभरी गोद! कितनी यादें हैं इस तुलसी के साथ।

मेरी आस्था का दूसरा स्थान था मीरा का कमरा, जिसमें उसने बाल कृष्ण की सुन्दर मूर्ति सजा रखी थी। मीरा रोज उसका फूलों से सिंगार करती थी। जैसी सुन्दर दिखने में है, वैसी ही गुणों की खान है लड़की। फूल-पत्तों से बातें करेगी तो कभी बकरी के बच्चे को दुलारेगी।

मेरा तीसरा श्रद्धा स्थान अब बन गया है, मेरे महादेव का मन्दिर। रोज बापू के साथ वहाँ जाती हूँ और प्रदक्षिणा लगाने के बाद हाथ जोड़कर प्रार्थना करती हूँ : भगवान, मेरे महादेव को सुखी रखना।

कमरे में खूब गहमा-गहमी चल रही है। बा हम यह करेंगे, बा हम वह करेंगे। खूब उत्साह है। प्यारे लाल की योजना रंगोली की है, श्लोक की है तो मीरा की योजना फूल सजाने की है। सरोजिनी की कल्पना खाना बनाने में विशेष कुछ बनाने की है तो सुशीला को कैदियों में मिठाई बाँटना है। मैं मना भी करूँ तो कौन सुनता है! बापू

नाराज होंगे—मेरी यह दलील सरोजिनी ने यह कहकर काट दी कि बापू मुझे दिल बहलाने से नहीं रोक सकते। हमारी योजना के अनुसार ही सब होगा। यदि बापू कुछ कहें तो तुम लोग मेरा नाम ले देना बस।

सरोजिनी ने ही बापू से कहा, "कल दोपहर तीन बजे का समय आप हमें दें।" बापू समझ गए इस खुसुर-फुसुर में जरूर कोई खिचड़ी पक रही है। पूछने लगे, तुम लोग क्या हवाई महल बना रहे हो! सुशीला ने हँसकर जवाब दिया, "कुछ नहीं हम तो बहुत अच्छी-अच्छी बातें सोच रहे थे। उसमें बाइबिल भी थी। सरोजिनी नायडू सोच रही हैं, यहाँ जो लोग हैं उनकी सामान्य ज्ञान की परीक्षा ली जाए। उसमें बाइबिल के उदाहरण भी होंगे।" बापू सुनकर हँसने लगे।

"प्यारे लाल, तीन बजे क्या है?" बापू ने पूछा।

प्यारे लाल ने कहा, "वह तो अत्यन्त गुप्त है।"

"यहाँ बाहर कोई सजावट नहीं होगी। सजावट हृदय में होनी चाहिए।" मीरा ने कहा, "यदि बापू की यही इच्छा है तो फूलों की सजावट की बात छोड़ देते हैं।"

सरोजिनी ने कहा, "नहीं, तुम सारा दोष मुझ पर डाल देना। मुझे यह आदेश कहाँ दिया गया है कि मैं जेल में भी गाँधीजी के हुक्म का पालन करूँ।"

मैंने कहा, "बापू के जन्मदिन पर हमेशा हम गरीबों में खाना बाँटते हैं। इस बार ऐसा नहीं कर पाएँगे।" सुशीला ने पूछा, "ऐसा क्यों नहीं कर पाएँगे?" मेरा उत्तर था, "क्योंकि यह जेल है और सरकार का पैसा हम इस तरह नहीं बाँट सकते।"

"इस तरह से हम सरकार का पैसा नहीं बाँट रहे हैं, बा। हम लोग जो सामान मँगवा रहे हैं। वह अपने पैसों से मँगवा रहे हैं। सरकार के पैसे से नहीं।" सुशीला का जवाब था।

प्यारे लाल ने कोयले से एक-एक मंत्र लिखा। फिर सुशीला ने उसे रंगोली डालकर सजाया :

जीवेम शरदः शतम्
पश्येम शरदः शतम्
श्रुणुयाम शरदः शतम्
भूयश्च शरदः शतम्

दूसरी तरफ की सीढ़ी पर दूसरा मंत्र लिखा :

"असतो मा सद्‌गमय, तमसो मा ज्योतिर्गमय, मृत्योर्माकृतं गमय"

इस मंत्र का मुँह अन्दर की ओर था और दूसरे का बाहर की ओर। कल्पना यह थी कि बापू सुबह घूमने जाएँ तो एक मंत्र सीढ़ियाँ उतरते समय सीधा हो और दूसरा जब घूमकर वापस लौटें तो चढ़ते वक्त सीधा हो।

मीरा बहन और प्यारे लाल ने, साबुन के डिब्बे से दो गत्ते काटे जिनका आकार पान के समान था, उन पर लिखा :

सहना भवतु, सहनौभुनक्तु, सहवीर्य करवा वहै।
तेजस्विना वधित मस्तु मां विद विषा वहै॥

बापू जब नाश्ता कर रहे थे, तो मीरा और प्यारे लाल बकरी के एक-एक बच्चे को लेकर आ गए। उनके गले में हार और, सहनाभवतु वाले मंत्र के गत्ते लटक रहे थे। मीरा ने बकरी के बच्चों से प्रणाम करवाया, और बापू ने उन्हें रोटी दी। सबको खूब हँसी आ रही थी। मैंने सूत की माला पहनाई। प्यारे लाल ने भी सूत की माला पहनाई।

सरोजिनी ने दोपहर को आराम नहीं किया बल्कि भोजन और कैदियों के लिए मँगवाई चीजों को ठीक से रखा। दाल-सेब, पेड़े, जलेबी और केले मँगवाये थे। बापू ने आकर उन्हें दर्शन दिए, नमस्कार किया फिर सबको खाने की चीजें बाँट दीं। इस तरह बापू का एक जन्मदिन कारावास में भी बहुत सादगीपूर्वक और अच्छी तरह से मनाया गया।

कैसा लगता है यह अनमनापन! कभी-कभी कुछ भी करने का मन नहीं होता, और जब मन होता है तो शरीर साथ नहीं देता। उम्र के पड़ाव पर यह सब ठहराव आते ही हैं। लेकिन ये तो मन को समझानेवाली बातें हुईं। महादेव को क्या हुआ था। न उम्र, न बीमारी। चल बसा। हम खुद को समझाने के लिए स्वयं की सुविधा के लिए इस तरह की परिभाषाएँ बना लेते हैं।

सरोजिनी उधर से जा रही थी तो बापू उसे बुलाकर कहने लगे, "अम्माजान, मुझे तुम्हारे सामने स्वीकार करना होगा कि तुमने जब वाइसराय को जानेवाले पत्र के बारे में राय जाहिर की तो मैंने सोचा अम्माजान बूढ़ी हो गई हैं। यह बात वह ठीक से नहीं समझतीं। लेकिन मालिश के समय वह पत्र व्यवहार फिर से पढ़ा तो तुम्हारे तर्क में वजन नजर आया। और लगा अम्माजान तो जवान हो रही हैं। और मैं बूढ़ा हो गया हूँ। सठिया गया हूँ।"

सरोजिनी भी बापू को आततायी (टायरण्ट) कहतीं और पत्र में भी माय डियर टायरण्ट (मेरे प्यारे जालिम) लिखतीं। लेकिन मन में ऐसा आदर था कि कहेगी, "वायसराय को पत्र नहीं जाएगा। उनका पहला पत्र ही परिपूर्ण था। अब क्यों बार-बार लिखकर बापू इन लोगों को मुँह लगाएँ! अँग्रेज मजबूर होकर बापू के पास आएँगे।"

डॉ. शाह मुझे देखने आए हैं। आगाखाँ के रिश्तेदार हैं। सुशीला से मेरी तबीयत के बारे में बातें करते रहे।

38

"कैसी है तू! गीता, रामायण सुनेगी! पढ़कर सुनाऊँ!" बापू धीरे से बोले।

"नहीं गोलमेज परिषद में क्या हुआ! बताइए।" मेरी प्रतिक्रिया थी।

"क्या करना है उन सब बातों से! क्यों बीमारी में खुद को परेशान करना चाहती है?"

"नहीं, मैं आपके मुँह से सुनना चाहती हूँ।" तभी प्यारे लाल भी आ गया और उसने भी बापू से परिषद के बारे में जानना चाहा तो बापू को कहना पड़ा, "एक तरफ तो सरकार हिन्दू-मुस्लिम को समझौता करने के लिए कह रही है और दूसरी ओर चुपके से साम्प्रदायिक निर्णय तैयार कर रही है।

"एक दिन मुसलमानों ने मुझे सभा में बुलाया और मेरी चापलूसी करने लगे। आगाखाँ ने कहा, आप तो बड़े महात्मा हैं। आपके लिए यह बायें हाथ का खेल है। बस, जिन्ना की चौदह माँगें पूरी कर दीजिए।"

"फिर आपने क्या कहा," मैंने उत्सुकता से पूछा? "मैंने कहा," बापू बोल रहे थे, "आपको इस तरह मेरी हँसी उड़ाना शोभा नहीं देता। मैं कौन हूँ? आपके तो यहाँ ढेर से अनुयायी हैं। मेरा कौन है! फिर काँग्रेस ने मुझे एक काम के लिए भेजा है। दूसरा काम करने का मुझे क्या अधिकार है! डॉ. अंसारी की मुझे आवश्यकता है। शौकत अली भी मुझे सरकार कहने लगा। परन्तु जिन्ना तो पूरे राजनीतिक तरीके से पेश आए। मुझे अपने निवास स्थान पर बुलाया और कहने लगे, आप तो बड़े महात्मा हैं। आपके लिए ये चीजें मामूली हैं। मंजूर कर लें।

"मैंने कहा, मैं यह सब नहीं कर सकता। डॉ. अंसारी से बातचीत के बाद ही कुछ निर्णय लिया जा सकता है। हिन्दू-मुस्लिम मामले में वही मेरा रहनुमा है और उन्हें यह बात मंजूर नहीं थी।

"फिर मजलिस में आया! वहाँ बेगम शहनवाज थीं। वह भी यही कहने लगीं। आप तो महात्मा हैं। आपके लिए ये बातें मामूली हैं। बेगम की बातें सुनकर मेरी आँखों में आँसू आ गए। बाकी सब तो एक ही रंग में रँगे हैं, परन्तु औरत होकर बेगम भी वही बात करे तो मुझसे यह सहन नहीं हुआ।

"हिन्दू-मुस्लिम समझौते की बात टूटी और दूसरे रोज सुबह ही सरकार का साम्प्रदायिक निर्णय हमारे सामने आ गया। ऐसा निर्णय रातों-रात तो तैयार नहीं हो सकता! वह तो तैयार रखा था। ये सब ऊपरी बातें थीं कि आपस में फैसला करो। और साथ में ऐसी चाल चली गई कि आपस में फैसला न हो सके।

"लॉयड जॉर्ज ने धैर्य से सब बातें सुनीं। पूरी सहानुभूति दिखलाई और कहा, 'आपका केस न्याय सम्मत है, लेकिन सत्ता मेरे हाथ में नहीं है इसलिए मैं कुछ नहीं कर पाऊँगा।' "

बापू ने आगे कहा, "बाल्डविन तो मुझसे मिलना ही नहीं चाहता था। सर सैमुअल होर ने उससे मिलने का प्रबन्ध किया। लार्ड लिनलिथगो की तरह बाहरी शिष्टाचार तो उसने खूब निभाया लेकिन बाल्डविन के साथ मुलाकात के जो भी दस-बारह मिनिट मिले, मैंने उसके सामने अपना केस रखने का प्रयत्न किया। परन्तु वह टाल गया। मैंने कहा, निश्चित ही भारतीयों ने अँग्रेजों से कुछ बातें सीखी हैं। आपकी भाषा सुन्दर है। साहित्य सुन्दर है। परन्तु अँग्रेजी राज्य से भारतीयों का कोई हित नहीं हुआ है। अहित ज्यादा हुआ है। हम स्वतंत्र होकर सारे जगत से सम्बन्ध स्थापित करना चाहते हैं। अँग्रेजी भाषा में 'इण्डिपेण्डेंस' शब्द का जो अर्थ है, वह स्वतंत्रता हमें चाहिए। बाल्डविन मेरी बातों से सहमत नहीं था। उसने कहा, मुझे तो अपनी कौम और भारत के शासन पर गर्व है।

"बेजवुड बेन ने स्वीकार किया कि मेरा केस सही है और यह कि बड़ी भूल हुई। मुसलमानों का कहना था कि डॉ. अंसारी को नहीं आना चाहिए। यदि आए तो हम मीटिंग में नहीं बैठेंगे। यह बात मैंने मान ली, अब क्या हो सकता है!

"मैं मानता हूँ लोग आज टीका-टिप्पणी कर रहे हैं। कह रहे हैं, मैं अकेला गोलमेज परिषद में क्यों गया था! वह कहाँ जानते हैं कि काम कितना कठिन था! और ऐसे कामों में अकेला आदमी ही काफी होता है। अल्पसंख्यकों को लेकर बातचीत टूटी तो जेम्स मिल्ज रुआँसा हो गया। वह कहने लगा—ये लोग कहते हैं कि हमने गाँधी का खात्मा कर दिया। लेकिन जब साम्प्रदायिक निर्णय पर मेरा भाषण हुआ तो बहुत खुश हुआ। लगभग नाचने लगा। कहने लगा अमेरिका से तार आते हैं कि—(अब हम समझे)। शोएब ने तो यहाँ तक कहा कि इस्लाम कबूल करने के अलावा बापू के पास जो कुछ था, उन लोगों को सन्तुष्ट करने के लिए, सब दाँव पर लगा दिया। परन्तु लाभ कुछ नहीं हुआ। वास्तविकता तो यह है कि बापू इस्लाम अपना लेते, मुसलमान होने को तैयार हो जाते तो भी मुझे यकीन नहीं कि ये लोग उन्हें स्वीकार कर ही लेते।"

यह सब सुनकर प्यारे लाल की टिप्पणी थी, "शोएब की बात सोलह आने सच है, बापू। आपको स्वीकार करने का अर्थ है आपके सिद्धान्तों को अपनाना। और, आपके सिद्धान्त तो मूलतः अलग हैं। अहिंसा, अपरिग्रह, सत्य का आग्रह इसके सहित अपनाने का अर्थ होता है अपने ही पैर पर कुल्हाड़ी मार लेना। तो 'आ बैल मुझे मार' कौन कहेगा!" प्यारे लाल की बात सुनकर हम सभी हँस पड़े।

39

मृत्यु भी कहीं सुखदायी होती है भला! फिर कारावास में अनायास मृत्यु कैसे झेली जाए! होने को सब हो रहा है। सरकार से पत्र व्यवहार हो रहा है, चर्चा हो रही है,

नाश्ता और खाना हो रहा है। फिर भी लग रहा है कहीं कुछ नहीं है।

एक तो कैद की घुटन और इसी बीच महादेव की मृत्यु! सरकार ने इतने बड़े महल को भी कारावास की शक्ल-सूरत देने में कोई कोर-कसर नहीं उठा रखी। लोहे की ऊँची जाली लगवा दी है कि कोई हमें घूमता-फिरता न देख ले। पाण्डवों को जुए में हारने का प्रायश्चित्त था। सो बारह वर्ष के वनवास के बाद एक वर्ष का अज्ञातवास। लेकिन हमारा अज्ञातवास सरकार का दिया हुआ है। कुछ भी हो बापू ने भी जुआ खेला है! इतनी बड़ी सरकार से निहत्थे लड़ने का जुआ! कहाँ तो कौरवों की विशाल सेना (अट्ठारह अक्षौहिणी) वाला अँग्रेजी शासन और कहाँ सत्य, अहिंसा के शस्त्र लिए खड़े बापू! क्या पार पा सकेंगे!

विश्वास तो है। सत्य की हमेशा विजय होती है। बापू को केवल सत्य की महिमा प्रतिष्ठित करनी है। विजय के बाद भी राजगद्दी पर नहीं बैठना है? किसी कुर्सी, किसी पद का मोह होता तो बाप-दादों की बसी-बसाई दीवानगिरी क्या कम थी! खुद की बैरिस्टरी क्या कम थी! पता नहीं साधुत्व की ऐसी ऊँची दीक्षा किस गुरु से बापू ने ली। कैसे-कैसे छलावे, कैसी-कैसी मुश्किलें इस चट्टान से टकराकर लौट गईं। सत्य और अहिंसा का मार्ग छोड़ने की बात उनके लिए अशोच्य थी।

आज तक बापू मेरे शिक्षक हैं। मुझे गुजराती, गीता, इतिहास, भूगोल सब सिखाते हैं। शिक्षक तो स्वयं को वह विवाह वाले दिन से ही मानते हैं। लेकिन उनकी छात्रा बहुत कमजोर निकली। मुझसे कहते, "हम सब यानी यहाँ जितने हैं एक-एक मिनिट का हिसाब रखें, और सारा समय काम में ही लगे रहें। इस तरह इधर-उधर के विचार मन में आएँगे ही नहीं।" कभी लगता कह दूँ "मास्टर जी, आप जैसा सबका मन बस में न हो तो कोई क्या करे।" गुजराती पुस्तक के भजन सस्वर सिखाते हैं। भोजन के बाद मुझे कुछ-न-कुछ पढ़कर सुनाते हैं और उस पर आलोचना भी करते हैं। मुझे बहुत खुशी होती है। पता नहीं यह खुशी कुछ सीखने की है या उनके सान्निध्य की! कई बार बुरा भी लगता है कि आखिर इतनी अच्छी बातें हम इतनी देर से क्यों सीखते हैं। अब गीता को ही लो। श्लोक याद कर भी लिए तो रटने से क्या गीता समझ में आती है! पहले बापू मेरे लिए समय निकालते तो कितना अच्छा होता! अब भी कोशिश तो बहुत करती हूँ, परन्तु दिमाग साथ नहीं देता।

बापू मुझसे प्रश्न पूछते हैं, यह देखने के लिए कि मुझे पढ़ाया उनका पाठ याद है कि नहीं? मुझे याद न भी रहे तो बापू नाराज नहीं होते। मुझे ही बुरा लगता है, कि वो इतनी मेहनत से पढ़ाते हैं और एक मैं हूँ कि याद नहीं रख पाती। उस दिन बापू ने पंजाब की नदियों के नाम सिखाये। मैंने वे सुशीला से कागज पर लिखवा लिए और चलते-फिरते रटती भी रही। लेकिन जब बापू ने पूछे तो बता नहीं पाई।

इन दिनों बापू प्राकृतिक भूगोल सिखा रहे हैं। रोज नारंगी ले आते हैं और भूमध्य रेखा, देशान्तर रेखा, अक्षांश रेखा समझाते हैं। उस दिन जब प्यारे लाल मनु

को भूगोल पढ़ा रहा था, ध्यान से सुनने के बाद समझ में आया कि प्यारे लाल जिसे देशान्तर बता रहा है, उसे बापू ने अक्षांश बताया था। कभी याद रहता है और कभी भूल जाती हूँ।

एक दिन बापू ने हिन्दुस्तान के सब प्रान्तों के नाम बताए। उनकी राजधानियाँ बताईं। मैंने याद भी किए सब नाम। परन्तु बापू ने पूछा तो मैंने कलकत्ते की राजधानी लाहौर बताई।

अम्माजान (सरोजिनी) मजाक उड़ातीं। हम सभी इस बात पर हँसते थे कि बीमारी के कारण दिमाग कमजोर हो गया; कुछ याद नहीं रख पातीं। हाँ, गीता में ऐसा मन लगता है कि उसे छोड़ने को जी नहीं चाहता। आजकल बापू के साथ दोपहर में गीता पढ़ती हूँ। बापू एक-एक श्लोक का अर्थ ऐसे समझाते कि लगता ये आजादी वगैरह के चक्कर में नहीं पड़ते, तो किसी मन्दिर में महन्त होते।

श्रेयो हि ज्ञानम भ्यासात् ज्ञानात् ध्यानं विशिष्यते।
ध्यानात कर्मफलत्यागः त्यागस्त्यागा छांतिरन्तरम्॥

बापू कहने लगे, "अभ्यास का अर्थ हठयोग, ज्ञान का श्रवण मननाद और ध्यान का अर्थ मैं उपासना करता हूँ। जैसे बा तुमसे यदि मैं पूछूँ कि तीन सौ से पहले क्या? तो दो सौ नहीं बता पाओगी। लेकिन हवेली में जाकर दीया जलाना हो या झाड़ू लगाना हो तो वह तुम बहुत प्रेम से करोगी। इसे भक्ति कहते हैं। ऐसे लोगों के लिए है ध्यान और चौथा कर्मफल। श्रेय का अर्थ मैं करता हूँ आसान। ज्ञान से ध्यान आसान है और सबसे आसान है कर्मफल का त्याग। ध्यान का यह अर्थ मुझे विनोबा ने बताया था। जब मैंने 'अनासक्ति योग' लिखा तो उसे विनोबा को पढ़ने के लिए दिया था। तब हमारी चर्चा होती थी। इस श्लोक पर भी चर्चा हुई थी।"

कुछ दिनों तक बापू के साथ घूमने भी गई। परन्तु बापू बहुत तेज चलते हैं। मैं हाँफने लग जाती हूँ। सुबह-शाम घूमना ताजगी से भर देता है। लेकिन यह नियम बहुत कम चल पाया। एक दिन छाती में ऐसा दर्द शुरू हुआ कि घूमना बन्द हो गया। अब तो बरामदे में धीरे-धीरे थोड़ा घूम लेती हूँ। फिर कुर्सी पर बैठ जाती हूँ। इन दिनों मुझे 'आश्रम भजनावली' और 'अनासक्ति योग' ये दो पुस्तकें बहुत अच्छी लगती हैं।

मेरा पढ़ने-लिखने का ढंग बच्चों जैसा है। बापू कहते हैं, इस तरह जोर-जोर से बच्चे याद करने के लिए पढ़ते हैं। तुम्हें कहाँ सबक याद करना है! तुम्हें तो समझना है। चिन्तन करना है। मनन करना है। इसलिए मन में पढ़ा करो। जो पढ़ती हो उस पर सोचो, विचार करो। दोपहर को अखबार प्यारे लाल या सुशीला पढ़कर सुना देते हैं। बापू कहते हैं, "मैं चौहत्तर साल की बच्ची हूँ। यही क्या कम है कि कुछ-न-कुछ सीखने का मन आज भी होता है।" मीरा हिन्दी अच्छी जानती है। इसलिए वह हिन्दी सिखा देती है। कुछ बहनें यहाँ नैपकिन बनाना जानती हैं। उनसे वह भी सीखा।

आगाखाँ महल में सरोजिनी, प्यारे लाल, सुशीला सबके लिए नोटबुक आई। मैंने बापू से कहा, "मुझे एक नोटबुक मँगवा दीजिए।"

बापू ने कहा, "तुम क्या करोगी! तुम तो ठीक से लिख भी नहीं सकतीं। यह कागज रख लो, और इन पर लिखने का अभ्यास करो। जब अच्छी तरह लिखने लग जाओगी तब नोटबुक मँगवा दूँगा।"

पता नहीं क्यों बापू की यह बात मन में फाँस की तरह चुभ गई। बात बहुत छोटी थी इसीलिए शायद ज्यादा नुकीली रही होगी। सरोजिनी को बहुत बुरा लगा। उसने चुपचाप एक नोटबुक मँगवाई और सुशीला के हाथों मेरे पास भेज दी। मैंने लेकर उसे बापू की पुस्तकों में रख दिया और बापू के दिए कागजों पर लिखती रही। बापू ने बहुत समझाया परन्तु समय जा चुका था।

यह बात कितनी सही कही बापू ने—कि नोटबुक में लिखने के लिए जीवन नोटबुक सा सजा, सँवरा, जिल्द में बँधा होना चाहिए। यहाँ तो कागज के पुर्जों-सी बिखरी जिन्दगी बापू नाम की आँधी के साथ उड़नेवाली है। बच्चों के हाथ आए तो पता नहीं बच्चे उसकी पतंग बना लें, या कागज का हवाई जहाज बनाकर हवा में उछाल दें। या नाव बनाकर पानी में डाल दें। अगर नहीं तो महज कागज का टुकड़ा समझकर तोड़-मरोड़कर फेंक दें। इसीलिए बापू ने कहा होगा, मुझे नोटबुक की जरूरत ही क्या है!

इन दिनों मेरा समय गुजारने का साधन था खेल। अब बुढ़ापे में खेलने की ललक अजीब नहीं लगती! यही तो होता है, खेलने की उम्र में गृहस्थी बसाई। दस लोगों की दस बातें सुनो, सबके खाने-पीने का ध्यान दो, रसोई सँभालो। खेलने की उम्र में जिम्मेदारियों के बोझ से कन्धे दब जाएँ तो अब खेल का आकर्षण स्वाभाविक है। ईश्वर ने मनुष्य को बहुत सोच-समझकर चार अवस्थाएँ दी हैं। यदि हम बचपन का अच्छा उपभोग करें तो यौवन का आनन्द लेने की तैयारी होती है। यौवन में कुछ कर दिखाने की शक्ति का ठीक से उपयोग करें तो प्रौढ़ावस्था में चित्त शान्त और स्थिर होने लगता है। प्रौढ़ावस्था की स्थिरता का उपयोग आध्यात्म के लिए करें तो वैराग्य को संन्यास आश्रम में ढूँढ़ना नहीं पड़ता। वह स्वयं ही आकर हाथ थाम लेता है।

40

सुशीला, मनु, मीरा, डॉ. गिल्डर, प्यारे लाल सब बैडमिण्टन खेलते तो मुझे बहुत अच्छा लगता। मैं बरामदे में कुर्सी डालकर उनका खेल देखती रहती और यदि खेल में कोई

चालाकी करता या नियम तोड़ता तो मेरी नजरों से वह बच नहीं पाता। मैं फौरन कह देती : देखो, मीरा! मनु गलत खेल रही है!

एक दिन तो बापू पिंग-पोंग का बल्ला हाथ में लिए मेज के सामने खड़े हो गए। दूसरी ओर मुझे खड़ा कर दिया और बोले, “देख तो सही। अभी धड़ाका करता हूँ।” बल्ले से छोटी-सी बॉल मेरी ओर उछाल दी। मैं सामने से लौटा नहीं पाई। सभी यह देखकर हँसने लगे।

मीरा और डॉ. गिल्डर रोज रात को कैरम खेलते थे। पहले तो सिर्फ देखने जाया करती थी। धीरे-धीरे जब खेलना प्रारम्भ किया तो मुझे आनन्द आने लगा। दोपहर आधा-एक घण्टा कैरम खेलने में आराम से निकल जाता। मीरा कैरम खेलने में बड़ी उस्ताद है। इसलिए रोज मैं उसके साथ होती हूँ, और हमारी जोड़ी जीतती ही है। यदि एकाध बार हार गए और रानी मैंने ली हो तो मुझे उस हार का दुख नहीं होता। कैरम के खेल में मैं बीमारी का दुख भूल जाती हूँ। जब नहीं खेल पाती तो इन लोगों को अपने पास बैठकर खेलने को कहती हूँ। ऐसी स्थिति में मीरा की जीत मेरी जीत होती है और मीरा हार जाए तो मैं उदास हो जाती हूँ। पिंग-पोंग खेलना अच्छा तो लगता है, पर साँस फूल जाती है। इसलिए अब छोड़ दिया। बहुत खेल हो चुका।

जीवन के मैदान से अब बाहर जाना है। जीतकर या हारकर। क्या पता मेरे बारे में उसका क्या निर्णय हुआ है! शायद मेरा खेल अनिर्णीत रहे और मैं आउट हो जाऊँ! ऊपरवाला निर्णायक है। कभी गलत निर्णय नहीं देता। यहाँ बैठकर चाहे हम उसकी आलोचना कर लें कि अमुक को अभी जाना चाहिए था और उसे नहीं। भगवान की नजर में सबका समय उचित ही होता है।

जिसकी श्रद्धा धर्म में होती है, उसकी धार्मिक ग्रन्थों में भी होती है। मुझे रामायण और भागवत विशेष रूप से प्रिय हैं। रामायण आदर्श है, लेकिन अब वह जमाना नहीं रहा। लोगों में राम से अधिक रावण की प्रवृत्ति बढ़ती जा रही है। इसलिए सारे गलत काम होते हैं। मार-पीट, लूट-खसोट ज्यादा हो रही है। कहाँ तो सौतेली माँ के कहने पर राज्याभिषेक छोड़कर राम वनवास को चले गए और कहाँ दूसरे देश से आए अँग्रेज यहाँ हक जमाये बैठे हैं। लोगों को लूट रहे हैं। उन पर अत्याचार कर रहे हैं। और बापू इसके विरोध में बोलते हैं तो उन्हें जब-तब जेल में डाल दिया जाता है। अब तो लगता है हिन्दुस्तान लंका बन गया है : रावण यहाँ राज्य कर रहा है और राम कारावास भुगत रहा है।

भागवत सुनने से खुशी मिलती है। कृष्ण लीला रस विभोर कर देती है। लेकिन कृष्ण का चरित्र अनुकरणीय नहीं है। कालिया मर्दन और गोवर्धन पर्वत उठा लेना कृष्ण के ही बस की बात है। मि. कटेली कह रहे थे आप जिसे भगवान कहती हैं वह तो गोपियों के कपड़े चुराता था। उनके साथ रास रचाता था। उसने सोलह हजार एक सौ आठ स्त्रियों से विवाह किया था। फिर वह भगवान कैसे हुआ!

यही प्रश्न मेरे मन में भी उठे थे। दादी के साथ हवेली जाती थी तो यही सब सोचा करती थी। उन्हीं दिनों एक पण्डितजी हवेली में रोज प्रवचन किया करते थे। उनसे दादी ने मेरी शंका पूछी थी। पण्डितजी ने कहा, "आपकी पोती बहुत होशियार है।"

भगवान कृष्ण की ये लीलाएँ गोकुल और वृन्दावन की हैं। उस समय उनकी उम्र केवल आठ वर्ष की थी। अब आप ही बताइए आठ वर्ष का सुन्दर, सलोना, अदम्य साहसी बालक किसे नहीं मोहता! सभी को अच्छा लगता है। ऐसे बालक के पीछे पूरा गोकुल और वृन्दावन पागल हो तो उसमें अनहोनी क्या है! लोगों ने कृष्ण को नायक के रूप में चित्रित करके उस पर भौंडी रचनाएँ लिखीं और उनके चरित्र पर छींटाकशी की। फिर भी कृष्ण कीचड़ में खिले कमल-सा है।

और वे सोलह हजार एक सौ आठ शादियाँ? हाँ, वह जो घमासान युद्ध हुआ था, उसमें सोलह हजार एक सौ आठ सैनिक मारे गए थे। अब इन स्त्रियों का क्या हो! कृष्ण के सामने बहुत बड़ा प्रश्न था : या तो ये विधवाएँ आत्महत्या कर लें या फिर शारीरिक अवशोषण के लिए तैयार रहें। ये दो रास्ते उनके पास बचे थे। इसलिए कृष्ण ने केवल विवाह की रस्म अदा कर ली। सबसे विवाह कर लिया जिससे समाज उन्हें बुरी नजर से न देखे और सुरक्षा और भरण-पोषण वगैरह की व्यवस्था भी हो जाए। ये बातें मैंने मि. कटेली को सुना दीं।

यहाँ प्रार्थना के बाद तुलसी रामायण की दो चौपाइयाँ गाई जाती हैं। बापू स्वयं प्रार्थना का अर्थ समझा देते हैं। मेरी श्रद्धा है, अन्धश्रद्धा नहीं है। इसलिए रामायण में जहाँ-जहाँ अतिशयोक्ति लगती है, मैं बापू से कहती हूँ, तुलसीदासजी को और कोई काम नहीं था क्या? इतनी छोटी-सी बात के लिए ऐसे लम्बे-लम्बे वर्णन करने बैठ गए। बापू भी मेरी बात से सहमत हैं। उन्होंने तय किया है कि उपाख्यान और फालतू वर्णन काट-छाँटकर मेरे लिए एक संक्षिप्त रामायण तैयार कर ली जाए। इस हिसाब से बापू ने बालकाण्ड और अयोध्या काण्ड में निशान लगा दिए हैं और प्यारे लाल से कह दिया है कि जो दो चौपाइयाँ प्रार्थना के बाद पढ़ी जाती हैं, उनका अनुवाद गुजराती में कर दें।

मुझे खुशी ही मिली प्यारे लाल का अनुवाद पढ़कर क्योंकि रामचरितमानस की अवधी समझना मुश्किल हो जाता है। सुशीला या मीरा किसी को मनाना पड़ता है कि समझा दो।

मनु नियमित मुझे भागवत पढ़कर सुनाती है। मेरा एकादशी व्रत कभी नहीं टूटता। इस बार गिरफ्तारी हुई तो पंचांग वहीं छूट गया। फिर एकादशी का कैसे पता करें! बापू ने एक उपाय सुझाया : जिस दिन पकड़े गए थे, उस दिन की तिथि और वार सबको याद था। उस तिथि से पूरे साल का हिसाब लगाया और सुशीला को जंत्री बनाने के लिए कहा। पूर्णिमा के दिन पर लाल पेंसिल के निशान और अमावस के दिन

पर नीली पेंसिल से निशान लगाये। इस तरह एकादशी और मेरे उपवास की बाकी तिथियाँ पता चल गईं। एकादशी को सिर्फ फलाहार लेती हूँ! सोमवती अमावस्या, पूर्णिमा, जन्माष्टमी, शिवरात्रि आदि उपवास रहते ही हैं। आजकल राष्ट्रीय उपवास भी करने लगी हूँ जैसे राष्ट्रीय सप्ताह, स्वतंत्रता दिवस और हिन्दुस्तान छोड़ो दिवस। सरोजिनी और सुशीला मुझसे हमेशा कहती हैं, बा, बीमारी में उपवास नहीं करना चाहिए। लेकिन मेरा कहना है कि यह तो श्रद्धा का प्रश्न है! यह भावना का प्रश्न है। इसमें बीमारी कहाँ से आ गई! डर काहे का! उपवासवाले दिन मर गई तो पुण्य ही मिलेगा।

41

मनु रोज सुबह-शाम बापू के साथ घूमने जाती है। जिद करती है, कहानी सुनाइए। पोती का कहना तो मानना ही होगा। बापू ने थोड़ा शरारत से कहा, "मनु, तुझे मोटीबा की कहानी तो अच्छी लगेगी न?"

"हाँ, मोटीबा की कहानी।"

बापू ने कहा, "तो सुन! आज तेरे बापूजी जो हैं, वह मोटीबा की वजह से हैं। मेरी सब अच्छाइयाँ तेरी मोटीबा के बढ़ावा देने से बढ़ी हैं।"

इसके बाद बापू रुके और थोड़ा ठहरकर बात आगे बढ़ाई, "हम दोनों का विवाह बहुत छोटी, नासमझ उम्र में हुआ था। मैं बहुत ईर्ष्यालु था और शक करता था। लेकिन तुम्हारी मोटीबा ने कभी इसकी परवाह नहीं की। वह बराबर मन्दिर या नाते-रिश्तेदारों के यहाँ मुझसे बिना पूछे जाती। उसने मेरी ईर्ष्या और वहम को सह लिया। यदि ऐसा नहीं करती तो गृहस्थी वहीं खत्म हो जाती। हिन्दू गृहस्थाश्रम में पति-पत्नी के बीच इस तरह की कलह होती ही रहती है और ऐसे समय में स्त्री ही सहनशीलता दिखाती है। अपना दुःख पीकर शान्त रहती है। पुरुष तो अपना अधिकार जमाने में ही खुद को श्रेष्ठ समझता है।

"एक बार मैं बुरे मित्र की संगत में फँस गया था। मैं नहीं समझ सका लेकिन बा समझ गई। उसने मुझे चेतावनी भी दी। मैं विलायत गया। वहाँ से लौटने के बाद भी मेरा ईर्ष्यालु स्वभाव नहीं बदला। मैं हर बात की आलोचना करता। गलतियाँ निकालता। मैं चाहता था तेरी मोटीबा पढ़े। उस पर गुस्सा करता। एक दिन बा अपने मायके चली गई। फिर बहुत समझाने पर आई। देख, कैसे नादान थे तेरे बापूजी!"

मनु का सवाल था, "तो बचपन में सभी ऐसे होते हैं?"

बापू ने आकाश की ओर देखकर कहा, "हाँ, थोड़ा-बहुत तो होते ही हैं। मैं कुछ ज्यादा ही था। तुम ऊबना तो बता देना। हम दूसरी बातें करेंगे।"

मनु ने तुरन्त कहा, "नहीं, बापूजी! आपके मुँह से पुरानी बातें सुनने में आनन्द आता है। सुनाते जाइए।"

बापू ने फिर कहना शुरू किया, "हिन्दू स्त्री पति का अनुसरण करने में जीवन की सार्थकता समझती है। फिर इच्छा से हो या अनिच्छा से, ज्ञान से हो या अज्ञान से। बा में यह गुण बहुत बड़ी मात्रा में है। इसलिए भी उसने मुझे कभी आगे बढ़ने से नहीं रोका। हमारी बुद्धिशीलता में अन्तर है। फिर भी हमारा जीवन सन्तोषी, सुखी और ऊर्ध्वगामी है। मेरे देशसेवा के व्रत में बा हमेशा मेरे साथ रही। ब्रह्मचर्य व्रत के पालन में तो बा मुझसे आगे निकल गई। उसकी सादगी सहज है। कपड़े, गहने, ठाट-बाट छोड़ने के लिए मुझे आग्रह नहीं करना पड़ा। बल्कि मैं ही कपड़ों का बहुत शौकीन था। सादगी अपनाने में मुझे ही कष्ट हुआ।

"अपरिग्रह की परेशानी से तुम्हारी बा बच नहीं पाई। परिग्रह भी स्वयं के लिए नहीं था। बहुओं के लिए, तुम पोते-पोतियों के लिए जरूर उनकी कुछ रखने-बचाने की इच्छा थी। स्वयं तो मन से बहुत पहले अपरिग्रह अपना चुकी थी। उसका एक उदाहरण देता हूँ।

"बात फिनिक्स आश्रम की है। मैं भोजन कर रहा था और तुम्हारी मोटीबा रसोईघर साफ कर रही थी। तभी पास के गाँव में रहनेवाले परिवार के एक बुजुर्ग कालिदास गाँधी आए। दक्षिण अफ्रीका में मामूली व्यापारी के यहाँ भी रसोईघर और दूसरी साफ सफाई के लिए नौकर होता है। यहाँ बा को सब काम हाथों से करते देखकर बोले, 'भाई, तुमने तो जीवन में बहुत परिवर्तन कर डाला। बिलकुल सादगी अपना ली। कस्तूरबाई भी कैसा सादा जीवन जी रही हैं।'

"इस पर मैंने कहा, 'मैंने इसे कभी नहीं रोका।' इस पर बा का जवाब था, 'तुमने तो नहीं रोका। साड़ियाँ-चूड़ियाँ भी लाकर दीं लेकिन मैं उनका उपयोग कैसे करती। देखा तुम्हारा रास्ता अलग है तो मैंने ही अपने मन को मना लिया।'

"तुम्हारी मोटीबा ने यह नहीं कहा कि तुम्हारे लिए त्याग किया है या तुम्हारे लिए सब कुछ छोड़ दिया। दूसरी कोई स्त्री होती तो इतने बड़े त्याग का ढिंढोरा पीटती। लेकिन बा ने 'मन को मना लिया' कहकर चीजों को साधारण ही बना रहने दिया। वह हर काम श्रद्धा से करती है। एक बार खादी अपना ली तो नियमित रोज सूत कातती है। हृदय की परेशानी में भी बा सूत कातना नहीं छोड़ रही थी। वह तो कर्नल भण्डारी ने कहा, आप आराम नहीं करेंगी तो मुझे आपको येरवडा जेल ले जाना पड़ेगा। तब बा का सूत कातना बन्द हुआ।

"बा में छुआछूत की भावना नहीं है। आश्रम के हरिजनों के साथ कोई भेदभाव नहीं करती। सेवाग्राम में कोई काम करवाना हो तो वह मणिबाई या खण्डूमामा से करवाती थीं।"

"हाँ, बापूजी! यह बात तो मोटीबा में मैंने भी देखी है। वह कभी किसी में फर्क

नहीं करती। लेकिन यहाँ जो रसोईघर में सिपाही है, उसे बा विशेष रूप से कुछ-न-कुछ देती है। कहती है, ब्राह्मण का लड़का है। ऐसा क्यों?" मनु ने बापू के सामने मन की शंका रख दी।

बापू का जवाब था, "मनु, ये तुम्हारे मोटीबा के संस्कार हैं। उन्हें कैसे भूलेगी! बहुत बचपन से जब वह अपनी दादी के साथ हवेली जाती थी, तब से यह बात मन में गहरी बैठी है कि ब्राह्मण को कुछ दान करो तो पुण्य मिलता है। अभी बीमार है इसलिए तुम्हारी दादी माँ पुण्य बटोरने में लगी है। सोचती है यहाँ कैदखाने में कुछ दान धर्म तो होता नहीं तो अपने हिस्से के फल उसे देकर ही कुछ पुण्य कमा लिया जाए! इस तरह वह अपनी दान भावना को तृप्त कर लेती है।"

मनु की शंका समाप्त नहीं हुई थी, "हाँ, बापूजी। यह बात समझ में आ गई। लेकिन क्या कभी ऐसा हुआ है कि आपके पास कोई मुस्लिम मित्र आए हों और मोटीबा के व्यवहार में आपने...?"

बापू ने मनु की बात काटकर कहा, "नहीं, कभी नहीं! उसके मन में दूसरे मजहब के लिए अनादर कभी नहीं देखा। तुमने देखा होगा कि यहाँ जो दो मुसलमान सिपाही हैं, उनसे भी बा रसोई का काम करवाती है। ईद पर उन्हें मिठाई देती है। बा ने स्वयं कभी भेदभाव नहीं किया। इसलिए इतिहास में जब जुल्म के वर्णन पढ़ती है तो बहुत दुखी हो जाती है। उसे विश्वास नहीं होता कि इंसान से इंसान इतना क्रूर व्यवहार कर सकता है। डॉक्टर अंसारी, अजमल खाँ, खान अब्दुल गफ्फार खान, मौलाना अबुल कलाम आजाद जैसे मित्रों को देखकर उसके मन में विचार आता है कि इतिहास में यह सब क्यों लिखा है!

"इन मुसलमान मित्रों के प्रति भी उसके मन में वही स्नेह है जो जमना लाल जी और बल्लभ भाई के लिए है। हाँ, उसे चापलूसी बिलकुल पसन्द नहीं है फिर चाहे वह हिन्दू कर रहा हो या मुसलमान।"

मनु ने एक और सवाल दाग दिया, "बापूजी, आपका झुकाव मुसलमानों की ओर अधिक है—ऐसा क्यों समझते हैं लोग!"

बापू का जवाब था, "मनु बेटा, मुसलमानों के मन में हिन्दुओं के प्रति अविश्वास पैदा हो गया है। इसलिए उनके प्रति खास उदारता दिखाने की आवश्यकता है जिससे उनके मन में हिन्दुओं के प्रति आदर जागे।"

"परन्तु ऐसा नहीं हुआ तो?"

"भगवान की इच्छा! लेकिन मेरा सत्य का मार्ग मुझे यही रास्ता दिखाता है। अब मुसलमानों को रास्ता ही दिखाई नहीं देता और हिन्दुओं को गलत रास्ता दिखाई देता है तो इसमें मेरा क्या दोष है! हिन्दू-मुस्लिम एकता की आवश्यकता है। अखबार में एमरी का बयान छपा था कि मि. गाँधी और जिन्ना एक-दूसरे से मिलना नहीं चाहते।"

"हाँ, मोटीबा बहुत नाराज हो गई थी पढ़कर। कह रही थी : देखो, ये लोग कितना झूठ बोलते हैं! महादेव ने लिखकर रखा है कि बापूजी खुद जिन्ना से मिलने गए थे। आपकी आलोचना मोटीबा बिलकुल नहीं सह सकती। कहती थी, ईश्वर कब तक इनके पापों को सहता रहेगा? इनके पाप का घड़ा कभी तो भरेगा!"

अध्याय : सात

42

आज छाती में दर्द महसूस हो रहा है। चुपचाप लेटी हूँ। बापू मेरे इस तरह लेटे रहने का अर्थ समझ जाते हैं कि कोई परेशानी जरूर होगी। इसलिए मेरे पास आकर बैठ गए। मनु और सुशीला भी आ गईं। दर्द के बावजूद अच्छा लगा। बापू ने मनु से कहा, "वह बूढ़ी नहीं आई। उसे बुला ला।" मनु समझ गई बापूजी सरोजिनी नायडू के लिए कह रहे हैं। इसलिए दौड़कर बुला लाई।

"कहिए माय डियर टायरण्ट, आपने क्यों बुलाया," सदाबहार मुस्कान बिखेरती सरोजिनी आ गई। बापू क्या कम हैं—उसी अन्दाज में जवाब देते हुए बोले, "बूढ़ी अम्माँ! मैंने नहीं बुलाया। हम सब यहाँ बैठे हैं इसलिए बा को तुम्हारी कमी महसूस हो रही थी!"

सरोजिनी बा के पास गईं, "कैसी हो बा! आप मुझसे बात करें। ये तो फालतू राजनीति की बातें कर आपका दिमाग सड़ा देंगे।"

सुशीला ने बीच में कहा, "बा, यहाँ सब सुविधाएँ हैं। फिर भी आपको अच्छा नहीं लग रहा है।"

मैं बहुत धीरे-धीरे अपनी बात कह पाई, "सच है सुशीला। कारावास मेरे लिए कोई नई बात तो है नहीं। कितना ही जीवन जेल में बीत गया। लेकिन पता नहीं क्यों यहाँ आकर मन उदास हो गया।"

मीरा की टिप्पणी थी, "जानती हूँ आप उदास क्यों हैं! अखबार की खबरें पढ़कर उदास हो जाती हैं।"

सरोजिनी ने बहुत तर्कपूर्ण तरीके से अपनी बात कही, "बा की उदासी का कारण सिर्फ खबरें नहीं हैं, मीरा। अभी तक जितनी बार बा ने कारावास की यात्रा की, उसके पीछे ठोस कारण था। मालूम था सरकार के विरुद्ध कार्य किया है तो जेल की सजा मिलनी ही है। यहाँ तो कोई कारण नहीं है। और, हम कोई कारण खड़ा न करें

इसलिए स्वयं की सुरक्षा के लिए सरकार ने हम लोगों को यहाँ एक तरफ लाकर बन्द कर दिया है। इस बात का बा को दुख है।"

मुझे काफी हद तक यह बात ठीक लगी, "कितने दिन रहना है, यह भी नहीं मालूम। शायद अन्त तक रहना पड़े। सरोजिनी ठीक ही कह रही है।"

सुशीला की टिप्पणी थी, "ऐसा क्यों कहती हैं बा! हम सब वापस जाएँगे।"

मीरा ने थोड़ी और आशा का संचार करने के लिए कहा, "आपको सेवाग्राम अच्छा लगता है न बा! हम सब सेवाग्राम जाएँगे। सुशीला वहाँ आपकी देखभाल करेगी। सरोजिनी कविता सुनाएगी। अभी तो आपको बहुत काम करना है।"

मेरी बात से जैसे हताशा प्रकट हुई, "मेरा क्या भरोसा! मैं बाहर जाऊँगी भी या नहीं! हाँ तुम लोग सब जरूर बाहर जाना। मेरा क्या अभी हूँ, शाम को न रहूँ!"

बापू ने थोड़ा हस्तक्षेप की शैली में कहा, "ऐसा क्यों कहती हो। हम सभी तेरे साथ हैं। तू चिन्ता छोड़ दे। हम यहाँ कैद हैं लेकिन तुझे तकलीफ तो नहीं है।"

"यही तो तकलीफ है कि सारी सुविधा देकर सरकार ने हमें यहाँ लाकर पटक दिया है। तुम्हारा जनता से कोई सम्पर्क नहीं होगा और उधर सरकार मनमानी कर सकेगी।"

बापू बोले, "देख, इस तरह चिन्ता करने से कुछ नहीं होगा। तू जानती है मैंने जो कुछ किया वह बुरे के लिए नहीं किया! मैंने अपने लिए तो सरकार से जमीन, जायदाद नहीं माँगी। लोगों के लिए ही सरकार से लड़ाई मोल ली है। आज नहीं तो कल इस बात को लोग समझेंगे।"

मनु ने वातावरण को एक बार फिर हल्का करने के लिए कहा, "बापूजी, मैं बताऊँ मोटीबा को यहाँ क्यों अच्छा नहीं लगता? सेवाग्राम वाले आश्रम में मोटीबा को सब घेरे रहते थे। अच्छा-खासा दरबार लगता था और यहाँ सब अपने-अपने काम में लग जाते हैं।"

मेरी प्रतिक्रिया थी, "अरे, चिन्ता तो इनकी लगी रहती है। बापूजी इतनी बड़ी सल्तनत से लड़ रहे हैं। उनके पास तो हर तरह के साधन हैं। बापूजी कैसे जीतेंगे?"

"ईश्वर तो है बा! उसी के भरोसे तो बापू ने यह साहस किया है। वही इसे पार भी लगाएगा।" सुशीला ने हस्तक्षेप किया।

मैंने थोड़ा चिढ़कर कहा, "लगता है ईश्वर भी हमारे विरुद्ध जा रहा है। बापूजी यहाँ कैद हैं और महादेव को किस तरह उठा लिया।"

बापू ने दुखी होकर कहा, "महादेव का जाना शुद्धतम बलिदान है। उससे आजादी की लड़ाई में लाभ ही होगा।" "सरकार के पास इतनी ताकत है कि वह सबको कुचल रही है। जनता कब तक सहे! नतीजा कुछ नहीं निकल रहा।" मेरे स्वर में हताशा थी।

"तो क्या तू समझती है कि जो हो रहा है वह मेरे कारण हो रहा है! चल तू और मैं सरकार से माफी माँग लेते हैं।" बापू की बारी थी।

"मैं क्यों माफी माँगूँ!" मुझे झल्लाहट हुई।

"तो फिर मैं वाइसराय को माफी का पत्र लिखता हूँ।"

"आप क्यों माफी माँगेंगे? युवतियाँ जेलों में सजा भुगत रही हैं, युवक लाठियाँ खा रहे हैं। वे तो माफी नहीं माँगते। आप क्यों माफी माँगेंगे। अब किया है तो भुगतो। हम भी तुम्हारे साथ भुगतेंगे।...महादेव कारावास से मुक्त हो गया। अब मेरी बारी है।"

जब मैं चिढ़ जाती हूँ तो बापू चुप हो जाते हैं, फिर वह गृहस्थी और आश्रम का मामला हो या देश के संकट का।

यह बात मेरे मन में कई दिनों से घुमड़ रही थी कि बापू अँग्रेजों को इस देश से जाने के लिए क्यों कहते हैं! इतने बड़े देश में क्या वह हमारे साथ नहीं रह सकते! यहाँ कई कौमें तो रहती हैं। अँग्रेज भी रह लें। वह यहाँ राज न करें। हमारी जनता से क्रूरता न बरतें। हमारे भाई बनकर रहें।

"यही तो मैं उनसे कहता हूँ कि हमारे ऊपर सरदार बनकर न रहो। यदि वे हमारे साथ रहें और सरदारी हटा लें तो हमारा उनसे कोई झगड़ा नहीं है। परन्तु वे ऐसा नहीं करेंगे।"

"क्यों नहीं करेंगे?"

"तू बहुत भोली है, बा। जिसे एक बार बादशाहत की आदत हो जाती है, उसके लिए भाईचारे जैसी भावना का कोई मूल्य नहीं रहता। उसको दो ही चीजें दिखती हैं : सत्ता और गुलामी। हमारे देश के लोग भी आदमी ही हैं। फिर एक आदमी दूसरे आदमी को गुलाम समझे यह कैसे हो सकता है! कैसे सहा जाए यह अन्याय? वह तो हमें आदमी समझने को भी तैयार नहीं हैं।"

43

आजकल चिड़चिड़ापन बढ़ गया है। शरीर में व्याधि है। कुछ-न-कुछ तकलीफ आये दिन होती है। बीमारी, दवाइयाँ! ऊब गई हूँ मैं। यहाँ बच्चे भी मिलने नहीं आ सकते। बाहर की दुनिया से सम्बन्ध कट गया है इसलिए जल्दी चिढ़ जाती हूँ। लेकिन बापू पर मुझे पूरा विश्वास है। वह कोई काम बिना सोचे-समझे नहीं करेंगे। जरूर ये अँग्रेज ही शैतान हैं जिनसे बापू कहते हैं भाई बनकर रहो और उन्हें यह पसन्द नहीं। उन्हें तो हम पर हुकुम चलाना ही भाता है। इसीलिए तो बापू और दूसरे सब नेताओं को पकड़कर जेल में बन्द कर दिया है।

सत्याग्रह शब्द का अर्थ बापू ने बहुत सरल जबान में समझाया है 'सत्य का आग्रह'। बस, इतनी छोटी-सी बात! बड़ी बात की यह छोटी परिभाषा है। यह तो इतनी बड़ी बात है कि बस! उम्र गुजर जाती है लेकिन वह सत्य हाथ नहीं आता। सच की बात उठी है तो यह बात एक बार फिर सामने आ गई है कि झूठ बाहर मजे मार रहा है और सत्य कारावास की सलाखों में बन्द है। इस सच ने बहुत रुलाया है। बहुत सताया है। और, उम्र के इस मोड़ पर प्रेरित भी किया है। एक छोटा-सा शब्द पूरी सल्तनत बदलने की हिम्मत रखता है! एक शब्द जीवन में सम्पूर्ण परिवर्तन ला सकता है! एक शब्द के पीछे पागल होकर आदमी घर-बार, जमीन-जायदाद, बच्चे सब छोड़ कहाँ-कहाँ जेल की और बाहर की खाक छानता फिरता है? क्या-क्या नहीं करवाया इस एक शब्द सत्य ने मेरे जीवन में?

बापू कहते हैं कि सत्य की लड़ाई का हथियार है अहिंसा और अहिंसा का उपकरण है उपवास। आगाखाँ महल में आने के बाद सबको यही शंका थी कि बापू उपवास शुरू करेंगे। बेचारा महादेव तो इस चिन्ता में कुल जमा छः दिन ही जीवित रह पाया। महादेव के निधन को शुद्धतम बलिदान कह देने भर से बापू का उपवास का विचार पीछा नहीं छोड़ेगा। वह बस स्थगित हुआ है। बापू शान्त कैसे रह सकते हैं? चारों ओर से खबरें आ रही हैं। देश की इस दुर्दशा को बापू हाथ-पर-हाथ धरे कैसे देख सकते हैं? एक तरफ अकाल तो दूसरी तरफ सरकार के बढ़ते जुल्म। बापू तो बस दिन-रात एक ही बात सोचते हैं : कैसे बचाऊँ देश को इस संकट की घड़ी में! देशवासियों को कैसे बताऊँ कि परिस्थिति के कठोर थपेड़े खाते समय तुम अकेले नहीं हो। तुम्हारे बापू भी तुम्हारे साथ हैं। इसी विचार से पत्र की रूपरेखा तैयार हुई। पत्र पढ़कर मैंने कहा, "इसमें आपको उपवास की बात नहीं लिखनी चाहिए।" सरोजिनी, सुशीला, प्यारे लाल—सबने यही कहा—"बापू आपको उपवास की बात नहीं लिखनी चाहिए। हो सकता है कि पत्र वाइसराय की सदाशयता जाग्रत कर दे। न भी करे तो उन्हें यह कहने का अवसर तो न मिले कि गाँधी ने उपवास की धमकी दी है।"

यह बात बापू को ठीक लगी। उन्होंने एक छोटा-सा पत्र लिखा और वाइसराय को भेज दिया। बापू उत्तर की प्रतीक्षा में दिन-ब-दिन व्यग्र होते जा रहे हैं। गम्भीरता को मैं समझती हूँ? लेकिन कुछ नहीं कर सकती। जानती हूँ वह इरादे के पक्के हैं और यह बात मैं ही नहीं सभी जानते हैं। इसलिए घबरा भी रहे हैं। क्योंकि, हरिजनों के बखेडे को लेकर जब उन्होंने उपवास किया था तब पाँचवें दिन हालत खराब हो गई थी। इसीलिए प्यारे लाल ने सुशीला से पूछा, "तेरे विचार में बापू कितने दिन उपवास रख सकते हैं?"

सुशीला का जवाब था, "ठीक से नहीं कह सकती। राजकोटवाले उपवास में तो पाँचवें दिन हालत खराब हो गई थी। वह 1933 की बात थी और यह 1943 का प्रसंग होगा। बापू की उम्र दस साल बढ़ गई है। बढ़ती उम्र में शक्ति कम हो ही जाती है।"

सरोजिनी ने मजाकिया अन्दाज में हस्तक्षेप किया, "बापू, आपको उपवास नहीं करना चाहिए। मैं आपका भविष्य बता सकती हूँ। किसी दिन आपकी मृत्यु उपवास में होगी। फिर भी अन्तिम बलिदान का समय नहीं आया है। यहाँ से बाहर निकलिए। जिम्मेदारी से मुक्त होइए। इसके बाद उपवास करें तो मैं आपका साथ दूँगी।"

"हाँ, हाँ! क्यों नहीं। दो दिन के बाद ही खाना माँगने लगोगी।" बापू ने सरोजिनी के अन्दाज में ही जवाब दिया। फिर रुककर बोले, "जैसा ईश्वर चाहेगा, वैसा होगा। जब तक मेरी अन्तरात्मा की आवाज नहीं कहेगी, मैं उपवास नहीं करूँगा।"

सरोजिनी ने चुटकी ली, "बा, आप क्यों परेशान होती हैं! बापू ने कहा तो है कि जब ईश्वर उन्हें अनुमति नहीं देगा, वह उपवास नहीं करेंगे। और भगवान उनकी, आपकी, स्थिति जानता है।"

मैं भी पीछे नहीं थी, "तुम्हारी बात सही है, सरोजिनी। भगवान तो उन्हें उपवास की अनुमति नहीं देगा। परन्तु बापूजी यह मान लेंगे कि भगवान कह रहा है।" बाहर सब कुछ सामान्य लग रहा था—खाना, बातचीत, खेल, लेकिन अन्दर-ही-अन्दर चिन्ता खोखली किए जा रही थी। पहले सबके साथ रोज महादेव की समाधि तक हो आती थी। अब तो वह भी नहीं होता। बापू रोज आधा घण्टा ध्यान में बैठते हैं। मार्गदर्शन के लिए ईश्वर से प्रार्थना करते हैं और मैं सुबह तुलसी माता के सामने बैठती हूँ। प्रार्थना करती हूँ। वही मेरी देवी, मेरी आराध्य, मेरी माँ हैं। संकट में सुख में उनके ही पास दौड़कर जाती हूँ। पोरबन्दर छूटा। सारी सहेलियाँ छूट गईं। साथ रहा तो सिर्फ तुम्हारा। तुम्हीं को इस संकट से उबारना है माँ। बापू को प्राणदान देना है। उन्हें दीर्घायु करना है। तुम्हें याद है न हमारे बीच का वादा! तुम भूली तो नहीं? यह प्रार्थना, यह निवेदन किसी नई माँग को लेकर नहीं है। किसी नए वादे के लिए नहीं है। बस, तुम्हें याद दिलाने के लिए और स्वयं के विश्वास को दृढ़ करने के लिए है। मुझे लेकर सब चिन्तित हैं कि बापू उपवास करेंगे तो बा कैसे सह पाएँगी।

सरोजिनी शायद मेरे अन्दर चलती दुविधाओं को समझकर बोलीं, "बापू, आपका यह उपवास बा की जान लेकर छोड़ेगा। आप यह विचार छोड़ क्यों नहीं देते!"

"तुम लोगों ने बा को पहचाना नहीं। मैं बा को खूब पहचानता हूँ। उनकी हिम्मत और बहादुरी का अन्दाजा तुम नहीं लगा सकती हो। आज सुबह प्यारे लाल किसी को शेर सुना रहा था जो बा पर खरा उतरता है।

"किनारों से तूफां का तमाशा देखने वालो।
किनारों से तूफां का अन्दाजा नहीं होता॥"

मैंने बा के मन में गोताखोरी की है। इसलिए मैं जानता हूँ। पूरे बासठ वर्ष का साथ रहा है। एक-दूसरे को हम इतना पहचानते हैं कि हम सैकड़ों मील दूर हों और कोई मुझसे कहे कि हमने बा से यह प्रश्न पूछा तो मैं बता सकता हूँ कि बा क्या उत्तर

देगी! मेरी बातों पर विश्वास न हो तो जाकर पूछ लो मेरे उपवास के बारे में।" बापू खरामा-खरामा बोलते रहे।

सरोजिनी भी कोई कम तो नहीं थी—तुम डाल-डाल तो मैं पात-पात वाला हिसाब था। मीरा और सुशीला के साथ मेरे पास आई और कहने लगी, "बा, सिर्फ आप रोक सकती हैं बापू को उपवास करने से। आपका स्वास्थ्य ठीक नहीं है परन्तु बापू खुद कहाँ बड़े स्वस्थ हैं! उन्हें कुछ न हो जाए यह डर तो आपको भी लगता ही होगा।"

इस दफा मैंने साफ-साफ जवाब दिया, "बात तो तुम्हारी सच है, सरोजिनी। लेकिन एक बार जब देश के लिए सब कुछ न्यौछावर कर ही दिया तो इस शरीर से कैसा मोह! और जहाँ झूठ का इतना बोलबाला चल रहा हो, वहाँ बापू चुप तो नहीं बैठ सकते। उन्हें कुछ तो करना ही है। सरकारी अत्याचारों के प्रति विरोध दर्शाने के लिए बापू के पास उपवास को छोड़कर यहाँ विकल्प भी क्या है!"

सरोजिनी ने जोर से कहा, "मान गए 'टायरण्ट' तुमको। हममें से किसी को इस उत्तर की अपेक्षा नहीं थी, जो बा ने दे दिया।"

बापू ने मन्द मुस्कान के साथ अपनी प्रतिक्रिया दी, "मुझे कभी बा को हिम्मत नहीं देनी पड़ी। हरिजन उपवास में तो मैंने जीवन की आशा छोड़ दी थी और सारा सामान अस्पतालवालों में बाँटने के लिए कहा तो बा ने समत्व भाव से वैसा ही किया। चेहरे पर कोई दुख नहीं था। न आँख में आँसू। यदि कुछ था तो ईश्वर के प्रति सच्चा विश्वास। और उसी दिन सरकार ने मुझे छोड़ दिया। मेरे उपवास भी पूरे हुए और हम पर्णकुटी लौट आए।

"सच्चा विश्वास और श्रद्धा तुम लोग बा से सीखो। मैं डगमगाता हूँ लेकिन बा अपने निश्चय से कभी नहीं डगमगाती। "टू बी ऑर-नॉट टू बी" वाला झंझट कभी नहीं होता। समझी, बूढ़ी अम्माँ!" पता नहीं सरोजिनी क्या और कितना समझी!

44

वाइसराय से पत्र व्यवहार बढ़ रहा है। बापू की व्यग्रता भी उसी रफ्तार से बढ़ रही है। समाधानकारक उत्तर न आने पर नोटिस भेज दिया गया। सरकार को दिए गए नोटिस के अनुसार दिनांक 10 फरवरी 1943 को नाश्ते के बदले बापू का उपवास प्रारम्भ हुआ और मेरा अन्न त्याग। बापू के उपवास में मैं सिर्फ एक बार फलाहार लेती हूँ। इस बार सुशीला का कहना मानना पड़ा। यह लड़की हर बीमारी में जी जान से सेवा करती है। इसलिए दो बार फलाहार लेना स्वीकार किया। एक बार अन्न ग्रहण का आग्रह फिर भी नहीं माना।

हम लोग बैठे थे। बापू ने बात शुरू की, "इस बार सरकार ने कहा है कि मैं चाहूँ तो अपने लिए कोई डॉक्टर रख सकता हूँ।" मैंने कहा, "मेरे लिए डॉ. सुशीला ही काफी है।"

सुशीला की टिप्पणी थी, "उपवास में दवाई तो देनी नहीं होती। इलाज भी नहीं करना है। परन्तु यदि आपकी स्थिति बिगड़ती है तो सरकार क्या मेरी जैसी नौसिखिया की बुलेटिन पर विश्वास करेगी? सरकार को आपकी एक-एक रिपोर्ट की जानकारी होनी चाहिए।"

बापू बोले, "ठीक है! तू चाहती है तो और डॉक्टरों को बुला सकती है।"

सुशीला ने डॉक्टर गिल्डर, डॉ. विधानचन्द्र राय, डॉ. जीवराज मेहता और डॉ. दिनशॉ मेहता को बुलवा लिया। सरकार की ओर से बापू के लिए कुछ सूचना आई थी जिसे कर्नल भण्डारी ने पढ़कर सुना दिया :

1. किससे मिलना है, यह फैसला गाँधीजी को करना होगा। वे जिसे चाहें बुला सकते हैं।

2. वे जिस विषय पर चाहें, बातें कर सकते हैं। इस बारे में कोई सरकारी बन्धन नहीं होगा।

3. मुलाकात के समय एक सरकारी अधिकारी की उपस्थिति आवश्यक होगी।

4. बातचीत की रिपोर्ट अखबार में नहीं छप सकेगी।

अम्माँजान (सरोजिनी नायडू) बहुत प्यार से देखभाल कर रही है। दुर्गा बहन, नारायण और कनु भी आ गए हैं।

उपवास को एक हफ्ता हो गया। बापू को बहुत कमजोरी आ गई है। शान्ति कुमार भाई से बातचीत करते हुए बापू कहते हैं, "मैंने जो अहिंसा का मार्ग बताया है, उस पर लोग न चल सकें तो अपने ही बनाये हुए रास्ते पर चलें। लेकिन मेरे नाम का उपयोग न करें। मेरा मंत्र 'श्रीराम' नहीं 'हे राम' है। वह मेरा साक्षी है। सरकार मुझे न भी पहचान सके तो राम मुझे जरूर पहचानेंगे। जर्मनी, जापान हिंसा का रास्ता ले सकते हैं। लेकिन वे छोटे रास्ते हैं। हमारे हिन्द देश के चालीस करोड़ लोग हिंसा का रास्ता अपनाएँ तो दुनिया का नाश होगा। हम अहिंसा के रास्ते पर चलें तो दुनिया को भी हम अहिंसा के रास्ते पर ले जा सकेंगे।"

वाइसराय की कौंसिल के तीन सदस्यों ने इस्तीफा दे दिया है। एच. पी. मोदी, एन. आर. सरकार और अणे ने बापू के उपवास के विषय में सरकार की नीति से मतभेद के कारण ये इस्तीफे दिए हैं। उन्होंने कहा, "वह महान् व्यक्ति हमारे स्वराज्य के ध्येय का जीता जागता प्रतीक है। उनका जीवन हिन्दुस्तान में अलग-अलग कौमों की मित्रता और हिन्दुस्तान तथा ब्रिटेन की मैत्री के लिए अत्यन्त आवश्यक है। जहाँ हम निष्फल हुए हैं, वहाँ सर्वशक्तिमान उसे बचा लेगा। हमारी प्रार्थना है कि देश की सेवा के लिए वह बहुत वर्ष तक जिएँ।"

बापू कहते हैं कि बा का शरीर बीमारियों का घर है। बीमारियों को भी रहने के लिए इससे अच्छा घर कहाँ मिलेगा?

लेकिन इन दिनों मैं एकदम ठीक हूँ। उपवास खत्म कर जब तक बापू उठकर खड़े नहीं हो जाते तब तक तो अच्छा ही दिखना है।

मुझे दिन में दो-तीन बार गरम पानी और शहद पीने की आदत है। अक्सर गिलास पास ही रखा रहता है। यह देखकर डॉ. गिल्डर ने कहा, "आपके हाथ में दिनभर पानी का गिलास रहता है। इसे देखकर सरकारी आदमी समझेंगे आप गाँधीजी को पिलाने के लिए ही दिनभर गिलास हाथ में लिए घूमती हैं।"

"डॉक्टर गिल्डर, जीवन में मैंने अपने आप पर भी इतना विश्वास नहीं किया। जितना बापू पर किया है। इसलिए मैं पानी या जूस बापू को दे ही नहीं सकती और यदि मैं दे भी दूँ तो वह पीएँगे नहीं। बापूजी पर इस तरह का शक कोई कर ही नहीं सकता।" मेरा जवाब सुनकर डॉक्टर गिल्डर देखते ही रह गए।

बापू की हालत दिन-पर-दिन बिगड़ती जा रही है। 22 फरवरी को तो जीने-मरने की हालत हो गई। इधर मेरी पूजा का समय भी बढ़ता जा रहा है। बापू की लड़ाई सरकार से है तो मेरी भगवान से है। साँझ की कातर वेला में तुलसी चौरे के सामने बैठी हूँ। आँखें बन्द हैं। आँसू के धुँधलके में एक साया आगे बढ़ते हुए महसूस करती हूँ। एक चीख उठी। बदन पसीने से लथपथ। मैं थरथर काँपने लगी। फिर अचेत हो गई।

इस बीच सुशीला दौड़ते हुए आई और कन्धे झकझोरकर बोली, "बा, बा। बापू होश में आ रहे हैं।" मेरी आँखें भर गईं।

बापू के उपवास के कारण आगाखाँ महल के दरवाजे खुल गए हैं और मिलनेवालों का ताँता लगा रहता है। लोग बापू को सिर्फ प्रणाम कर बाहर आ जाते फिर मुझसे बातचीत करते। उपवास के दिन पूरे हुए। सरकार ने सिर्फ पुत्रों को आने की इजाजत दी और किसी को नहीं। बापू के लिए तो मित्र और पुत्र में अन्तर रहा ही नहीं। इसलिए उन्होंने बच्चों को भी आने से रोक दिया।

45

आगाखाँ महल के बुलन्द दरवाजे बन्द हो गए। जब तक बापू के उपवास चले, महल एक पवित्र वातावरण से भर गया था। अब तो सरकार ने देवदास और रामदास को भी अन्दर आने की मनाही कर दी है। फिर वही उदासी, वही बेचैनी, वही एकरसता। क्या-क्या देखा इस महल ने भी। राजसी शानोशौकत की रंगीनियों में डूबा महल किसी देशभक्त फकीर का कारावास बनेगा—क्या सोचा था किसी ने! कहाँ मुजरों की

महफिलों में घुँघरुओं की झनकार और कहाँ सर्वधर्म प्रार्थना, गीता पाठ और रामायण की चौपाइयाँ!

महल की दीवारें कभी बोल पाईं तो कहेंगी कि, यहाँ एक सन्त कैदखाने में रखा गया था। साथ में उसकी पत्नी और कुछ अनुयायी भी थे। महल के बुलन्द दरवाजे कहेंगे—तोप गोलों से लैस सरकार को पता नहीं उस निहत्थे बूढ़े व्यक्ति से डर क्यों लगता था? और सरकार इतनी डरी हुई थी कि बिना गहरी जाँच-पड़ताल के कोई भी अन्दर नहीं आ सकता था। यही नहीं जब-जब यह लोहे का दरवाजा खुलेगा, तब-तब मेरे महादेव के मूक बलिदान की कहानी कहेगा। एक पुण्यात्मा की समाधि की ओर इशारा करेगा और बताएगा कि यह एक ऐसे बेटे की समाधि है जिसके प्राण सिर्फ इसलिए निकल गए क्योंकि उसको डर था कि उसके बापू यदि उपवास करेंगे और उन्हें कुछ हो गया तो वह कैसे जिएगा!

और भी बहुत कुछ है इस महल के पास कहने के लिए। बापू के उपवास जहाँ इस महल ने देखे हैं, वहीं कोने में खड़ी तुलसी माता की पूजा भी देखी है। विकलता में बहे आँसुओं का भी साक्षी है यह महल। कहने को यह राजमहल है लेकिन है तो कारावास ही। पिंजरा चाहे सोने का ही क्यों न हो, सलाखें तो होती ही हैं। सलाखें स्वतंत्रता छीनती हैं फिर वे सोने की हों या लोहे की। तुलसी माता ने कान में कहा था ऐसे ही राजकीय कारावास में कृष्ण जन्म लेते हैं कस्तूरी!

आश्रम में अभाव था लेकिन मेहनत थी। स्वतंत्रता थी। वही स्वतंत्रता तो बापू चाहते हैं। मैंने गरीबी देखी है, ऐसी भुखमरी देखी है जहाँ आदमी दो रोटी के लिए तरसता हो। बच्चों को बिना दवाई के तड़पते हुए और मरते हुए देखा है। काश, महल की भव्यता का परिचय उस गरीबी से होता। इसलिए यहाँ दम घुटता है। आश्रम में छुट्टियों में मनु, कनु, तारा सबसे आँगन चहकता रहता था। आज सुबह से चक्कर आ रहे हैं। साँस भी फूल रही है। बापू का स्वास्थ्य धीरे-धीरे ठीक हो रहा है। मेरा धीरे-धीरे बिगड़ रहा है।

बचपन में दादीजी की उँगली पकड़कर हवेली जाती थी। वहाँ पण्डितजी प्रवचन सुनाया करते थे। बड़ी अच्छी-अच्छी कहानियाँ सुनाया करते थे। एक बार उन्होंने शिवाजी राजा के गुरु समर्थ रामदास की कहानी सुनाई। जो इस तरह थी—

रामदास स्वामी को एक बार सर्दी, जुकाम और बुखार आने लगे। स्वामीजी कुटिया में आराम कर रहे थे, तभी एक शिष्य ने सूचना दी : महाराज शिवाजी आपसे मिलने आ रहे हैं। स्वामीजी परेशान हो उठे। फिर बोले ठीक है, "अन्दर भेज दो।" और लाठी को एक कोने में खड़ा कर उस पर कम्बल डाल दिया और कहा, "देखो, मुझसे मिलने राजा शिवाजी आ रहे हैं। उनको मुझसे कुछ राजकीय सलाह-मशविरा करना है, इसलिए थोड़ी देर के लिए तुम मेरा जुकाम, बुखार ले लो। उनके जाने के बाद मैं उन्हें वापस ले लूँगा।"

शिवाजी आकर बैठे। बातें शुरू हुईं। तभी शिवाजी की नजर हिलते हुए कम्बल पर पड़ी। उन्होंने आश्चर्य से पूछा, "स्वामीजी, यह क्या है?" स्वामीजी ने कहा, "कुछ नहीं! यह मेरा जुकाम-बुखार है। आप आ रहे हैं—यह सूचना मिली तो लाठी से कहा, मुझे उनसे कुछ महत्त्वपूर्ण बातें करनी हैं। थोड़ी देर मेरा बुखार सँभालो। फिर मैं उन्हें वापस ले लूँगा।" शिवाजी ने पूछा, "स्वामीजी आप तो सिद्ध योगी हैं। आप इसे हमेशा के लिए नहीं भगा सकते?"

स्वामीजी बोले, "भगा तो सकता हूँ, राजन्! परन्तु इस शरीर को भोगना ही है। अभी इसे भगा भी दूँ तो इस भोग के लिए अगला जन्म लेना पड़ेगा और फिर उसी गर्भ में बन्दी होने की यातना से गुजरना पड़ेगा। इसलिए शरीर को जो रोग होने हैं, इसी जन्म में हो जाएँ तो अच्छा है।"

मैंने भी तुलसी माता से कहा था, "माँ, मेरी सब बीमारियों को बापू के उपवास के सफल होने तक अपनी क्यारी के कोने में जगह दे दो! जैसे ही बापू के उपवास खत्म होंगे, मैं उन्हें तुमसे वापस ले लूँगी।" पुरानी वे सब बीमारियाँ इस देह-गेह में लौट आई हैं और दवाइयों का दौर शुरू हो गया है।

अध्याय : आठ

46

बापू के उपवास के दिनों में जय सुखलाल गाँधी मुझसे मिले थे। कह रहे थे उनकी पुत्री मनु (जो सेवाग्राम में मेरे पास थी) आजकल नागपुर जेल में है। वहाँ उसकी आँखें बहुत खराब हो रही हैं। यदि आप उसे अपने पास बुला लें तो लड़की की आँख ठीक हो जाएँगी और आपकी सेवा का लाभ भी उसे मिलेगा।

सेवा तो क्या! यहाँ सब हैं ही देखभाल के लिए। परन्तु लड़की की आँख बचाना बहुत जरूरी है। मैं बापू के पास पहुँची और बोली, "मुझे एक नर्स की आवश्यकता है। क्यों न हम मनु को यहाँ बुला लें!"

बापू की प्रतिक्रिया थी, "सरकार ने मना कर दिया तो! मैं ऐसा कोई मौका सरकार को देना नहीं चाहता।"

डॉ. गिल्डर और डॉ. सुशीला ने डॉक्टरी राय के साथ माँग की कि बा के लिए एक नर्स की आवश्यकता है। बम्बई की सरकार ने मध्यप्रान्त की सरकार से पत्र व्यवहार किया और मनु मेरे पास आ गई। मुझे रामायण-भागवत पढ़कर सुनाती। भागवत का रस ग्रहण इतना अच्छा लगता है कि खत्म होते ही मैं मनु से कहती, "कल

से फिर पढ़ना।" इस तरह दूसरे दिन से फिर हमारा भागवत का पहला अध्याय शुरू हो जाता है।

आजकल पाक कला पर धूल जम रही है। बापू ने अस्वाद व्रत ले रखा है और मेरी तबीयत साथ नहीं देती। उस पर डॉ. गिल्डर और सुशीला के बीसियों परहेज। यह खाइए, वह न खाइए। बहुत इच्छा है कि बापू को पूरणपोली खिलाऊँ। पर कैसे! हाँ, एक तरकीब है। मनु से कहा, "जा, बापूजी से पूछकर आ, आज पूरणपोली खाएँगे क्या?" बापू का उत्तर अपेक्षित था, "बा नहीं खाएँगी तो मैं खाऊँगा।" बस, झटपट पूरणपोली बनाई और सबको खिलाई। जानती हूँ मेरी तबीयत के लिए चने की दाल और घी दोनों हानिकारक हैं। मेरा तो कुछ खाने का मन भी नहीं करता। हाँ, बनाकर दूसरों को खिलाने में मेरे अन्दर की माँ तृप्त होती है। जो आनन्द दूसरों को खिलाने में है, वह खुद खा लेने में कहाँ?

यह कैसी कैद है? क्या हुआ है इस सरकार को? यह भी कोई निर्णय हुआ कि न तो बाहर के किसी व्यक्ति से सम्पर्क हो और न पत्र व्यवहार। यह सरकार सोच रही है कि ये निहत्थे कैदी उनको भगाकर ही दम लेंगे! बाहरी लोगों से इनका सम्पर्क हुआ तो जरूर आसमान फट जाएगा, या उन पर बिजली गिरेगी। इतनी बन्दिशें पहले कभी नहीं थीं। सरोजिनी अपनी लड़की को बीमार छोड़कर आई थी। स्वाभाविक है कि उसे बच्ची का हालचाल मालूम हो। मीरा तो सात समुन्दर पार से आई है। उसका यहाँ अपना है ही कौन! सुशीला की माँ कोसों दूर है। सबको लगता है अपनों की खबर मिले। बापू से जब यह बात कही तो बापू ने सरकार को लिखा, "मैंने तो आश्रम जीवन अपनाया है। मेरे लिए घर और बाहर में फर्क नहीं रह गया है। लेकिन महादेव भाई के लड़के और पत्नी को भी न लिख सकूँ तो कैसे चलेगा।"

बापू के इस पत्र का उत्तर सरकार ने दिया, "आपको सरकार रिश्तेदार और आश्रमवासियों को पत्र लिखने की अनुमति देती है। लेकिन पत्र सिर्फ घरेलू हों। उनमें कोई राजनीति की बात न हो। आप पत्र लिखकर सरकार को दें। वह आपके रिश्तेदारों तक पहुँचा देगी और आपके रिश्तेदार भी पत्र सरकार को दें। उन्हें आप तक पहुँचा दिया जाएगा।"

इस कारावास में आज बापू का दूसरा जन्मदिन है। कल सुशीला और मनु ने खूब मेहनत से कैदियों को बाँटने के लिए बेसन की मिठाई और चिवड़ा बनाया। रात को रंगोली सजाई। बच्चों ने एक नया और अनोखा आयोजन किया है। सब अलग-अलग धर्मों के प्रतिनिधि वेशभूषा पहनकर आएँगे और बापू का अभिवादन करेंगे। इसकी शुरुआत कटेली साहब ने की। वे पारसी पगड़ी और लम्बा सफेद कोट पहनकर आए। हाथ से बने सुन्दर बटुए में 75 रुपये हरिजन फण्ड के लिए बापू को दिए और गद्‌गद कण्ठ से कहने लगे, "आपको लम्बी उम्र मिले। आपकी मनोकामना पूर्ण हो। आपकी सफलता के लिए मैं ईश्वर से दुआ माँगता हूँ।"

बापू सबके सामने आकर खड़े हो गए। मुझे भी खूब हँसी आ रही थी। जैसे-तैसे खुद को रोके रखा। बापू ने पूछा, "आप लोग कहाँ से आए हैं?" रामा चुल्लू नम्बूद्रीपाद (जिसका स्वाँग प्यारे लाल भाई ने किया था) ने मलयाली भाषा का अभिनय करते हुए बापू को साष्टांग प्रणाम किया और नारियल और नीबू भेंट किया। सरदार शमशेर सिंह ने सत् श्री अकाल के साथ मिठाई की थाली भेंट की। यह मीरा है, बताने पर भी पहचानना मुश्किल हो गया। अन्त में सिकन्दर अकबर खान ने सूखे मेवे की टोकरी बापू को भेंट की और कहा, "तीड़ा माशे मलंग बाबा।" यह तो हमारे डॉ. गिल्डर हैं। यह सिर्फ आवाज से पहचाना जा सका। एकदम पठान लग रहे थे। सभी हँस-हँसकर लोट-पोट हो रहे थे।

फिर सभी महादेव भाई की समाधि की ओर बढ़े। रास्ते में सिपाहियों की कोठरियाँ थीं। कटेली साहब ने जोर से आवाज लगाई, "जमादार कहाँ है!" जमादार बाहर आया तो डाँटकर बोले, "क्या कर रहे थे तुम? इन बाहर के लोगों को अन्दर किसने आने दिया।"

बेचारा सा...सा...साहब कहकर हकलाने लगा। बापू सहित सबकी जोर से हँसी सुनकर समझा कि ये बाहर के नहीं अन्दर के ही लोग हैं।

स्वाँग रचाना बच्चों का खेल हो सकता है। मैं क्या स्वाँग रचती! कहाँ आया जीवन में स्वाँग रचाना! आज के दिन को ज्यादा-से-ज्यादा कैसे पवित्र बनाया जाए, यही सोचती रही। फिर याद आया–मेरे पास सेवाग्राम में बापूजी के हाथों कते सूत की साड़ी थी। यहाँ आते समय मैं मनु के सुपुर्द कर आई थी। इस सरकार का क्या भरोसा! सुना है आश्रम जब्त होनेवाला है। इसीलिए मनु से कहा, इसे सँभालकर रखना और अन्त समय में यही मुझे पहनाना।

आगाखाँ महल आए तो उस साड़ी की खोजबीन की। कहीं नहीं मिली। बहुत परेशान हो गई मैं। अभी मनु जब यहाँ आई तब उस साड़ी का पता चला। आज पहन भी ली। मेरा तो स्वाँग भी यह है और सच्चाई भी कि आज के दिन उन्हीं के हाथों कते सूत की साड़ी पहनूँ, और इसी साड़ी को पहनकर अन्तिम विदा लूँ। यही मेरी मंशा है।

कैसे-कैसे विचार आ रहे हैं मन में! महादेव भाई की समाधि पर सबने प्रार्थना की। मैंने बुदबुदाकर कहा, "मैं जल्दी ही तेरे पास आऊँगी।" सभी की आँखें भीगी थीं।

47

अभी तक चलते-फिरते साँस फूल जाती थी। आज तो कैरम खेलने में ही साँस फूल गई। डॉ. गिल्डर ने कहा, "बा को तकलीफ होती है। हमें कैरम खेलना बन्द कर देना

चाहिए।" सुशीला की राय थी कि बा को कैरम खेलने से तकलीफ होती है, देखने से नहीं। हम लोग बा के सामने बैठकर कैरम खेलें तो देखकर बा का मनोरंजन होगा और बा कुछ देर के लिए दर्द भूल जाएँगी।

एनिमा लेकर निकली तो बुरी तरह घबराहट होने लगी। सुशीला दौड़कर आई। मुझे सँभाला। फिर बुखार चढ़ा और खटिया से पक्की दोस्ती हो गई। चलना-फिरना एकदम बन्द हो गया। बस पहियेदार कुर्सी पर बैठकर बरामदे में घूम आती हूँ।

"मनु, आज मकर संक्रान्ति है। तिल के लड्डू जरूर बनने चाहिए।" मैंने मनु को देखकर कहा। मनु ने मुस्कुराकर कहा, "आपको बीमारी में भी एकादशी, मकर संक्रान्ति नहीं भूलती, बा?"

मेरा जवाब था, "बीमारी में तो आदमी को शायद ज्यादा याद रहता है क्योंकि उसकी दुनिया एक खटिया तक सीमित हो जाती है। बापू से कह दे, कैदियों को लड्डू बाँटना है।" जब बापू ने यह सुना तो बोले, "रीति-रिवाज, परम्पराएँ घर में निभायी जाती हैं। यह क्या हमारा घर है! जेल में इस तरह के तीज-त्यौहार मनाना ठीक नहीं है।"

मैं आहत हुई। मेरे स्वर में उत्तेजना भी थी, "हमारा घर? आज कैसा लग रहा है आपके मुँह से 'हमारा घर' सुनना, कहाँ है हमारा घर! कब था! दक्षिण अफ्रीका में? बस, उसके बाद तो जहाँ आपके साथ रही, वहीं हमारा घर हुआ। फिर वह आश्रम हो या कारावास की कैद। मैं तो पेड़ के नीचे भी आपके साथ रहती तो उसे घर कह देती। अब घर कहाँ जाऊँ! अब तो उस घर जाऊँगी जहाँ सारी परम्पराएँ यहीं छोड़कर जाना होता है।" बापू को अच्छा नहीं लगा। बोले, "यह तुझे क्या हो जाता है! क्यों हर बात को तू इस तरह मौत से जोड़ लेती है! तेरी मर्जी है तो लड्डू जरूर बनेंगे और कैदियों में बाँटे भी जाएँगे।"

मेरे लिए लेटना बहुत मुश्किल हो गया है। साँस लेने में बहुत तकलीफ होती है। रेस्ट बेड भी मँगवाया, परन्तु आराम नहीं मिला। एक छोटी-सी मेज बनवाई जिसे बिस्तर पर रख सिर टिकाकर बैठी रहती हूँ। कभी झपकी लगती है तो कभी रात ऐसे ही कट जाती है। सुशीला ने ऑक्सीजन मँगाकर रख ली है और डॉ. गिल्डर ने सरकार को पत्र लिखा है कि अन्य डॉक्टर भेज दे। डॉ. जीवराम मेहता आए। डॉ. राय को सरकार ने नहीं भेजा। मेरे लिए एक नर्स की भी आवश्यकता थी और मैं चाहती थी कनु और प्रभावती आ जाएँ। इसके लिए बापू को हफ्तों पत्र व्यवहार करना पड़ा। अन्ततः वे आए।

बापू को सरकार से इस आशय का भी लम्बा पत्र व्यवहार करना पड़ा कि रिश्तेदारों को सरकार मुझसे मिलने की अनुमति दे। पहले तो कोई जवाब नहीं आया। बाद में सरकार ने तार कर रामदास और देवदास को बुला दिया। शर्त यह रखी कि

उस समय वहाँ और कोई न रहे! यह सम्भव नहीं था क्योंकि आजकल बिना नर्स के मेरा काम एक पल के लिए भी नहीं चलता था। फिर पत्र व्यवहार शुरू हुआ।

डॉक्टरी इलाज से थक गई हूँ। चाहती हूँ कि नैसर्गिक उपचार के लिए डॉक्टर दिनशॉ मेहता या कोई वैद्य आए तो अच्छा रहेगा। अब यहाँ कोई बात मेरी मर्जी से तो होनी नहीं है। हर छोटी-बड़ी चीज के लिए बापू को सरकार को पत्र लिखना पड़ता है। वहाँ से कई दिनों के बाद उत्तर आता है। उसमें भी दस शर्तें होती हैं ऐसा करें, कि वैसा न करें। चिढ़कर बापू ने लिखा कि "यदि मेरी पत्नी के इलाज के लिए मैं आवश्यक प्रबन्ध न कर सकूँ, तो मुझे किसी दूसरी जेल में रखा जाए, जिससे मैं अपनी पत्नी की वेदना का मूक साक्षी तो न बनूँ।"

इसके उत्तर में डॉक्टर दिनशॉ मेहता मेरे इलाज के लिए आ गए। साथ ही यह सन्देश भी आया कि जब वह इलाज करें तो मेरे पास कोई और न हो।

बापू नहाने जा रहे थे। रुक गए यह सन्देश सुनकर। प्यारे लाल को तुरन्त पत्र लिखने के लिए कहा। बापू को इतना शोकविह्वल मैंने पहले कभी नहीं देखा था। पत्र लिखवाते समय उनके होंठ काँप रहे थे। आँखें लाल हो रही थीं और बापू लिखवा रहे थे, "मेरी पत्नी मृत्यु शैया पर अन्तिम घड़ी की प्रतीक्षा कर रही है। ऐसी स्थिति में सरकार द्वारा शर्तें रखना क्या उचित है! डॉ. दिनशॉ उनका इलाज कर रहे हैं। बा को अगर टॉयलेट जाना हो तो क्या किया जाए! सरकार का हुकुम है कि वहाँ और कोई न रहे। नर्स भी न रहे। और मुझे मेरी पत्नी का हालचाल पूछना हो तो मैं डॉक्टर से पूछूँ? यह कैसा आदेश है? इस तरह बार-बार परेशान करने से तो अच्छा है, मुझे यहाँ से हटाकर दूसरी जेल में भेज दिया जाए। ऐसी हालत में मेरी पत्नी भी मुझसे कोई आशा नहीं रखेगी और आँखों के सामने उसे दर्द से तड़पता देखने की वेदना से बच पाऊँगा।"

दोपहर में सरकार का जवाब आया, "हुक्म समझने में आपको कुछ गलती हुई है। नर्स कस्तूरबा गाँधी के पास रह सकती है। और आप भी डॉक्टर से जो पूछना चाहें पूछ सकते हैं।"

दुख मृत्यु का नहीं है। उससे तो वादा है हाथ-में-हाथ डाले साथ चलने का। दुख तो है इन शारीरिक यातनाओं का। दुख इन लोगों के लिए होता है—बापू, सुशीला, मनु, कटेली सब कितने परेशान हैं। इसीलिए तो भगवान से यहीं से हाथ जोड़कर कहती हूँ, बालकृष्ण! अब नहीं सहा जाता। अपनी शरण में ले लो। जीवन में फँसकर मैं तुम्हारी सेवा नहीं कर पाई। फिर भी तुम दयालु हो। इस झंझट से मुक्ति दे दो। सबसे सेवा लेना अच्छा नहीं लगता। तूने जैसा जीवन दिया, वैसा ही जी लिया। बस, और क्या चाहिए! क्या मिला और क्या खोया—इसका हिसाब तो कभी नहीं लगाया। क्यों लगाती यह हिसाब? हिसाब तो वे लगाते हैं जिनका जीवन सरल, सीधा दो-दूनी

चार वाला होता है। चार दीवारोंवाला घर होता है। पति हर महीने की तनख्वाह पत्नी के हाथ पर रख देता है। पत्नी गृहस्थी देखती है। बच्चों की देखभाल करती है और महीने के आखिर में बताती है कि यह गाड़ी खींचते हुए उसने कैसे बचत कर ली। यहाँ तो सारा देश घर और सारी दुनिया गृहस्थी थी। किसका लेखा-जोखा रखती? मुझे किसी से कोई शिकायत नहीं! तुमसे भी नहीं। जो मिला बहुत अच्छा मिला। बस अब ले चलो। बहुत सह लिया।

मनु ने बताया कि लाहौर से पण्डित शिव शर्मा वैद्यराज आए हैं। उनकी दवाई से दिन में तो आराम हुआ लेकिन रात को बहुत बेचैनी रही। वैद्यराज ने रात को फोन पर दवाई बताई लेकिन उसका उपयोग नहीं हुआ। दूसरे दिन वैद्यराज के लिए वहीं सोने की अनुमति माँगी तो सरकार ने मना कर दिया। बेचारे वैद्यराज इतने अच्छे थे कि स्वयं ही बोले, "कोई बात नहीं। मैं बाहर मोटर में सो लिया करूँगा। आप जब चाहें बुला लें।" इसके बावजूद आसान थोड़े ही था उनको बुलाना! पहले एक सिपाही को जगाना पड़ता है। सिपाही जमादार को जगाता है। जमादार सुपरिंटेंडेंट से चाबी लेता है और वैद्यराज जी को बाहर बुलाने जाता है। जब तक वैद्यराज मेरे पास रहते, सुपरिंटेंडेंट वहीं खड़ा रहता। जब वह जाते तो उन्हें बाहर पहुँचाकर खुद सोने के लिए जाता।

तीन दिन तक बापू यह सब तमाशा देखते रहे। चौथे दिन सरकार को लिखा, "वैद्यराज जी को महल में सोने की अनुमति मिलनी ही चाहिए। एक आदमी के लिए इतने सारे लोगों की नींद खराब करने से क्या लाभ! यदि आपने वैद्यराज जी को अन्दर सोने की स्वीकृति नहीं दी तो मैं इलाज बन्द करवा दूँगा। डॉक्टर का तो बन्द है ही। फिर मेरी पत्नी चाहे बिना इलाज के ही क्यों न मर जाए।"

बापू के पत्र का परिणाम यह हुआ कि वैद्यराज जी को महल में सोने की स्वीकृति मिल गई। लेकिन इस समय तक मुझे किसी दवा की जरूरत नहीं रह गई थी। एक दिन वैद्य बापू से कह रहे थे, "मुझसे जो कुछ हो सका किया। मेरे प्रयत्नों को यश मिले, भगवान के मन में ऐसी बात होगी। लेकिन बा की प्रकृति में सुधार नहीं हो रहा है। आप डॉक्टर की सलाह लें तो अच्छा रहेगा।"

डॉ. गिल्डर और डॉ. सुशीला मेरे लिए भरसक कोशिश कर रहे हैं। दवाइयाँ बदल रहे हैं। लेकिन एक दिन एक आकस्मिक घटना हुई। सुशीला ने मुझे यह सूचना दी कि बा, देखिए, आपसे कौन मिलने आया है। मैंने देखा तो हरिलाल था। मेरे मुँह से निकला, "अरे, हरि, कैसा है तू! मजे में तो है!" हरिलाल के स्वर में दुख था, "बा, तू जल्दी ठीक हो जा। तुझे ये बीमारियाँ क्यों होती हैं?" मेरा जवाब था, "कैसा भोला है। तेरी बा क्या अब छोटी है! बीमारियाँ आई हैं तो चली भी जाएँगी। लेकिन इतनी दूर से आई हैं तो अकेली कैसे जाएँगी! साथ में मुझे भी ले जाएँगी।" हरिलाल का

हृदय विदीर्ण हो गया। बोला, "ऐसा मत बोल माँ। मरने की बात मत कर। तेरे सिवा मेरा कौन है इस दुनिया में!" मैंने शान्त स्वर में कहा, "तेरे बच्चे हैं। दामाद हैं। सब तो हैं। बा क्या उम्र भर साथ देगी?" हरिलाल को मेरी इस बात से सांत्वना नहीं मिली।

वह बोला, "कहने को तो दुनिया पड़ी है। लेकिन मेरे जैसे को गले लगानेवाली तो सिर्फ बा है। मेरे लिए दुनिया में फिर कोई नहीं रहेगा बा।" मैंने उसके सिर पर हाथ रखकर कहा, "ऐसा मत बोल हरि। भगवान है। वही सबको सँभालता है।"

"पता नहीं बा। मैं तेरे भगवान को नहीं जानता बा। लेकिन मेरी भगवान तू है। तू कहीं मत जाना मुझको छोड़कर।"

"बिलकुल बच्चा है। बच्चों की तरह रोता है।" हरि को समझाते-समझाते मेरे आँसुओं का बाँध भी फूट पड़ा। खटिया पर बिछी खादी की चद्दर में माँ-बेटे के आँसू एकाकार हो रहे थे।

हरिलाल के चले जाने के बाद जब सुशीला दवाई देने आई तब उसने बताया कि सरकार ने हरिलाल को सिर्फ एक बार ही मिलने की अनुमति दी है। सुनकर मैं हैरान रह गई। सुशीला ने कहा, "तू बापू को भेज दे मेरे पास।" बापू ने आकर मुझसे पूछा, "कैसा लग रहा है! बहुत तकलीफ है क्या?" मैंने सीधे सवाल किया, "तुम सब बातें बाद में पूछना। पहले यह बताइए कि सरकार ने हरिलाल को मुझसे मिलने की अनुमति एक ही बार क्यों दी! देवदास को तो रोज आने देते हैं। यह सरकार दो भाइयों में ऐसा फर्क क्यों करती है। वह गरीब है क्या इसलिए? गरीब है तो क्या वह माँ का बेटा नहीं है। सरकार क्या जाने? हरिलाल गरीब है तो मुझे वह ज्यादा प्रिय है। उसकी ज्यादा चिन्ता होती है।" बापू ने मुझे समझाया, "तू फिक्र मत कर। मैं लिखूँगा कि हरि भी तेरे से रोज मिल सके।"

रात भर ऑक्सीजन की नली लगी रही। तबीयत बहुत घबरा रही है। बापू ने सुशीला से कहा, "सुशीला, अब सारी दवाइयाँ बन्द कर देना चाहिए। बस, राम नाम एक दवा है जिससे बा को शान्ति मिलेगी।" इस बीच डॉ. गिल्डर ने मुझे ढाढस देते हुए कहा, "आज आपके बेटे रामदास और देवदास आनेवाले हैं। अब आप जल्दी अच्छी हो जाएँगी।" मेरी प्रतिक्रिया थी कि उनको क्यों बुलाया! सब मेरे बेटे ही तो हैं। मर गई तो जला देना। रामदास का किराया बहुत लगता है। गाड़ी में भीड़ भी बहुत होती है। यहाँ सब मेरी सेवा में लगे हुए हैं। मनु, प्यारे लाल, कनु, प्रभावती सब बारी-बारी से मेरे पास बैठते हैं। बापू भी खूब सेवा करते हैं। थूक के रूमाल तक खुद धोते हैं। डॉक्टर गिल्डर की सलाह थी कि बा को निमोनिया है और यह संसर्गजन्य रोग है। इसलिए बापू को इस तरह बा के पास नहीं बैठना चाहिए।

इस पर सुशीला की टिप्पणी थी कि 62 वर्ष का साथ है एक-दूसरे का। उसे

निमोनिया क्या अलग कर पाएगा? उसमें तो सिर्फ मौत ही दरार डालेगी। काया से छाया, बिम्ब से प्रतिबिम्ब भी कभी अलग हुए हैं?

डॉक्टर गिल्डर ने हताश होकर कहा, "सही कह रही हैं आप! इस घड़ी में हम डॉक्टर होकर भी कुछ नहीं कर सकते।"

देवदास, मनु, सन्तोक बहन सब आ गए। मैंने देवदास को अपने पास बुलाकर कहा, "देवदास, तू सबको सँभालेगा न?" देवदास बोल उठा, "ऐसा क्यों कह रही हो बा?"

मैं धीरे-धीरे कह पाई, "अब तुझे ही सारे घर को सँभालना है। बापू साधु हैं। इन्हें सारी दुनिया की चिन्ता है। हरिलाल को तू जानता ही है। परिवार की देखरेख करनेवाला कोई तो होना चाहिए! तू करेगा सबकी देखभाल?"

"हाँ, बा, हाँ!" देवदास अपने को सँभाल नहीं सका। मैंने उसे दिलासा दी, "तू तो रोने लगा। अब तू छोटा बालक तो रहा नहीं!" इस बीच कर्नल शाह और कर्नल भण्डारी खबर लाये कि कलकत्ता से पेनिसिलिन आ गई है। मैंने बापू को यह कहते सुना—

"डॉक्टर गिल्डर और सुशीला चाहें तो दे सकते हैं। लेकिन मैं नहीं चाहता कि अन्तिम समय में उन्हें किसी तरह की दवाई दी जाए। मृत्यु शैया पर पड़ी बा को इंजेक्शन लगाने का क्या फायदा।" लेकिन देवदास ने थोड़ा उत्तेजित होकर कहा, "बापू, आप क्यों मना कर रहे हैं। शायद बा अच्छी हो जाएँ।"

बापू ने निढाल स्वर में कहा, "देवा, क्या मैं नहीं चाहता कि वह अच्छी हो! लेकिन डॉक्टर सुशीला और गिल्डर यह विश्वास दिलायें कि इंजेक्शन देने से बा अच्छी हो जाएँगी तो मैं हाँ कह दूँगा। ऐसे में तेरी माँ को शान्ति से जाने देना चाहिए।" बापू से पेनिसिलिन की चर्चा में सवा सात बज गए। आज बापू को घूमने जाने में देर हो गई।

तभी प्रभावती ने आवाज दी, "बापू, बा बुला रही हैं।" बापू आकर खटिया पर बैठ गए और मेरा सिर गोद में रख लिया।

48

श्रद्धा सुमन

आजकल दमा बा को बहुत परेशान करता है। रामधुन बज रही थी। बा के पेट में बड़ा-सा गड्ढा-सा हो रहा था। बरसों साथ देनेवाली जीवन संगिनी को अन्तिम विदा लेते हुए देखकर बापू का हृदय तिल-तिल टूट रहा था। बा भी जानती है कि इस मृत्यु

के क्षण में सिवाय ईश्वर के किसी का आधार नहीं। बा का बापू के साथ बासठ साल का साथ रहा। वह छूटने वाला है।

बचपन के खेल, लड़ाई-झगड़े, यौवन के विषय-भोग और फिर उनका त्याग। उसके बाद वानप्रस्थाश्रम में सुख-दुःख सम कृत्वा की स्थिति। जीवन में एक भी ऐसा परिवर्तन नहीं जिसमें बा ने बापू का साथ न दिया हो! बरसों के उस साथी को विदा देनी है!

अनासक्ति और गीता के कर्मयोग को साधनेवाले बापू की आँखों से दो बूँदें ढलक पड़ीं। वह आवाज खामोश हो गई जिसने देश, विदेश, आश्रम, कारागृह—हर जगह करुणा, स्नेह और सौमनस्य को मुखर किया।

बापू जीवनभर जिस सत्य का शोध कर रहे थे वह उनके सामने था। जीवन का चरम सत्य मृत्यु!

अब अकेले चलना है।...कस्तूरी के मृत शरीर पर बापू का माथा टिक गया। अब हर आँच, हर ताप अकेले सहना है। बा के न रहने का दुख भी।

बापू ने देवदास को हिम्मत दी, “तेरी बा हम सबको अकेला छोड़कर चली गई।” बापू के पैर काँप रहे थे। सुशीला, सन्तोक बहन और बापू ने बा को स्नान करवाया। बापू के हाथों कते सूत की साड़ी पहनाई गई जो बा ने आज के दिन के लिए सँभालकर रखी थी। गले में तुलसी की कण्ठी डाली और माथे पर कुंकुम चन्दन का लेप किया।

मनु और कनु ने कमरा साफ किया। मीरा ने चूने से चौक पूरा और सिर की तरफ ॐ बनाया। पैरों की तरफ स्वस्तिक बनाया। फिर सबने मिलकर गीता पाठ किया। इस बीच शान्ति कुमार भाई ने धीरे से बापू से पूछा, “बापू, चन्दन की लकड़ी ले आएँ?” बापू ने शान्त होकर कहा, “नहीं, भाई! बा गरीब की पत्नी थी और गरीब आदमी चन्दन की लकड़ी कहाँ से लाएगा!” यह सुनकर पुलिस सुपरिंटेंडेंट ने हस्तक्षेप किया, “मेरे पास चन्दन की लकड़ी है।” बापू ने छोटा-सा जवाब दिया, “आप सरकारी आदमी हैं। आप चाहें तो उपयोग कर सकते हैं। मुझे आपत्ति नहीं होगी।” कर्नल भण्डारी ने जानना चाहा, “सरकार की ओर से मैं पूछ रहा हूँ कि अन्तिम क्रिया के बारे में आपकी क्या इच्छा है?” इसके उत्तर में बापू का जवाब था, “मेरे पास तीन विकल्प हैं : सरकार जिसे उचित समझे चुन ले।

1. पार्थिव देह हमारे बेटों और रिश्तेदारों को सौंप दी जाए। इसका अर्थ है कि अग्नि संस्कार की क्रिया आम जनता के समक्ष सार्वजनिक रीति-रिवाज के अनुसार होगी और सरकार उसमें कोई हस्तक्षेप नहीं करेगी।
2. महादेव भाई की तरह महल के सामने दाह संस्कार हो। उसमें रिश्तेदार एवं मित्र परिवार को सम्मिलित होने की अनुमति मिले।
3. यदि सरकार सिर्फ रिश्तेदारों को आने दे, और मित्रों को सम्मिलित न होने

दे तो मैं चाहूँगा कि कोई नहीं आए। मेरे जेल में जो साथी हैं उनकी सहायता से मैं पत्नी का दाह संस्कार कर लूँगा।

मेरा सरकार से एक विशेष निवेदन है कि वह जो भी करे ढंग से करे, जिससे संघर्ष की सम्भावना न हो। मैं सरकार से दावा करने को तैयार हूँ कि सार्वजनिक दाह संस्कार में भी सरकार को डरने की कोई बात नहीं है। मेरे बेटे वहाँ मर जाएँगे लेकिन कोई उपद्रव नहीं होने देंगे।

कर्नल भण्डारी का सवाल था, "यदि अग्नि संस्कार बाहर हुआ तो आप जाना चाहेंगे?" बापू ने दो टूक जवाब दिया, "नहीं। मैं तो आपकी कैद में हूँ। बाहर कैसे जा सकता हूँ? ऐसी स्थिति में, मेरे मित्रों और रिश्तेदारों की उपस्थिति में मेरे पुत्र क्रिया पूरी करेंगे।"

सरकार को डर था कि शवयात्रा में सामान्य नागरिक भी हिस्सा लेंगे जिससे सरकार के प्रति जोश या गुस्सा उग्र हो सकता है और स्थिति अनियंत्रित हो सकती है। इसलिए सरकार ने आगाखाँ महल के सामने होनेवाले अग्नि संस्कार वाली शर्त मंजूर की।

गीता पाठ के बाद रात के ग्यारह बजे देवदास, मनु और सन्तोक बहन को छोड़कर बाकी सबको बाहर जाने के आदेश हुए। बापू ने अपना आसन बा के सिर के पास जमा लिया। हर तरह से उन पर दबाव डाला जा रहा है कि वह कुछ आराम कर लें। लेकिन मन नहीं होता। वर्षों उनकी सेवा करते-करते आज कहीं कस्तूरी को आराम मिला है। इस चिर विश्रान्ति के समय उसे अकेली कैसे छोड़ दें। आज की रात तो विवाह की वेदी पर पवित्र मंत्रोच्चार के साथ कस्तूरी का हाथ उनके हाथ में दिया गया था। उस दिन से विदाई की इस घड़ी तक स्मृति चित्र दिख रहे हैं।

बापू सोचते हैं कि "यदि मुझे जीवन साथी के रूप में कस्तूरी नहीं मिलती तो क्या होता! मैं इतना ऊँचा उठ पाता क्या! ज्ञान या आत्मोन्नति को लेकर आज जहाँ पहुँचा हूँ, वहाँ क्या पहुँच पाता! शायद कभी नहीं। बा ही थी जो मेरे अन्तर को हिला सकती थी यह सामर्थ्य दुनिया की किसी दूसरी स्त्री में नहीं हो सकती।"

"कैसे थे वह दिन! ब्रह्मचर्य पालन में भी बा ने कभी विरोध नहीं किया। प्रेम और अपनत्व से उसका हृदय अथाह समुद्र-सा भरा था। दूसरों के दुख का पता लगते ही वह विगलित हो जाती। बा जगदम्बा थी।"

जयसुखलाल भाई, शान्तिलाल भाई और कुछ अन्य रिश्तेदार पास में आकर बैठे और बा के पार्थिव शरीर पर मालाएँ अर्पित करने लगे। इसका अर्थ यह था कि सुबह हो गई है।

महादेव की समाधि के पास ही बा के लिए स्थान चुना गया। वहीं सर्व धर्म प्रार्थना हुई। फिर मंत्रोच्चार के साथ देवदास ने चिता को अग्नि दी। विदा कस्तूरी! विदा!! अन्तिम प्रणाम! अब दुनिया की कोई सल्तनत कोई भी सरकार तुझे कैद नहीं

कर सकती। तू स्वतंत्र है, कस्तूरी! अन्तिम विदा। तू मृणन्मयी है। इच्छाओं को जीतनेवाली! भक्ति की प्रतिमा!

—बापू

माँ के अन्तिम क्षणों के अमूल्य और पवित्र क्षणों को मैं उन लोगों के साथ बाँटना चाहता हूँ, जिन्होंने प्रत्यक्ष-अप्रत्यक्ष रूप से अपनी संवेदनाएँ और शोक माँ के निधन पर व्यक्त किए हैं।

इस तरह अचानक मातृहीन होना आदमी को अन्दर से झकझोर देता है। तैंतालीस (43) साल कुछ कम तो नहीं होते! बरसों मैं उनका सघन लाड़-दुलार पाता रहा—बा का हाथ सिर पर फिरता तो मैं अपने सारे दुख भूल जाता। अब उस स्नेहभरे वत्सल स्पर्श से वंचित हो गया हूँ। मेरे साथ एक विशाल जनसमूह आज मातृहीन हो गया है। शोक सन्देशों से यही महसूस हो रहा है।

बा वास्तव में महान् थीं। वह सबकी माँ थीं। अन्तिम क्षणों तक पूरी तरह बेहोश नहीं हुईं। हाँ, खून का दबाव एकदम कम हो गया। उस समय डॉक्टरों ने उसके बचने की आशा छोड़ दी। उन्होंने खुद दवाई लेना बन्द कर दिया। दोपहर में गंगाजल लिया और मुझे पास बुलाकर कहा, "मैं जाती हूँ। एक-न-एक दिन तो जाना ही है। तूने मेरी बहुत सेवा की है। भगवान तुझे सुखी रखे।" फिर बिना सहारा लिए बैठ गईं और हाथ जोड़कर स्पष्ट शब्दों में कहने लगीं, "हे ईश्वर, हे मेरे आधार! मैं तेरी दया चाहती हूँ।" मेरी माँ मानवता की प्रतिमूर्ति थी। मैं चाहता था कि बा के लिए पेनिसिलिन इंजेक्शन का प्रयोग किया जाए। लेकिन गाँधीजी ने जब सुना तो कहा, "तू कैसी भी चमत्कारी दवाई देकर अब अपनी बा को ठीक नहीं कर सकता। तेरा आग्रह हो तो मैं अपनी जिद छोड़ने को तैयार हूँ। फिर भी मेरी सलाह है कि जिसकी उम्र कुल चार-छः घण्टे बची हो, उसे इंजेक्शन देकर पीड़ा पहुँचाने से क्या लाभ है!"

मेरी माताजी में नजरबन्दों की छावनी में 1942 में पहली बार हृदय रोग के चिह्न दिखाई दिए। कारावास के कष्ट सहने की शारीरिक और मानसिक शक्ति अब उनमें नहीं रह गई थी। इससे पहले भी कई बार वह जेल गई थीं। लेकिन आगाखाँ महल का बन्दीवास शुरू से आखिर तक उनके लिए परीक्षा रहा और जान लेकर ही रहा।

महल का वातावरण उससे बिलकुल भिन्न था जिसकी वह अभ्यस्त थीं। कँटीले तारों की बाड़ और चौकी-पहरों में जीना उन्हें दूभर लगता था। सेवाग्राम की कुटिया में जाने के लिए वह तरस गई थीं। बिना किसी कारण के और बिना समय की अवधि बताये इस नजरबन्दी का उनके मन पर बुरा प्रभाव पड़ा। इसलिए यहाँ मिलनेवाले सुख भी उनकी आत्मा को शान्ति नहीं पहुँचा सके। और, जब उन्होंने सुना कि हिन्दुस्तान में ऐसे हजारों नजरबन्दी कष्ट उठा रहे हैं तब कहने लगीं, "सरकार मुझे और बापू को उम्रभर नजरबन्द रखे लेकिन बाकी लोगों को छोड़ दे।"

उनकी बीमारी ने जब गम्भीर स्वरूप धारण किया तब उन्हें छोड़ने के साथ जब इच्छा हो वापस आने की इजाजत सरकार यदि देती तो उन्हें निश्चित लाभ होता और यह सरकार के लिए भी उदारता का काम होता। लेकिन अमेरिका स्थित भारत सरकार के एजेण्ट का यह वक्तव्य पढ़ा तो बहुत आश्चर्य हुआ कि भारत सरकार ने उन्हें कई बार छोड़ना चाहा। परन्तु उन्होंने ही इस 'ऑफर' का लाभ उठाना स्वीकार नहीं किया। यह पढ़कर बहुत आघात लगा।

गाँधीजी ने इस सबको कैसे पार किया, यह अन्दाजा सब लगा सकते हैं। जीवन की यह क्षति उन्हें निश्चित ही बहुत खटकती है, क्योंकि उनके निर्माण में बा का बड़ा हाथ था। वह तत्त्वज्ञ की तरह शान्ति बनाये हुए हैं।

गाँधीजी का यह स्पष्ट निर्णय था कि बा के फूल दो नदियों के पवित्र संगम प्रयाग में विसर्जित किए जाएँ। फिर पण्डित मदन मोहन मालवीय जी का पत्र मिला। उनके अनुसार, "करोड़ों हिन्दू जो धार्मिक विधि अपनाते हैं, वह निश्चित ही मेरी माँ को भी प्रिय होगी।"

अग्नि संस्कार के बाद दूसरे दिन एकत्रित की गई भस्म का थोड़ा हिस्सा और वे पाँच चूड़ियाँ जो चिता में जलने के बाद भी अखण्डित रही थीं नजरबन्दों की छावनी में सुरक्षित रखी हैं।

जिन्होंने आश्वासन सन्देश भेजे हैं और जो मूक भाव से हमारे शोक में शामिल हुए हैं, उन सबका मैं अपनी ओर से, तीनों भाइयों की ओर से, हृदय से आभार मानता हूँ। इस वियोग के क्षण में करोड़ों स्वजन हमारे ही समान दुखी हैं। वही मेरे सच्चे भाई-बहन हैं।

माँ के फूलों के साथ इलाहाबाद की यात्रा कर रहा हूँ। माँ के साथ यह मेरी अन्तिम यात्रा है। परन्तु मन में बसी मेरी बा की मूरत के साथ स्मृतियों की यात्रा का अन्त मेरे साथ ही होगा।

—देवदास गाँधी

बा के बारे में कुछ कहना या लिखना बहुत कठिन है। वे मानव हृदय और मानव चित्त की शुचिता और सरलता की प्रतीक थीं। बा तो बा ही थीं, बिलकुल सीधी-सादी, धीर और गम्भीर।

दूसरों के दोष उनके मन में नहीं रहते थे। आश्रम में या आश्रम से बाहर जब भी सुनतीं कि किसी ने कुछ बुरा किया है तो उनका प्रश्न होता उसने ऐसा क्यों किया।

बा के बारे में बहुतों का ख्याल है कि वह नरम स्वभाव की गरीब हिन्दू पत्नी मात्र थीं। यह सच नहीं है। वह बापू की छाया मात्र न होकर स्वतंत्र व्यक्तित्व वाली स्त्री थीं। वह आन्तरिक प्रेरणा से सच्चाई पहचान लेती थीं। और स्वतंत्र रीति से स्वयं

के निर्णय लेती थीं। बापू स्वयं इतने महान हैं और स्त्रीत्व के पुजारी हैं कि किसी को जबरदस्ती स्वयं के साथ नहीं घसीटेंगे। यह सही है कि सैकड़ों वर्षों से चली आ रही रूढ़ि और परम्पराओं को छोड़ने में उन्हें परेशानी हुई, समय भी लगा। परन्तु एक बार बात समझ में आ गई तो फिर हरिजन ही उनके लाड़ले हो गए।

मृत्यु से दो वर्ष पहले की बात है। बा सेवाग्राम की कुटिया के चबूतरे पर बैठी थीं। देश के कोने-कोने से आए लोगों को इस चबूतरे से गुजरना पड़ता था। सभी बा को प्रणाम कर आगे बढ़ते थे। बा सबसे प्रेम और मधुरता से दो शब्द कहतीं। उनकी आवाज में विलक्षण माधुर्य था। वह किसी पर नाराज होतीं तब भी स्वर की मृदुता नष्ट नहीं होती।

एक बा और दूसरी सरोजिनी देवी को देखकर, इस बात का अन्दाज सहज लगाया जा सकता है कि नारीत्व में कितना गौरव, कितना वैभव रहा है! कितनी विविधता, कितनी तेजस्विता और कष्ट सहने की कितनी तैयारी! कितना धैर्य कितनी अटल श्रद्धा! और कितनी शक्ति! इन दो स्त्रियों को देखने से क्या हमें इस बात का दिव्य दर्शन नहीं होता कि हमारी भारत भूमि नारियों की भूमि है? ये नारियाँ ही मानव प्रेम, और मानव सेवा के गाँधीजी के महान आदर्श पर डटी रहेंगी, और बाजारों की, फौजों की, हुकूमत की होड़ में कभी शामिल नहीं होंगी।

बापू की भाँति दूसरे भी कई होंगे जो बा की आवाज सुनने के लिए तरसते होंगे। इस दुख के पीछे एक आशा अमर है कि बा जैसे व्यक्ति कभी मरते नहीं हैं बल्कि अमरता के सच्चे उत्तराधिकारी यही लोग होते हैं।

क्या कभी यह सम्भव था कि बा और बापू का जन्म किसी दूसरे देश में होता। मुझे इसका जवाब ना में मिलता है। साथ ही यह भी सही है कि इस देश में उन्हें जितनी पूजा, जितना प्रेम मिला है शायद उतना दूसरे किसी देश में नहीं मिलता।

हमारी प्राचीन संस्कृति के मानदण्डों के अनुसार बा और बापू अवतार रूप में हैं। उस संस्कृति में विकृति की कुछ लकीरें दिखती जरूर हैं फिर भी मूलतः हमारी संस्कृति शान्ति और ज्योति की है। वह मनुष्य को ईश्वर का अंश मानती है। दूसरी कोई संस्कृति मनुष्य के सामने इतनी शक्ति और इतनी स्वतंत्रता की आशा उपस्थित नहीं करती। वर्तमान समय में विरोधियों को जो ज्यादा-से-ज्यादा नुकसान पहुँचा सकते हैं वे स्वयं को शक्तिशाली समझते हैं। लेकिन शक्ति के बारे में गाँधीजी की व्याख्या बिलकुल अलग है। मन में किसी तरह का द्वेष न रखकर अधिक-से-अधिक कष्ट सहने के लिए जो तैयार होता है, शक्ति उसके चरणों में आकर बैठती है।

भौतिक सत्ता प्राप्त करने के लिए महायुद्ध शुरू करके दुनिया विरासत में आग और अंगारे ही पाएगी। अजीब बात है कि दुनिया के विचारशील लोगों में कोई शंका नहीं कि जो आज मद में चूर हैं, उन्हें कल पीछे हटना पड़ेगा। आधुनिक युग का

पुरुषोत्तम अपनी जिस शान्ति वीणा को पत्थर की दीवार के पीछे बैठकर बजा रहा है, उसे सुनना ही पड़ेगा।

हमारी बा एक ऐसे ही पुरुषोत्तम की जीवन संगिनी थीं। आज बापू के दुख का, उनकी विरह वेदना का अन्दाजा कौन लगा सकता है! उनके दुख का पता भी नहीं चल सकता। बापू तो अपने जीवन की गहन वेदनाओं को मौन रहकर ईश्वर के सान्निध्य में ही सहन करते हैं।

बहुत साल पहले जब बापू ने अस्पृश्यता के कलंक के विरुद्ध युद्ध छेड़ा, तब बा कि विचारों को बदलने में उन्हें बहुत कठिनाई का सामना करना पड़ा। अथाह धैर्य के साथ बापू बा को समझाते, घण्टों चर्चा करते। एक समय तो थककर कहने लगे कि बा को यह समझाना बहुत मुश्किल है। दूसरी ओर बापू के ही शब्द हैं कि "यदि मुझे जन्म-जन्मान्तर के लिए साथी पसन्द करना हो तो मैं बा को ही पसन्द करूँगा।" बापू के ये शब्द बा के सच्चे स्वरूप का वर्णन करने के लिए पर्याप्त हैं।

भाषा का सहारा लेकर हम बा का विचार नहीं कर सकते। इसके लिए आवश्यक है उनकी मूर्ति को सामने रखना। उनकी चाल, उनकी मीठी आवाज और निर्मल मुस्कान हमें उस महान विभूति की शुचिता और वीरता का सच्चा दर्शन कराती है।

दक्षिण अफ्रीका में, आजादी की लड़ाई में, कई बार जेल गईं लेकिन कभी महसूस नहीं होने दिया कि कारावास की सजा भुगतकर उन्होंने कोई असाधारण काम किया है। देश के लिए बड़े-बड़े बलिदान किए, स्वेच्छापूर्वक गरीबी को अपनाया। अपने सर्वस्व को छोड़ा। प्रिय पति के सहवास का भी त्याग किया। और, यह सब सहज भाव से, निराभिमानी वृत्ति से किया।

पिछली बार जब बा जेल गई, मैं वहीं थी। पुलिस अफसर के आने पर बा शान्ति से सामान बाँधने लगीं। पहले दिन ऐलान किया गया था कि नौ अगस्त को शिवाजी पार्क में सभा होगी और बापू उसमें भाषण करेंगे। बापू की गिरफ्तारी के बाद उस सभा को बा बापू का सन्देश देकर सम्बोधित करेंगी यह तय हुआ, लेकिन उसी दिन बा की गिरफ्तारी हो गई।

बापू के पिछले उपवास के दिनों में मैंने बा को आखिरी बार देखा था। 18 फरवरी 1943 का दिन। उस दिन बा के चेहरे पर विषाद की हृदय-विदारक छाया थी। ऐसा लग रहा था बा पूरे देश की ओर से प्रार्थना कर रही थीं, "नहीं, भगवान इतनी बड़ी कुर्बानी नहीं ले सकता। इस अँधेरे बियाबान से हमारे देश को प्रकाश और शान्ति के मार्ग पर ले जानेवाले इस नेता—बापू—को बचा ले। इस पार या उस पार मेरे लिए एक ही है। मैं तैयार हूँ।" इस तरह का परित्याग और ऐसी ईश्वर श्रद्धा के सामने दुख के लिए कोई स्थान हो ही नहीं सकता, किन्तु अपनी वीरतापूर्ण मुस्कान के पीछे बा जिस दुख को छिपाये हुए थी वह आश्चर्यजनक था।

राष्ट्रीय तूफान के कुछ दिन पहले मैं सेवाग्राम गई थी। उस समय का बहुत अच्छा चित्र मन पर अंकित था। प्रार्थना चौक से लगी कुटिया के चबूतरे पर बा बैठी हैं। आसपास बहनों का दरबार लगा है। उस समय उनकी मुस्कान से निकलनेवाली आभा जितनी अद्‌भुत थी, उतना ही अद्‌भुत था, थकी हुई बा का दोनों हाथ जोड़कर सबका स्वागत करना या सबको बिदा देना।

अब तो वह अमर और विभूतिमय भारतीय नारी मण्डल के बीच सीता, सावित्री के समकक्ष जा बैठी हैं। हजारों वर्ष वे भारतवासियों के लिए आश्वासन और धैर्य का धाम बनी रहेंगी।

गौरी बहन कैप्टन

श्रद्धा सुमन : रमेशचन्द्र ओझा

नारद भक्ति सूत्र में तृतीय सूत्र है 'अमृत स्वरूपा च' वह अमृत स्वरूपा भी है। उसके पूर्व सूत्र में भक्ति का विश्लेषण आया है 'परमप्रेमरूपा' अर्थात् इस संसार में वह प्रेम स्वरूपा है। प्रेम रूपिणी होने पर वह अमृत स्वरूपा हो जाती है। प्रेम के माधुर्य से ही वह अमृत स्वरूपा बनती है।

अमृत स्वरूपा में वह स्वयं तो अक्षुण्ण है और अमर बनी रहती है, अपने संसर्ग से अन्य लोगों को भी अक्षुण्ण और अमर बना देने की शक्ति उनमें होती है। चतुर्थ सूत्र में इसका खुलासा है, "यल्लब्ध्वा पुमान सिद्धो भवति, अमृतो भवति, तृप्तो भवति" अर्थात् जिसे पाकर पुरुष सिद्ध हो जाता है अमृत हो जाता है, तृप्त हो जाता है।

बा के रूप में हमें एक सच्ची पतिव्रता, साध्वी के रूप में मूर्तिमयी भक्ति के ही मानो दर्शन होते हैं। जिसने बापू के जीवन को अपने निर्मल आदर्श और प्रेम से सरोबार किया। निष्काम अमृत स्वरूपा सेवा से सिद्ध सार्थक किया। उनको अमर बनाया और तृप्त किया। स्वयं गाँधीजी ने अपने ढंग से प्रारम्भ से अपनी आत्मकथा तथा बाद में भी समय-समय पर अपनी लेखनी द्वारा बा के इन सद्‌गुणों का उल्लेख किया है तथा अनेक बार सभाओं एवं बातचीत में भी उद्‌गार प्रकट किए हैं।

—रमेशचन्द्र ओझा।

श्रद्धा सुमन : रंगनाथ दिवाकर

श्री रंगनाथ दिवाकर माता कस्तूरबा के बारे में लिखते हैं, "कस्तूर बा के बारे में संक्षेप में कुछ कहना दुष्कर है। उनके लिए, यह कह देना कि वह सीता, सावित्री, अरुन्धती अथवा यशोधरा के सदृश्य थीं तो यह अपर्याप्त है। हम केवल यह भी नहीं कह सकते कि वह रामकृष्ण परमहंस की पत्नी शारदामणि के सदृश्य थीं। इतिहास

भले ही स्वयं को दोहराता हो किन्तु व्यक्ति फिर से नहीं दोहराये जाते। कस्तूरबा कई कारणों से अद्वितीय थीं और उनका जीवन गाँधीजी के असाधारण जीवन के लिए कई अर्थों में महत्त्वपूर्ण था, जिसके कारण बापू बीसवीं सदी के पैगम्बर बन सके। गाँधीजी के स्वयं के शब्दों में, "अगर बा का साथ नहीं होता, तो मैं इतना ऊँचा कभी नहीं उठ पाता। बा मेरे जीवन में ताने-बाने की तरह एकरूप हो गई हैं।"

वास्तव में बा धन्य थीं और ऐसी राष्ट्र माता को जन्म देकर भारत माँ भी धन्य हुई।

—श्री रंगनाथ दिवाकर

बा की अगाध करुणा में बड़वाग्नि छिपी हुई थी। महासमुद्र के शीतल जल के अन्दर जैसे बड़वाग्नि सो रही है। इस पौराणिक कथा पर आपको विश्वास हो या न हो! परन्तु मानव जाति के दुःख और अमंगल का समूल नाश कर देने की शक्ति करुणा के महासागर में होती है। इस असंदिग्ध तथ्य को बा और बापू ने प्रकट किया है।

—प्रभुदास गाँधी

भारत और विश्व के इतिहास पर बापू के पदचिह्न अंकित हैं। पर इन चिह्नों के पीछे और इनकी अतल गहराई में बा की मूरत समाई हुई है। दोनों एक-दूसरे की शक्ति थे, एक-दूसरे के पूरक थे। एक-दूसरे के बिना अपने आरोहण में वे इतने ऊँचे नहीं उठ पाते, जिस कारण उनकी एक तेजोमय विरासत भारत और दुनिया को मिली है।

—जी. रामचन्द्रन

यदि हम धीरज को अहिंसा का लक्षण मानें, तो इस गुण में उसके विकास में कस्तूरबा ने गाँधीजी से अधिक सफलता प्राप्त की है।

—वैकुण्ठ भाई मेहता

पूज्य बा सरलता, त्याग, सेवा परायणता और प्रेम की अद्भुत मूर्ति थीं, जिसका मैंने उनके पास प्रतिक्षण अनुभव किया है।

—प्रभावती जयप्रकाश नारायण

भारतीय स्त्रीत्व की जीती-जागती प्रतीक-सी उस नाजुक किन्तु वीर नारी की आत्मा को चिरशान्ति प्राप्त हो। जिस महापुरुष को वे चाहती थीं, जिसकी वे सेवा करती थीं, और अद्वितीय श्रद्धा, धैर्य और भक्ति के साथ जिनका वह अनुसरण करती थीं, उसके लिए बराबर कुर्बानी करते रहने का कठिन मार्ग उन्होंने अपनाया था। उस मार्ग पर

चलते हुए उनके पैर एक क्षण के लिए भी नहीं लड़खड़ाये और न उनके दिल ने कभी गच्ची खाई।

वे मातृत्व से अमरत्व में गईं और हमारी गाथाओं, हमारे गीतों और हमारे इतिहास की वीरांगनाओं की मण्डली में वे अपने हक की जगह पर पहुँच गई हैं। इस बात की खुशियाँ हमें मनानी चाहिए।

—श्रीमती सरोजिनी नायडू

परिशिष्ट

बा काफी नियमित रीति से डायरी लिखती थीं। 1933 की लड़ाई के बाद बा गाँव में घूमती थीं। उस समय उन्होंने डायरी लिखी थी। वह निम्नलिखित है :

सोजित्रा

ता. 28/01/33

छः बजे उठी, प्रार्थना की, नित्य कर्म, रावजीभाई के घर गई, सब बहनों से मिली, बातचीत की, आराम किया, अखबार पढ़ा। लिम्बासी के लिए रवाना हुई। वहाँ भाई-बहनों से मिलकर उनके सुख-दुख की बातें सुनीं। वापस लौटी। मलातज आकर सो गई।

मलातज

29/01/33

साढ़े छः बजे प्रार्थना, नित्यकर्म। पत्रिका सुनी। बापू को पत्र लिखा। रवान्ध और त्राणजा जाकर वापस आई।

मलातज

30/01/33

साढ़े छः बजे प्रार्थना, नित्यकर्म। कन्याशाला और अन्त्यजों की बस्ती में जाकर हरिजनों से मिल आई। वे धन्धा वगैरा क्या करते हैं सो सब देखा। बाद में प्रार्थना की।

04/02/33

पाँच बजे उठी, प्रार्थना, नित्यकर्म। 8 बजे परिषद का प्रोग्राम था, उसमें 7 बहनें पकड़ी गईं। बाद में उन्हें थाने पर ले जाया गया। नाम लिख लिए। फिर भोजन के लिए पूणा गाँव से खाना आया। भोजन किया। स्टेशन के लिए रवाना हुई। 12 बजे कठाणा स्टेशन पर उतरी। फौजदार ने आकर पानी वगैरह के लिए पूछा। बाद में स्टेशन पर ही बैठाया। नाम लिखे और वारण्ट तैयार किए। फिर तीन बजे गाड़ी में

बैठी। बोरसद जाते हुए रास स्टेशन पर भाई-बहन मिलने आए। 5 बजे बोरसद पहुँची। मुकदमा चलाकर 'लॉक अप' में लानेवाले मजिस्ट्रेट से मिली। प्रार्थना।

साबरमती जेल की डायरी से–

16/02/33

जिस दिन मैं यहाँ आई, मीरा बहन उसी दिन सवेरे आ गई, जिससे आनन्द हुआ। हम दोनों साथ रहती हैं। मैं और मीरा बहन ठीक चार बजे की आवाज पर प्रार्थना करती हैं। उसके बाद सो जाती हूँ। फिर नित्यकर्म, नहाना-धोना, कॉफी पीना। 10-10.30 बजे सुपरिंटेंडेंट रोज आता है। सुबह डॉक्टर आता है। 1 बजे भोजन। 1 घण्टा आराम। 2 से 4.30 तक हिन्दी लिखना-पढ़ना और चरखा चलाना। 5 बजे भोजन। फिर घूमना। 7 बजे प्रार्थना। पढ़ना बातचीत। 9 बजे सो जाना।

21/02/33

4 बजे प्रार्थना, गीता पढ़ी, नित्यकर्म। 400 तार काते। अखबार पढ़ा। 11 बजे भोजन करना। पढ़ा-लिखा। मैं यहाँ भी एकादशी करती हूँ। आराम। फिर हिन्दी और गुजराती लिखना-पढ़ना। कॉफी पी। बातें कीं। यहाँ कोई नई बात नहीं है। शाम को प्रार्थना के बाद भागवत सुनती हूँ। आजकल मीरा बहन चन्द्रमा, पृथ्वी, सूर्य सबके बारे में सिखाती हैं।

16/04/33

4 बजे प्रार्थना। गीता पढ़ती हूँ। अनासक्तियोग। फिर थोड़ी देर सो जाती हूँ। नित्यकर्म। 6.30 बजे नहाने जाती हूँ। लौटकर कॉफी पीती हूँ। फिर पढ़ती हूँ। 'जामे जमशेद' पढ़ती हूँ। 11.30 बजे भोजन। आराम। 2 से 5 पढ़ना। कातना। भोजन। तार 300 काते।

03/05/33

4 बजे प्रार्थना। गीता पढ़ी। नित्यकर्म। कॉफी पी। अखबार पढ़ा। भोजन। अखबार से पता चला कि बापूजी हरिजनों के लिए दूसरा उपवास करनेवाले हैं। 8-5-33 को सोमवार के दिन से शुरू होगा। गाँधीजी का अपने अनुयायियों पर से विश्वास उठ गया है। बापूजी के पास जाने की बहुत चिन्ता बनी रहती है। बापूजी का यह सवाल, यह तपश्चर्या बहुत कठिन है।

08/05/33

4 बजे प्रार्थना। गीता पढ़ी। आज से बापूजी का महायज्ञ शुरू होता है। हमने यहाँ प्रार्थना की थी। आशा रखी थी कि मुझे बापूजी के पास ले जाएँगे। लेकिन आज तीसरा उपवास हो चुका है। मुझे बुलाया नहीं। आजकल तो अखबार की राह देखती हूँ कि उसमें क्या होगा। 'हरिजन' पढ़ा। मन तो बैचेन का बैचेन ही रहता है।

10/05/33

कल रामदास मिलने आया था। इस बार मेरे नसीब फूट गए हैं नहीं तो मुझे क्यों नहीं ले जाते। क्या करूँ। बहुत चिन्ता होती है। इस बार मैं भी दूर हूँ। मैंने बापूजी को तार किया कि मुझे आपके पास आना है। यहाँ मेरा जी बहुत घबराता है। उनका तार आया धीरज रखो। फिर दूसरा तार आया, हम सरकार से इजाजत नहीं माँग सकते। शान्ति रखो। फिर मैं तो कातती थी। प्रार्थना करती थी और कुछ अच्छा नहीं लगता था।

बा को बापूजी के पास ले जाने के बाद की डायरी

16/06/33

4 बजे प्रार्थना। गीता का पाठ होता है। फिर नित्यकर्म। 5.30 बजे बापू को खाना दिया, दूध वगैरा। 6.30 के बाद मैं नहाने जाती हूँ। लौटकर तुलसी को सींचा। लालजी के दर्शन करके कॉफी पी। लाल दवा के कुल्ले किए। 9 बजे बापूजी को रवाना किया। फिर मिट्टी की पट्टी बाँधी। 11 बजे भोजन। 12 बजे बापूजी को भोजन दिया। फिर आराम। पैरों में घी मला। काता-तार 200।

09/07/33

4 बजे प्रार्थना। गीताजी। फिर नित्यकर्म। बापू को खाना दिया। यहाँ और क्या काम है। बापूजी के सिवा दूसरा कोई नहीं है। बालकृष्ण बापूजी का खूब काम करता है और प्रभावती तो उनके पास से हटती ही नहीं। केशू भी खड़ा रहता है। फिर मैं क्या करूँ। बापूजी के पास जाती हूँ और लौट आती हूँ। उन सबके बीच बैठना मुझे अच्छा नहीं लगता। सूत काता।

बा को लिखे बापू के पत्रों से लिए कुछ अंश

1

राजकोट सत्याग्रह के समय

सेंगाव 08/02/39

बा,

तू काफी तकलीफ उठा रही है। जो भी तकलीफ हो, उसकी खबर मुझे जरूर देना। तू दुख सहने के लिए जन्मी है। इसलिए तेरी तकलीफों के बारे में अखबारों में कुछ भी नहीं देना है। भगवान तो वहाँ तेरे पास बैठा ही है। उसे जो करना होगा, वह करेगा। 'कहानम' (कनु) मजे में है। रात को तुझे याद जरूर करता है। लेकिन फिकर न करना। अमतुलसलाम यहाँ है। वह कहानम को सँभालती है।

बापू के आशीर्वाद

चि. मणि, तू वहाँ है यह कितनी अच्छी बात है।

2

सेंगाव 09/02/39

बा,

तेरा पत्र मिला, तू बीमार रहा करती है। यह अच्छा नहीं लगता। लेकिन अब तो हिम्मत के साथ रहना। सहूलियतें तो मिल ही जाएँगी और न भी मिलें तो क्या? मणि ठीक से गा न सके, तो भी रामायण सुनाये। राम-सीता के दुख की तुलना में हमारे दुख की क्या बिसात। तू घबराना मत। आजकल लड़कियों से सेवा लेना छोड़ रखा है। तू फिकर न करना। क्या करना चाहिए सो मैं देख लूँगा। सुशीला तो सेवा करती ही है।

बापू के आशीर्वाद

3

सेंगाव 10/02/39

बा,

डाक तेरे नाम रोज गई है। वहाँ चिट्ठियाँ न मिलें तो क्या किया जाए। मेरी चिन्ता करने की जरूरत नहीं। लेकिन तबीयत चिन्ता करने जैसी हो जाए तो भी मैं तुझसे इस जवाब की आशा रखता हूँ कि "वियोग में मृत्यु बदी होगी तो होकर रहेगी। लेकिन मैं तो जहाँ मेरे बच्चे त्रास पा रहे हैं वहाँ पड़ी हूँ। मुझे जेल में रखोगे तो उसमें भी मैं खुश रहूँगी। ठाकुर साहब से वचन पलवाने में आप सब मेरी मदद करें। मेरा उपयोग करें वरना मैं चाहती हूँ कि राजकोट के आँगन में मेरी मृत्यु हो जाए।" तू अपने आप अपनी खास इच्छा से गई है। इसलिए तेरे दिल से ये उद्गार निकले तो निकालना। अपने मन में यही धारणा रखना। तू रोज लिखती है कि लड़कियों की सेवा लिया करो। लेकिन फिलहाल तो वे आजाद ही हैं। सुशीला मालिश करती है, सो भी छोड़ना ही है। लेकिन अपनी ऐसी तबीयत की वजह से उसे अभी छोड़ नहीं सका हूँ। इस बारे में मेरी चिन्ता मत करना। मुझे निबाहनेवाला आखिर तो ईश्वर है ही।

बापू के आशीर्वाद

4

बा,

पिछली बार तुझे प्रवचन भेजा था। उसकी नकल भेजना। तेरा पत्र आज मिला। यह पत्र मौनवार के दिन लिख रहा हूँ। मणिलाल की चिन्ता मत कर। उसे तेरा पत्र भेज रहा हूँ। परागजी के कहने से घबरा उठने का कोई कारण नहीं। दोनों प्रौढ़ हैं। गलती हुई होगी तो सुधार लेंगे। 'जामे जमशेद' का प्रबन्ध तो किया ही है। मथुरादास के लिखने से हो गया है। इसलिए मैंने ज्यादा कुछ नहीं किया। अब तो मिलता ही होगा फिर पूछताछ करता हूँ। रामायण और भागवत के लिए तजवीज करता हूँ। प्रेम लीला बहन से माँगने में तनिक भी संकोच मत करना। तुझे माँगना ही क्या है? जो थोड़ा बहुत चाहिए सो वे प्रेम से भेज देंगी। लेकिन जिसकी जल्दी ही जरूरत न हो वह तू मेरे मार्फत मँगाएगी तो बस होगा। मैं तजवीज कर दूँगा। दाँत काम में लेती हो। लालपानी के कुल्ले करती हो। दूधाभाई की लक्ष्मी को भी छठा महीना चल रहा है। इस सम्बन्ध में मारुति का पत्र आज मिला। इन सब खबरों को सुनकर मुझे दुख या आश्चर्य नहीं होता। होना भी नहीं चाहिए। ब्याह का यह नतीजा तो सबके लिए है ही। इसमें दुख क्या और आश्चर्य क्या।

रामदास को भी मैंने कोई उलाहना नहीं दिया। ऐसे मामले में उलाहना क्या कर सकती है? सब अपनी शक्ति के अनुसार संयम पालें। संयम की यह बात भी अभी इधर-उधर की है, वरना लोग तो अपनी इच्छा के अनुसार भोग भोगते ही आए हैं।

ठक्कर बाप्पा इस समय मेरे साथ नहीं हैं। 5वीं को मिलेंगे। आजकल मलकानी मेरे साथ है। वे तो खूब काम कर रहे हैं। और सब तो करते ही हैं। चन्द्रशंकर की तबीयत ठीक ही रहती है। ओम और किसन बराबर अपनी तबीयत को सँभालते हैं। ओम भरसक मेहनत करती है। बहुत भोली और सरल है। किसन भी ऐसा ही है। सुरेन्द्र को ताकत आ गई है। आन्ध्रप्रदेश की यात्रा तीसरी तारीख को पूरी होगी। उसके बाद मैसूर जाना होगा।

जहाँ मैं रहता हूँ वहाँ धाँधली तो रहती ही है। परेशानी भी रहती है। मुझे तो सब सँभाल लेते हैं। इसलिए परेशानी कम मालूम होती है। छोटी-छोटी बात का ख्याल मीरा बहन रखती है। इसलिए मुझे यात्रा में तकलीफ नहीं होती। तू मुलाकात छोड़े तो मुझसे हर हफ्ते पत्र पाएगी। मैं हर हफ्ते प्रवचन भेजता रहूँगा। तू दूसरी बहनों से मिल सकती है। इसी से सन्तोष मानना, लेकिन जैसी तेरी मर्जी में आए करना। तू मुलाकात चाहेगी तो मिलने आनेवाले बहुत तैयार हो जाएँगे। जानबूझकर मुलाकातें कम रखने का रिवाज डाला है, लेकिन तू जो चाहे बिना संकोच के लिखना।

जानकी बहन की तबीयत ठीक है। उनके रामकृष्ण के टांसिल्स कटवाने की बात शायद मैं तुझे लिख चुका हूँ। कमला अब खाना लेने लगी है। किशोरी लाल को बुखार ने अभी छोड़ा नहीं लेकिन चिन्ता का कारण नहीं।

मेरा मौन आजकल रविवार की रात को शुरू होता है इसलिए सोमवार की रात तक नहीं बोलता। आज रात 9-10 पर मौन टूटेगा और उस वक्त शायद ही किसी से बोलने का कुछ काम पड़े। क्योंकि फिर तो सोने का समय हो जाएगा। सुबह तीन बजे उठना होता है। ब्रजकृष्ण का बुखार अब उतर गया है। ताकत आनी बाकी है। हेमी बहन गुजर गई है।

अब प्रवचन :

पिछली बार भक्त के लक्षण लिखे थे। यह भी सूचित किया था कि सेवा के बिना भक्ति नहीं होती। इस बार सेवा कैसे की जाए सो लिखता हूँ। क्योंकि लोग अक्सर सवाल पूछते हैं। कुछ कहते हैं सेवा अमुक स्थिति में ही हो सकती है। कुछ कहते हैं, अमुक अभ्यास करने पर ही सेवा हो सकती है। यह सब भ्रम है।

इतना तो पिछले हफ्ते ही लिख चुका था। आदमी किसी भी हालत में रहकर सेवा कर सकता है। हमारे पास जितनी भी शक्ति हो सो हम सब कृष्णार्पण कर दें तो हमें पूरे नम्बर मिल जाएँ। जिसकी शक्ति करोड़ देने की है पर जो आधा करोड़ देता है उसे 50 नम्बर से ज्यादा नहीं मिलेंगे। लेकिन जिसके पास एक पाई है और वह उसे भी दे डालता है तो उसे सौ में से सौ पूरे नम्बर मिलेंगे।

तुम वहाँ रहनेवाली बहनों और सम्पर्क में आनेवाली बहनों और अधिकारियों के साथ अच्छा व्यवहार करो तो समझा जाएगा कि तुमने सेवा धर्म का पालन किया। अधिकारियों के साथ सेवाभाव से बरतने का मतलब है कभी उनका बुरा न चाहना, उनके साथ विनय का पालन करना, उन्हें धोखा न देना। नियमों का पालन करना और तुम्हारे सम्पर्क में आनेवाली गुनाहों के लिए सजा पाई हुई बहनों के साथ सगी बहन-सा व्यवहार करना।

उन पर तुम्हारे प्रेम की छाप पड़े। वे तुम्हारी पवित्रता को पहचानें तो वह भी सेवाधर्म का पालन कहा जाएगा। दोनों में हेतु अच्छा होना चाहिए। स्वार्थ के कारण या डर की वजह से जो अच्छा व्यवहार किया जाता है, वह सेवा में शुमार नहीं होता। एक काम, एक आदमी स्वार्थ साधने के लिए करता है और दूसरा परमार्थ की दृष्टि से करता है। सो तो हम भी अक्सर देखते ही हैं।

जहाँ ईश्वर अर्पण भाव है वहाँ स्वार्थ का कोई स्थान नहीं है। इस प्रकार सेवा करनेवाला रोज अपनी शक्ति बढ़ाता है। वह अभ्यास करता है। उद्यम करता है सो भी सेवा के विचार से ही। इस प्रकार जो सेवा परायण रहता है उसके हँसने, खेलने, खाने, पीने में सेवा भाव भरा रहता है। अर्थात् उसके सब कामों में निर्दोषता होती है। ऐसे भक्तों को परमात्मा सब आवश्यक शक्ति दे देता है। इससे सम्बन्ध रखनेवाले तीन श्लोक स्त्रियों की प्रार्थना में हैं। सो तुम्हें याद होंगे :

अनन्याश्चिन्तयन्तो मां ये जनाः पर्युपासते।
तेषां नित्याभियुक्तानां योगक्षेमं वहाम्यहम्॥
मच्चिता मद्गतप्राणा बोधयन्तः परस्परम्।
कथयन्तश्च मां नित्यं, तुष्यन्ति रमन्ति च॥
तेषां सतत युक्तानां भजतां प्रीतिपूर्वकम्।
ददामि बुद्धियोगं तं येन मामुपयान्ति ते॥

इन श्लोकों का अर्थ अनासक्ति योग में देख लेना। ये श्लोक 9वें, 10वें अध्यायों में मिलेंगे। याद रहे कि गीताजी को हम अपने अमल में लाने के लिए पढ़ते हैं। यह समझना कि ऊपर मैंने जो लिखा है सो सब गीताजी के आधार पर लिखा है।

बापू का सबको आशीर्वाद

13/02/34

5

बा,

यह पत्र ट्रेन में लिख रहा हूँ। तेरा पत्र मिला है। काम इतना था कि मंगलवार को लिख न सका। आज गुरुवार को लिख रहा हूँ। तू जो तेरी मर्जी में आवे, वह काम

मुझे सौंपना। जो चाहे सो सवाल पूछना। मैं उसे पूरा करूँगा। कोशिश तो करूँगा ही। तूने हरिलाल के बारे में पूछा है। वह पाण्डिचेरी गया था। वहाँ भी पैसों की भीख माँगकर खूब शराब पीता था। कुछ पैसे मिले भी। आजकल कहाँ है पता नहीं। उसका यों ही चलेगा। ईश्वर उसे सुबुद्धि दे तब सही।

हरिलाल के गर्भ के समय मैं कितना मूढ़ था। हमारे पाप-पुण्य भी तो काम करते हैं। जैसा मैंने और तूने किया है, वह तो भरना ही होगा। इस तरह बच्चों के आचरण के लिए माँ-बाप जिम्मेदार हैं। हम यही कर सकते हैं कि हम शुद्ध बनें तो वह कोशिश हम कर ही रहे हैं। हमारी शुद्धता का प्रभाव जाने-अनजाने हरिलाल पर पड़ता ही होगा।

इधर मनु का पत्र नहीं लेकिन जमनादास ने उसकी खबर दी थी। सुशीला को लिखूँगा। पुरुषोत्तम की सगाई हरखचन्द की लड़की के साथ हो गई है। पुरुषोत्तम की तबीयत अभी अच्छी नहीं कही जा सकती। रणछोड़ भाई के भाई की पत्नी गुजर गई है। इससे मोती बहन उदास रहती है। उनकी जवाबदारी बढ़ी है। अम्बालाल भाई और मृदुला मुझसे मिल गए। अम्बालाल भाई और सरला बहन विलायत जा रहे हैं। तीन-चार महीने वहाँ रहेंगे।

देवदास, लक्ष्मी ठीक हैं। क्या लक्ष्मी को बच्चों का बोझ उठाना कठिन मालूम होता है। रामदास-नीमू ठीक हैं। उन दोनों को तेरे पत्र की नकल भेजता हूँ। असल पत्र मणिलाल को भेज रहा हूँ। नकल वल्लभभाई को भी भेजी है। वे चिन्ता करते हैं।

माधवदास का अभी तक कोई जवाब नहीं आया। मथुरादास मेरे साथ हैं। एक-दो दिन रहकर बम्बई जाएँगे।

एस्थर मेनन विलायत से आ गई है। वह मुझे मिल गई। मिस लेस्टर लंका गई है। कल मद्रास की यात्रा समाप्त करके राजाजी चले गए। वे दिल्ली जाएँगे सही। अमतुलसलाम को अभी कमजोरी बाकी है। इसलिए उसे मद्रास छोड़ आया हूँ। राजाजी उसे सँभालेंगे। तुझे पूनियाँ मिल गई होंगी। जब खत्म हो जाएँ तो फिर लिखना, भेज दूँगा।

कुसुम का भाई जंगबहार में मर गया। इसका उसे काफी दुख हुआ है। प्यारेलाल कल छूटे। किशोरीलाल देवलाली है। कुछ ठीक है। लक्ष्मी की प्रसूति बारडोली में होगी। मंजुकेशा उसकी सार सँभाल रखेगी। मोती या लक्ष्मी भी वहाँ होगी।

नानी बहन झवेरी का अड़चन के लिए ऑपरेशन हुआ है। अब तो काफी खबरें दे दी हैं। 9वीं तारीख को हैदराबाद से चलकर मैं पटना जाऊँगा। राजेन्द्र बाबू ने बुलाया है। प्रभावती वहीं है। मुमकिन है कि बिहार में काफी रहना पड़ जाए।

तुम सब बहनों को बापू के आशीर्वाद

पेशावर 07/10/36

6

बा,

तूने मुझे खूब फिकर में डाल दिया है। तेरी तबीयत के बारे में जितनी फिकर मुझे इस बार रही उतनी कभी नहीं रही। आज देवदास का तार मिलने पर मैं बेफिकर हुआ। मेरी चिन्ता का कारण तो यह था कि मैंने तुझको दुखी हालत में छोड़ा था। मैं अच्छा करने गया और तुझे दुख हुआ। फिर तू भूल गई लेकिन मैं कैसे भूलता।

बीमार तो थी ही। मालूम होता है ईश्वर ने कृपा की। अब तबीयत सुधार लेना। लक्ष्मी, रामू, तारा सब बिलकुल अच्छे हो गए होंगे। यहाँ की हवा बहुत अच्छी है, ठण्ड अभी सही जा सकती है।

बापू के आशीर्वाद

7

बा,

अब तो 9 दिन बाकी हैं। ईश्वर ने चाहा तो मिलेंगे। उसी दिन सेंगाव चलेंगे। तेरे पत्र में एक बात थी जिसका जवाब देना रह गया। तूने लिखा है मैंने चलते समय तेरे सिर पर हाथ तक नहीं रखा। मोटर चली और मैंने भी महसूस किया। लेकिन तू दूर थी। अब भी तुझे बाहर की निशानी चाहिए क्या।

यह क्यों मान लेती है कि मैं बाहर दिखाता नहीं, इसलिए मेरा प्रेम सूख गया है। मैं तो तुझसे कहता हूँ मेरा प्रेम बढ़ गया है और बढ़ता जाता है। इसका यह मतलब नहीं कि पहले कम था। लेकिन जो था वह रोज अधिक निर्मल बनता जाता है। मैं तुझे केवल मिट्टी की पुतली नहीं समझता और क्या लिखूँ।

इसका मतलब न समझी हो तो देवदास समझा देगा। लेकिन जिस तरह अमतुल, लीलावती वगैरा बाहरी चिह्न चाहती हैं उसी तरह तू भी चाहे तो मैं दूँगा।

बापू के आशीर्वाद

आगाखाँ महल से लिखे गए, बा के पत्र के कुछ अंश

1

चि. काशी, 26-5-43 सोमवार

तुम्हारे दोनों कार्ड मिले, पढ़कर आनन्द हुआ। सबकी अपेक्षा तुम्हारा पत्र नियमित आता है। पढ़कर खूब आनन्द होता है। ता. 14 का पत्र लेट आज मिला यानी पत्र बहुत देर से मिलते हैं। वहाँ सब अच्छे हैं, जानकर खुशी हुई।

किशोरीलाल भाई की तबीयत अच्छी है, यह खुशी की बात है। इससे पहले मेरी सही वाला पत्र तुम्हें मिला या नहीं। आर्यनायकमजी नागपुर से आ गए। इसलिए उनको और आशा देवी को मेरे आशीर्वाद। पत्र लिखो तो प्रभु को और अम्बा को मेरे आशीर्वाद लिखना। कल लक्ष्मी का पत्र आया था। लिखती है कि कभी-कभी अम्बा का पत्र आता है। यहाँ सब मजे में हैं। मेरी तबीयत अच्छी है। मेरी चिन्ता न करना। तुम्हारी तबीयत अच्छी होगी। बच्चे मजे में होंगे। यहाँ प्रार्थना के समय तुम सबको खूब याद करती हूँ।

चि. कहाना क्या लिखता रहता है? शाक तो सभी थोड़ा-थोड़ा काटते हैं। कहाना से कहना तू भी थोड़ा-थोड़ा काट। भंसाली भाई के पास पढ़ता है या नहीं। पढ़ाई का काम करने जाता है या नहीं। वैसे मेरी राख तो आएगी लेकिन मैं कैसे आऊँ? चि. कहाना से कहना, सबसे हिल-मिलकर रहे। लीलावती से कहना कि हमें उसका सन्देशा मिल गया है। कहते हैं कि जो तुझे अच्छा लगे कर। वैसे मुझे तो लगता है कि तू स्कूल में भरती हो जा। यह तो लम्बा रास्ता है। छगनलाल को आशीर्वाद। लीलावती, गोमती बहन, आनन्द, बच्चू सबको, साथ ही सब आश्रमवासियों को मेरे आशीर्वाद।

कृष्ण चन्द्र जी, जैसे भी बने कहाना को अच्छी तरह रखना। तिस पर भी उसे अच्छा न लगे तो भेज देना। नागपुर में सब बहनों को आशीर्वाद लिखना।

बा के शुभ आशीर्वाद, बापूजी के शुभ आशीर्वाद।

2

चि. काशी, 2-8-43 सोमवार

तुम्हारा पत्र मिला था। पढ़कर आनन्द हुआ। वहाँ सब अच्छे हैं, जानकर खुशी हुई। बच्चू, आनन्द सब मौज करते होंगे। बारिश तो यहाँ खूब है, वहाँ भी होगी। काठियावाड़ में अच्छी बारिश हुई। पत्र लिखो तो दुर्गा को बाबला को और दूसरे सबको मेरे आशीर्वाद लिखना। छगनलाल को आशीर्वाद। लौकी जैसे वहाँ खूब होती है यहाँ भी खूब होती है। चि. मनु मजे में है। मेरी और बापूजी की तबीयत अच्छी है। मुझे खाँसी है और तो सब ठीक है। खझड़ है या गया। मणिबाई है या नहीं। कल शंकरन का पत्र था। लीलावती गई। रसोई कौन सँभालता है? आज अमावस है। कल से श्रावण महीना लगेगा। अब सब वार-त्यौहार आएँगे। अगले रविवार को वीरपसली है (एक त्यौहार जो राखी के पहले रविवार को मनाया जाता है और भाई की ओर से बहन को कुछ भेंट दी जाती है)।

जेल में सबको आशीर्वाद। मनोज्ञा, कृष्णदास, प्रभुदास, अम्बादेवी सबको मेरा आशीर्वाद लिखना। अब तो लीलावती के बिना सूना मालूम होता होगा। विनोबा के पत्र कभी-कभी आते हैं। बस यही।

बा के और बापूजी के आशीर्वाद

3

चि. काशी, 9-8-43 सोमवार

ता. 22-7-43 का तुम्हारा पत्र मिला। पढ़कर आनन्द हुआ। बारिश और हवा को देखते हुए मेरी तबीयत अच्छी है। खाँसी आती है।

मेरे शुभ आशीर्वाद,

वैसे मुझे तो लगता है उसे सेवाग्राम अच्छा नहीं लगेगा इसलिए नहीं रहेगा। जहाँ भी रहे सुखी रहे तो बस है। हमने सुना था कि सावित्री फिर से मन्दिर में गई है। आश्रम में सबको आशीर्वाद कहना। दूसरा मेरी पेटी खोलना। उसमें चार-पाँच साड़ियाँ हैं। उनमें दो काली किनारेवाली हंसा फूफीजी को भिजवा देना। साथ ही कोई चार गज का टुकड़ा। वह भी फूफीजी को भिजवा देना। और दो साड़ियाँ लाल किनारे की हैं। उनमें से एक रामी को और एक मनु को भिजवा देना। मेरी पेटी में गोरखपुर की बड़ी गीता है और लाल किनारे की सूती चद्दर है। वह शान्ति कुमार के पास भेज देना। वह उसे यहाँ भेज देंगे।

अब बापूजी का जन्मदिन आएगा। इसीलिए फूफीजी को और लड़कियों को कुछ देने की मेरी इच्छा है। इसीलिए यह लिखा है। दूसरे एक खाकी रंग का टुकड़ा भी है। वह भी रामी को दे देना। इनके सिवा मेरे कुछ जाकेट तुम्हें देने जैसे लगें तो दे देना। लाल किनारे और बड़ा अर्ज जिसका है, वह रामी को देना। मेरा बाँहोंवाला भूरे रंग का स्वेटर है, वह भी भेज देना।

डॉक्टर भाई और हीरा बहन को आशीर्वाद। आज तो वीरपसली है। तुमने भी मनाई होगी।

बा और बापू के आशीर्वाद

□□□